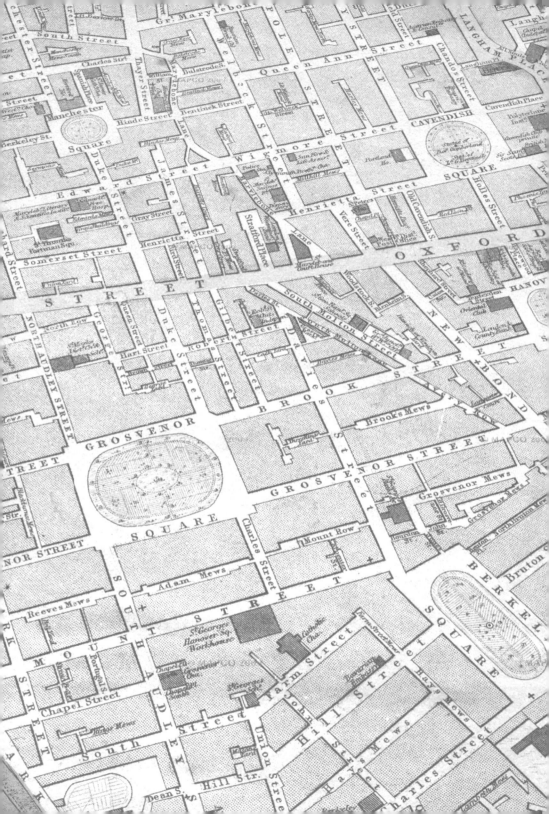

Estudio en Escarlata
El signo de los cuatro

ALMA CLÁSICOS ILUSTRADOS

ESTUDIO en ESCARLATA
EL SIGNO de los CUATRO

Sir Arthur Conan Doyle

Ilustraciones de
John Coulthart

Edición revisada y actualizada

Títulos originales: *A Study in Scarlet* y *The Sign of the Four*

© de esta edición:
Editorial Alma
Anders Producciones S.L., 2018
www.editorialalma.com

 @almaeditorial

© Traducción: Alejandro Pareja Rodríguez
La presente edición se ha publicado con la autorización de Editorial EDAF, S. L. U.

© Ilustraciones: Fernando Vicente

Diseño de la colección: lookatcia.com
Diseño de cubierta: lookatcia.com
Maquetación y revisión: LocTeam

ISBN: 978-84-15618-87-4
Depósito legal: B13433-2018

Impreso en España
Printed in Spain

Este libro contiene papel de color natural de alta calidad que no amarillea (deterioro por oxidación) con el paso del tiempo y proviene de bosques gestionados de manera sostenible.

ÍNDICE

EL SIGNO DE LOS CUATRO

ESTUDIO EN ESCARLATA

ESTUDIO EN ESCARLATA

PRIMERA PARTE

DE LAS MEMORIAS DE JOHN H. WATSON,
DOCTOR EN MEDICINA, OFICIAL MÉDICO
RETIRADO DEL CUERPO DE SANIDAD
MILITAR

I

El señor Sherlock Holmes

En el año 1878 me doctoré en Medicina en la Universidad de Londres y pasé a la academia de Netley para seguir el curso de adaptación para el ingreso en el cuerpo de Sanidad Militar. Cuando hube terminado mis estudios en este centro, se me destinó al quinto regimiento de Fusileros de Northumberland con el empleo de médico adjunto. El regimiento estaba destacado por entonces en la India, y antes de que me hubiera dado tiempo a incorporarme había estallado la segunda guerra de Afganistán. Cuando desembarqué en Bombay, me enteré de que mi unidad había atravesado los desfiladeros y ya se había adentrado hasta el corazón del territorio enemigo. No obstante, seguí al ejército, junto con otros muchos oficiales que se encontraban en mi misma situación, y conseguí llegar sano y salvo a Kandahar, donde encontré a mi regimiento y empecé a hacerme cargo enseguida de mis nuevos deberes.

Muchos ganaron medallas y ascensos en aquella campaña, pero a mí sólo me acarreó desventuras y desgracias. Me trasladaron de brigada y me destinaron al regimiento de Berkshire, con el que me hallé en la batalla funesta de Maiwand. Allí me hirió en el hombro una bala de un jezail que me destrozó el hueso y me rozó la arteria subclavia. Si no caí en poder de los ghazis asesinos fue gracias a la fidelidad y el valor de que dio muestras mi asistente, Murray, que me echó atravesado sobre un caballo de carga y consiguió llevarme a salvo hasta las líneas británicas.

Agotado por el dolor y debilitado por las penalidades constantes que había sufrido, me evacuaron, junto con un gran convoy de heridos, al hospital central de Peshawar. Allí me recuperé, y ya había mejorado hasta el punto de ser capaz de pasearme por las salas, e incluso de tomar un poco el sol en la terraza, cuando contraje la disentería, plaga de nuestras posesiones en la India. Me pasé varios meses desahuciado. Cuando mejoré y empecé a convalecer, estaba tan débil y demacrado que un tribunal médico dictaminó que se me repatriara a Inglaterra sin perder un solo día. Me embarcaron, por tanto, en el buque de transporte de tropas *Orontes*, y bajé a tierra un mes más tarde en el muelle de Portsmouth, con la salud destrozada sin remedio, pero con nueve meses de permiso que me había concedido nuestro gobierno paternal para que intentase mejorarla.

No tenía parientes ni amigos en Inglaterra, y estaba, por tanto, libre como el aire, o todo lo libre que puede ser un hombre con una paga de once chelines y seis peniques al día.[1] En tales circunstancias, acabé como cosa natural en Londres, esa gran sentina donde confluyen de manera ineludible todos los perezosos y desocupados del Imperio. Allí me alojé durante algún tiempo en un hotel residencia del Strand, donde llevaba una vida carente de sentido y de comodidades y derrochaba el dinero hasta extremos inconvenientes. Mi economía llegó a una situación tan alarmante que no tardé en comprender que tendría que elegir entre abandonar la capital e irme a vivir a algún lugar del campo, por un lado, o cambiar por completo mi modo de vida, por otro. Me decanté por esta segunda opción y resolví abandonar el hotel y buscarme algún domicilio menos pretencioso y costoso donde alojarme.

El mismo día en que llegué a esta conclusión, estaba de pie ante la barra del bar Criterion cuando alguien me dio un golpecito en el hombro. Al volverme, reconocí al joven Stamford, que había sido practicante a mis órdenes en el Barts.[2] A un hombre solitario le alegra de verdad encontrarse con un rostro conocido en el gran desierto de Londres. Stamford no había

---

1   Watson, al estar de baja por enfermedad, percibe la mitad de su sueldo completo. (N. del T.)
2   Barts: Entre médicos, nombre familiar que se da al Saint Bartholomew's Hospital (Hospital de San Bartolomé). (N. del T.)

sido amigo íntimo mío en aquellos tiempos pasados, pero ahora lo saludé con entusiasmo; y él, a su vez, dio muestras de agrado al verme. Dejándome llevar por mi alegría, lo invité a almorzar conmigo en el Holborn, y nos pusimos en camino juntos en un coche de punto.

—¿Por dónde diantres ha andado usted, Watson? —me preguntó, sin disimular su asombro, mientras traqueteábamos entre el tráfico denso de las calles de Londres—. Está más delgado que un palillo, y más moreno que una castaña.

Le esbocé brevemente mis aventuras, y apenas había terminado cuando llegamos a nuestro destino.

—¡Pobre hombre! —se compadeció tras haber oído mis desventuras—. Y ¿a qué se dedica ahora?

—A buscar alojamiento —respondí—. A intentar resolver el problema de si es posible encontrar un apartamento cómodo a un precio razonable.

—Qué curioso —comentó mi compañero—: es usted la segunda persona que me dice eso mismo en lo que va de día.

—¿Y quién ha sido la primera? —le pregunté.

—Un sujeto que hace unos trabajos en el laboratorio de química del hospital. Esta mañana se lamentaba de no hallar a nadie que quisiera ir a medias con él en un apartamento hermoso que había encontrado, pero que estaba fuera de sus posibilidades.

—¡Pardiez! —exclamé—. Si es verdad que busca a alguien para compartir el apartamento y los gastos, yo soy la persona que le conviene. Prefiero tener un compañero a estar solo.

El joven Stamford me miró de un modo más bien extraño por encima de su copa de vino.

—No conoce usted todavía a Sherlock Holmes —dijo—. De lo contrario, quizá no le interesara tenerlo constantemente como compañero.

—¿Por qué? ¿Qué tiene de malo?

—Ah, yo no he dicho que tenga nada de malo. Tiene ideas un poco raras. Estudia con pasión ciertas ramas de la ciencia. Pero, que yo sepa, es bastante buena persona.

—Estudiante de medicina, supongo... —aventuré.

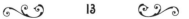

—No... no tengo idea de en qué piensa especializarse. Creo que domina bastante la anatomía, y es un químico de primera. Sin embargo, no ha seguido los estudios de medicina de manera sistemática, que yo sepa. Estudia materias inconexas y excéntricas. Sin embargo, ha hecho acopio de muchos conocimientos extraños que dejarían atónito a cualquier profesor.

—¿No le ha preguntado nunca en qué pensaba especializarse? —inquirí.

—No. No es hombre a quien resulte fácil tirar de la lengua, aunque puede ser bastante comunicativo cuando se lo propone.

—Me gustaría conocerlo —le rogué—. Si he de compartir un apartamento con alguien, prefiero que sea con un hombre estudioso y de costumbres tranquilas. Todavía no tengo fuerzas suficientes para soportar mucho ruido ni alboroto. Con lo que tuve de ambas cosas en Afganistán ya voy bien servido para el resto de mis días. ¿Cómo puedo verme con este amigo suyo?

—Estará en el laboratorio, con toda seguridad —respondió mi compañero—. O bien se pasa semanas enteras sin aparecer, o bien trabaja allí mañana y tarde. Podemos ir en coche después de almorzar, si le parece bien.

—Desde luego —respondí, y pasamos a conversar sobre otros temas.

Cuando salimos del Holborn y tomamos un coche hacia el hospital, Stamford me proporcionó algunos detalles más sobre el caballero a quien yo pensaba proponer que fuésemos compañeros de apartamento.

—No me culpe a mí si no se lleva bien con él —me dijo—. Yo sólo lo conozco de haberlo visto algunas veces en el laboratorio. Este trato lo ha propuesto usted, de modo que yo no me hago responsable.

—Si no nos llevamos bien, será fácil separarnos —repuse—. Me parece, Stamford, que tiene usted algún motivo para lavarse las manos en este asunto —añadí, mirando fijamente a mi compañero—. ¿Es que ese sujeto tiene un mal genio terrible, o de qué se trata? No se ande con tantos rodeos.

—Es difícil expresar lo inexpresable —respondió, riéndose—. Holmes es un poco demasiado científico para mi gusto... Lo suyo roza la insensibilidad. Me lo figuro capaz de darle a probar a un amigo suyo un pellizco del último alcaloide vegetal; no por mala intención, entiéndame, sino por espíritu científico, para conocer con precisión los efectos. Seré justo: creo que también sería capaz de tomárselo él mismo de buena gana. Parece que tiene la pasión del conocimiento concreto y exacto.

—Y con mucha razón.

—Sí; pero puede llevarla demasiado lejos. Esa pasión adopta una forma más bien insólita cuando lo lleva a uno a golpear con un palo los cadáveres de la sala de disecciones.

—¡A golpear los cadáveres!

—Sí; para comprobar hasta qué grado se pueden producir contusiones después de la muerte. Se lo vi hacer con mis propios ojos.

—¿Y dice usted, sin embargo, que no es estudiante de medicina?

—No. Sólo Dios sabe el fin que persigue con sus estudios. Pero ya llegamos, y deberá usted llegar a sus propias conclusiones sobre él.

Mientras me hablaba, pasamos por un callejón y entramos por una puerta pequeña que daba a una de las alas del gran hospital. Yo conocía bien aquel lugar, y sin necesidad de guiarme subimos juntos la escalera lúgubre de piedra y recorrimos el largo pasillo con su perspectiva de pared enjalbegada de blanco y puertas de color pardo. Hacia el final del pasillo salía un pasadizo con bóveda de cañón por el que se accedía al laboratorio de química. Era éste una sala de alto techo, con las paredes cubiertas de estantes llenos de un número incontable de frascos. Había varias mesas dispersas, anchas y bajas, llenas de retortas, tubos de ensayo y pequeños mecheros Bunsen que emitían llamas azules temblorosas. En la sala sólo había un estudiante, inclinado sobre una mesa del fondo, absorto en su trabajo. Al oír nuestros pasos volvió la cabeza y se incorporó de un brinco soltando una exclamación de placer.

—¡Lo encontré! ¡Lo encontré! —le gritó el estudiante a mi compañero, y corrió a nuestro encuentro con un tubo de ensayo en la mano—. He encontrado un reactivo que se sprecipita con la hemoglobina, y sólo con la hemoglobina.

No habría podido expresar mayor contento de haber encontrado una mina de oro.

—El doctor Watson, el señor Sherlock Holmes —nos presentó Stamford.

—¿Cómo está usted? —dijo con cordialidad, y me estrechó la mano con una fuerza que yo no le habría atribuido—. Ha estado en Afganistán, según veo.

—¿Cómo diantres lo sabe? —pregunté, asombrado.

—No tiene importancia —respondió, riéndose para sus adentros—. Hablábamos ahora de la hemoglobina. Se hará usted cargo, sin duda, de la importancia de mi descubrimiento.

—Tiene interés desde el punto de vista químico, qué duda cabe —respondí—. En cuanto a valor práctico...

—Pero, hombre, si es el descubrimiento más práctico que se ha hecho en la medicina forense de varios años a esta parte. ¿No se da cuenta de que nos proporciona un análisis infalible para las manchas de sangre? ¡Haga el favor de venir aquí!

En su impaciencia, me agarró de la manga de la chaqueta y me arrastró hasta la mesa donde había estado trabajando.

—Tomemos algo de sangre fresca —propuso. Entonces se clavó en el dedo un largo estilete y absorbió con una pipeta de laboratorio la gota de sangre que le había brotado—. Acto seguido, disuelvo esta pequeña cantidad de sangre en un litro de agua. Como ven ustedes, la disolución resultante tiene el aspecto del agua pura. La proporción de sangre no debe ser superior a una parte por millón. Sin embargo, no me cabe duda de que podremos obtener la reacción característica.

Mientras decía esto, echó en el recipiente un poco de polvo cristalino blanco y añadió unas gotas de un líquido transparente. Al cabo de un instante, el contenido adquirió un color oscuro, como de caoba, y un polvo parduzco se precipitó en el fondo de la probeta de vidrio.

—¡Ja! ¡Ja! —exclamó, dando palmadas y con la misma expresión de placer que un niño con un juguete nuevo—. ¿Qué les parece?

—Al parecer, se trata de un procedimiento de análisis muy sensible —observé.

—¡Precioso! ¡Precioso! El procedimiento antiguo del guayacol era muy engorroso y poco fiable. Lo mismo puede decirse de la observación de los hematíes al microscopio. Este último procedimiento carece de valor alguno cuando las manchas tienen unas pocas horas de antigüedad. Ahora bien, parece que mi análisis da resultado con independencia de que la sangre sea antigua o reciente. Hay centenares de hombres que andan libres por el mundo y que hace mucho tiempo habrían pagado la pena que merecen sus crímenes si este método se hubiera inventado antes.

—¡No me diga! —murmuré.

—Es muy habitual que un proceso criminal dependa de este aspecto en concreto. Se comete un crimen. Meses más tarde, quizá, se sospecha de un hombre. Se examinan sus trajes o su ropa blanca y aparecen unas manchas pardas. ¿Son manchas de sangre, o manchas de barro, o manchas de óxido, o manchas de fruta, o de qué? La cuestión ha dejado perplejos a muchos expertos. Y ¿por qué? Porque no existía ningún procedimiento de análisis fiable. Ahora que disponemos del análisis de Sherlock Holmes, ya no habrá dificultad alguna.

Al decir esto le brillaron los ojos, y se llevó la mano al corazón e hizo una reverencia como si se dispusiera a recibir los aplausos de un público numeroso que había aparecido en su imaginación.

—Merece usted que lo feliciten —comenté, bastante sorprendido por su entusiasmo.

—Recordemos el caso de Von Bischoff, en Fráncfort, el año pasado. No cabe duda de que lo habrían ahorcado de haber existido este análisis. Y también disponemos del caso de Mason, en Bradford, y el del célebre Müller, y Lefèvre, el de Montpellier, y Samson, el de Nueva Orleans. Podría citarles una veintena de casos en los que la prueba habría resultado decisiva.

—Parece usted una enciclopedia viviente de los crímenes —dijo Stamford, riéndose—. Podría publicar una revista sobre esos temas, y titularla *Casos policiales del pasado*.

—Y podría resultar una lectura bien interesante —observó Sherlock Holmes, y se pegó un tafetán pequeño en el pinchazo del dedo—. Debo tener cuidado, pues manejo venenos con frecuencia —añadió, dirigiéndose a mí con una sonrisa. Extendió la mano al hablar, y observé que la tenía salpicada de parches similares y descolorida por el efecto de los ácidos fuertes.

—Hemos venido a hablar de negocios —dijo Stamford, sentándose en un taburete alto de tres patas y empujando otro hacia mí con el pie—. Mi amigo, aquí presente, busca alojamiento, y como usted se quejaba de no encontrar a nadie para compartir un apartamento, se me ha ocurrido ponerlos en contacto a los dos.

A Sherlock Holmes pareció encantarle la idea de compartir su apartamento conmigo.

—Les tengo echado el ojo a unas habitaciones en Baker Street que nos vendrían perfectamente —dijo—. Espero que no le moleste el olor a tabaco fuerte, ¿es así?

—Yo mismo fumo siempre el del barco —respondí.

—Está bien. Suelo tener productos químicos en casa, y a veces hago experimentos. ¿Le molestaría eso?

—En absoluto.

—Veamos... ¿Qué otros defectos tengo? A veces me da la murria y me paso días enteros sin abrir la boca. No se crea que estoy enfadado cuando me pongo así. No tardaré en volver a la normalidad: bastará con que me dejen en paz. ¿Qué tiene usted que confesar ahora? Es conveniente que dos individuos que piensan convivir conozcan de antemano lo peor del otro.

Este interrogatorio me hizo gracia.

—Tengo un cachorro de bulldog —respondí—. Y no me gustan los ruidos, porque estoy delicado de los nervios. Y me levanto de la cama a las tantas, y soy perezosísimo. Tengo otros vicios cuando estoy sano, pero los ya expuestos son los principales ahora mismo.

—¿Incluye usted la música de violín en la categoría de ruidos? —me preguntó, inquieto.

—Depende del intérprete —respondí—. El violín bien tocado es un placer de dioses. Mal tocado...

—¡Ah, bueno! —exclamó, riéndose alegremente—. Creo que podemos dar la cosa por acordada... si el apartamento es de su agrado, se entiende.

—¿Cuándo lo veremos?

—Venga a verme aquí mañana a mediodía, e iremos juntos y lo arreglaremos todo —respondió.

—Muy bien. A las doce en punto del mediodía —dije, y le di la mano.

Lo dejamos trabajando entre sus sustancias químicas y emprendimos a pie el camino de vuelta a mi hotel.

—Por cierto —pregunté de pronto a Stamford, deteniéndome y volviéndome hacia él—, ¿cómo diantres ha sabido que vengo de Afganistán?

Mi compañero esbozó una sonrisa enigmática.

—Es una pequeña rareza suya —respondió—. Mucha gente se ha preguntado cómo se entera de las cosas.

—¡Ah! De modo que se trata de un misterio, ¿verdad? —exclamé, frotándome las manos—. Es muy estimulante. Debo agradecerle a usted que nos haya presentado. Ya sabe: «La materia de estudio conveniente para la humanidad es el hombre».

—Deberá usted estudiarlo, entonces —dijo Stamford, despidiéndose de mí—. Sin embargo, el problema le resultará peliagudo. Apuesto a que él descubre más acerca de usted que usted acerca de él. Adiós.

—Adiós —respondí, y seguí paseándome hacia mi hotel, bastante interesado por mi nuevo conocido.

II

LA CIENCIA DE LA DEDUCCIÓN

Nos reunimos al día siguiente, tal como había propuesto él, e inspeccionamos el apartamento del que había hablado, en el número 221B de Baker Street. Consistía en un par de dormitorios cómodos y un cuarto de estar grande y aireado, con mobiliario alegre e iluminado por dos ventanas amplias. El apartamento era tan deseable en todos los sentidos, y su coste parecía tan moderado al dividirlo entre dos, que cerramos el trato allí mismo y tomamos posesión de inmediato. Trasladé mis cosas del hotel aquella misma tarde, y Sherlock Holmes se presentó a la mañana siguiente con varias cajas y maletas. Pasamos un par de días ocupados en deshacer el equipaje y en disponer nuestros efectos personales de la manera más adecuada. Una vez hecho aquello, nos fuimos asentando y adaptando poco a poco a nuestro nuevo entorno.

La convivencia con Holmes no resultaba difícil, desde luego. Era hombre callado y de hábitos regulares. Era raro que se acostara después de las diez de la noche y, cuando yo me levantaba por la mañana, él ya había desayunado y se había marchado de manera indefectible. A veces se pasaba el día en el laboratorio de química; otras veces, en las salas de disección, y de cuando en cuando daba largos paseos que lo llevaban, al parecer, a los barrios bajos de la ciudad. Cuando le daba por trabajar, tenía una energía insuperable; pero a veces le sobrevenía una reacción y se pasaba días enteros tendido en el sofá del cuarto de estar, sin apenas pronunciar palabra ni mover un músculo de la mañana a la noche. En esas ocasiones observé tal expresión soñadora y perdida en sus ojos que podría haber llegado a sospechar que fuera adicto a algún narcótico, si no fuera imposible por la sobriedad y la limpieza de que daba muestras en su forma de vida.

Con el transcurso de las semanas aumentó y se agudizó mi interés por él y la curiosidad que sentía por la actividad a que dedicaba su vida. Hasta su aspecto físico podía llamarle la atención al más despreocupado de los observadores. Medía algo más de seis pies, y era tan notablemente enjuto que parecía bastante más alto todavía. Tenía los ojos agudos y penetrantes, salvo durante esos intervalos de embotamiento que he citado; y su nariz delgada, de halcón, le confería a toda su expresión un aspecto atento y seguro de sí mismo. También tenía la barbilla firme y prominente que caracteriza al hombre seguro de sí mismo. Llevaba siempre las manos manchadas de tinta y de sustancias químicas; sin embargo, estaban dotadas de una delicadeza extraordinaria, como pude observar en infinidad de ocasiones al verlo manipular sus frágiles instrumentos científicos.

Tal vez el lector me tache de entrometido incorregible cuando reconozco hasta qué punto despertaba mi curiosidad aquel hombre y con cuánta frecuencia intenté franquear las reservas de que daba muestras en todo lo relativo a sí mismo. Sin embargo, antes de condenarme, deberá tener en cuenta la falta de objetivos de mi vida y lo poco que tenía yo en qué entretenerme. Mi estado de salud sólo me permitía aventurarme a salir cuando hacía un tiempo excepcionalmente benigno, y carecía de amigos que me visitaran y rompieran la monotonía de mi existencia diaria. En tales circunstancias, recibí de buen grado el pequeño misterio que rodeaba a mi compañero y dediqué buena parte de mi tiempo a tratar de desentrañarlo.

No estudiaba Medicina. Él mismo me había confirmado la opinión de Stamford al respecto, en respuesta a una pregunta mía. Tampoco parecía que siguiera un plan de estudios que le permitiera aspirar a una licenciatura en Ciencias ni a ningún otro título que le franqueara el ascenso a los círculos científicos reconocidos. Sin embargo, estudiaba determinadas materias con celo notable, y sus conocimientos, no sin adentrarse en terrenos excéntricos, eran de una amplitud y una minuciosidad tan extraordinarias que sus observaciones me dejaban a veces francamente atónito. Sin duda, ningún hombre trabajaría tanto ni adquiriría información tan precisa si no tuviera presente algún fin concreto. Quienes estudian sin orden ni concierto no suelen destacar por la exactitud de sus conocimientos. Nadie se carga la mente de datos menores si no es con muy buen motivo.

Su ignorancia era tan notable como su conocimiento. Al parecer, no sabía prácticamente nada de literatura, filosofía ni política modernas. Cité en una ocasión a Thomas Carlyle, y él me preguntó con toda ingenuidad quién era ese caballero y qué había hecho. Sin embargo, mi sorpresa ya no pudo ser mayor cuando descubrí por casualidad que no conocía la teoría copernicana ni la composición del sistema solar. Me pareció de lo más extraordinario que un ser humano civilizado, en pleno siglo xix, no supiera que la Tierra orbita alrededor del Sol. Apenas podía creérmelo.

—Parece que se sorprende usted —dijo, sonriéndose al ver mi expresión de asombro—. Ahora que lo sé, haré lo posible por olvidarlo.

—¡Por olvidarlo!

—Verá usted —me explicó—: a mí me parece que el cerebro del hombre es, en un principio, como un desván pequeño y vacío, en el que hay que guardar los muebles que se quieran. Los necios lo abarrotan de todo tipo de trastos que se encuentran. De ese modo, los conocimientos que podían resultarles útiles no les caben o, en el mejor de los casos, están entremezclados con un montón de cosas y les resulta muy difícil encontrarlos. El hombre hábil, por su parte, elige con muchísimo cuidado lo que guarda en su desván-cerebro. Sólo conserva los instrumentos que pueden servirle para su trabajo; pero tiene gran variedad de ellos, y todos perfectamente ordenados. Es un error suponer que esa pequeña estancia tiene paredes elásticas, que se pueden dilatar de manera indefinida. Puede estar usted seguro de que llega un momento en que por cada cosa que se aprende se olvida otra que se sabía. Por tanto, es importantísimo no cargarse de datos inútiles que les quitan el sitio a los útiles.

—Pero ¡el sistema solar...! —protesté.

—¿Qué diantres me importa a mí? —me interrumpió con impaciencia—. Dice usted que giramos alrededor del Sol. Ni a mí ni a mi trabajo nos afectaría ni una pizca que girásemos alrededor de la Luna.

Estuve a punto de preguntarle en qué consistía ese trabajo, pero había algo en su actitud que me dio a entender que la pregunta no sería bien recibida. Reflexioné, no obstante, sobre nuestra breve conversación, y traté de deducir algo de ella. Había dicho que no quería adquirir conocimientos que no tuvieran que ver con su objetivo. Por tanto, todos los conocimientos que poseía debían resultarle útiles. Enumeré en mi cabeza todos los puntos sobre los que me había dado muestras de estar excepcionalmente bien informado. Llegué, incluso, a tomar un lápiz y trazar una lista por escrito. Cuando hube terminado de redactar el documento, no pude por menos que sonreír al leerlo. Decía así:

SHERLOCK HOLMES: Sus límites.
1. Conocimientos de literatura: Nulos.
2. Íd. de filosofía: Nulos.
3. Íd. de astronomía: Nulos.
4. Íd. de política: Flojos.
5. Íd. de botánica: Variables. Conoce bien la belladona, el opio y los venenos en general. No sabe nada de horticultura práctica.
6. Conocimientos de geología: Prácticos, aunque limitados. Distingue las tierras a simple vista. Al volver de sus paseos, me ha enseñado las salpicaduras de sus pantalones y me ha dicho en qué parte de Londres las había recibido, reconociéndolas por su color y consistencia.
7. Conocimientos de química: Profundos.
8. Íd. de anatomía: Precisos, aunque no sistemáticos.
9. Íd. de literatura sensacionalista: Inmensos. Al parecer, conoce todos los detalles de todos los crímenes horrorosos que se han cometido en este siglo.
10. Toca bien el violín.
11. Es buen boxeador y domina la esgrima de espada y de bastón.
12. Posee buenos conocimientos prácticos sobre las leyes británicas.

Cuando llegué a este punto, arrojé la lista al fuego, desesperado. «Quiero descubrir qué pretende este sujeto con todos estos conocimientos —me dije—; pero me parece imposible encontrar una profesión en la que se precisen todos ellos. Más me vale darme por vencido de una vez.»

Cuando releo mis notas veo que he citado sus dotes de violinista. Eran muy notables, pero tan excéntricas como el resto de sus conocimientos. Yo sabía bien que era capaz de tocar piezas, y difíciles, pues a petición mía me interpretó algunos *lieder* de Mendelssohn y otras obras favoritas mías. Sin embargo, cuando tocaba para sí, rara vez producía música ni intentaba interpretar ninguna melodía reconocible. Al caer la tarde, se recostaba en su sillón, cerraba los ojos y rascaba al descuido el violín que sostenía apoyado en las rodillas. Los acordes eran unas veces sonoros y melancólicos; en otras ocasiones, fantásticos y alegres. Era evidente que reflejaban los pensamientos que lo dominaban; no obstante, yo no era capaz de determinar si la música contribuía a dichos pensamientos o si era el mero resultado de su capricho o fantasía. Habría protestado ante aquellos solos irritantes, de no haber sido porque solía terminarlos tocando en rápida sucesión un amplio elenco de mis melodías favoritas, que en cierto modo compensaban el flagrante abuso de mi paciencia.

No recibimos ninguna visita en el transcurso de los primeros días, más o menos una semana, y empecé a creer que mi compañero era hombre tan falto de amigos como yo. No obstante, al poco tiempo descubrí que tenía muchos conocidos, y que éstos pertenecían a clases sociales muy diversas. Había un sujeto pequeño, cetrino, de cara de rata y ojos oscuros, a quien me presentaron con el nombre de señor Lestrade, y que apareció por casa tres o cuatro veces en una sola semana. Una mañana nos visitó una muchacha joven, vestida a la moda, que se quedó media hora o más. Esa misma tarde llegó un visitante de cabellos grises, desastrado, con aspecto de buhonero judío, que parecía muy excitado, al cual siguió al poco rato una mujer de edad, mal vestida. En otra ocasión fue un caballero anciano, de cabello cano, quien mantuvo una entrevista con mi compañero. Y otra vez fue un mozo de cuerda de los ferrocarriles llevando su uniforme de pana. Cuando se presentaba alguno de estos personajes abigarrados, Sherlock Holmes solía pedirme que le permitiera quedarse en el cuarto de estar, y yo me retiraba a mi dormitorio. Siempre me pedía disculpas por causarme esta incomodidad. «Tengo que servirme de esta sala para despachar mis asuntos, y estas personas son mis clientes», me decía. Aquello me brindaba una nueva oportunidad para hacerle una pregunta a quemarropa; sin embargo, mi delicadeza me impedía obligar a otra persona a que me hiciera confidencias. Me imaginaba entonces que tendría motivos poderosos para no hablar del asunto. Sin embargo, no tardó en quitarme la idea de la cabeza, pues lo abordó él por iniciativa propia.

El 4 de marzo (tengo buenos motivos para recordar la fecha) me levanté algo más temprano de lo habitual y descubrí que Sherlock Holmes no había terminado de desayunar. La patrona se había acostumbrado de tal modo a mis hábitos poco madrugadores que no me había puesto mi cubierto ni preparado mi café. Con la petulancia irracional común a toda la humanidad, hice sonar la campanilla y le advertí con sequedad de que estaba esperando. Tomé después una revista de la mesa e intenté entretenerme con ella, mientras mi compañero masticaba su tostada en silencio. Uno de los artículos tenía una señal con lápiz junto al encabezamiento, y empecé a leerlo en diagonal, como quien no quiere la cosa.

El artículo llevaba el título, más bien ambicioso, de «El libro de la vida», y pretendía exponer cuánto puede descubrir el hombre observador con el examen preciso y sistemático de todo lo que se cruza en su camino. Me pareció una combinación notable de perspicacia e incongruencia. Los razonamientos eran agudos e intensos, pero las consecuencias me parecían traídas por los pelos y exageradas. El autor se aseguraba capaz de sondear los pensamientos más íntimos de una persona por una expresión pasajera, el temblor de un músculo o la mirada de un ojo. Según decía, era imposible engañar al experto que dominara la observación y el análisis. Sus conclusiones eran tan infalibles como otras tantas proposiciones de Euclides. Podía obtener unos resultados que les parecerían tan sorprendentes a los no iniciados, que éstos, si no conocían el proceso por el que había llegado a deducirlos, bien podían tomarlo por nigromancia.

El lógico —decía el autor— podría deducir, a partir de una gota de agua, la posibilidad de la existencia de un océano Atlántico o unas cataratas del Niágara sin haber visto ninguno de los dos ni haber oído hablar de ellos. Así es toda la vida: una larga cadena, cuya composición conocemos con ver un solo eslabón suyo. La Ciencia de la Deducción y el Análisis, como todas las demás artes, sólo se puede adquirir con el estudio largo y paciente, y la vida no es lo bastante larga para que ningún mortal la posea con la máxima perfección posible. El investigador, antes de atender a los aspectos morales y mentales de la cuestión, que son los que presentan mayores dificultades, deberá empezar por dominar problemas más elementales. Ha de aprender a reconocer de una mirada, al encontrarse ante otro mortal, la historia de esta persona y la profesión u oficio que ejerce. Con todo lo pueril que pueda parecer este ejercicio, agudiza las dotes de observación y nos enseña qué hay que buscar y dónde buscarlo. Las uñas de un hombre, la manga de su chaqueta, su calzado, las rodillas de sus pantalones, los callos de sus dedos índice y pulgar, su expresión, los puños de su camisa: cada una de estas cosas desvela con claridad el oficio del hombre. Es casi inconcebible que el investigador competente deje de descubrirlo viéndolas todas en su conjunto.

—¡Qué majaderías tan indescriptibles! —exclamé, dejando la revista en la mesa de golpe—. No había leído en la vida tales disparates.

—¿De qué se trata? —preguntó Sherlock Holmes.

—Vaya, pues de este artículo —comenté, señalándolo con la cucharilla de comer el huevo pasado por agua, mientras me sentaba a desayunar—. Veo que lo ha leído usted, pues lo ha señalado. No voy a negar que está escrito con ingenio; pero me irrita. Evidentemente, es obra de algún teórico de salón que desarrolla esas pequeñas paradojas tan primorosas encerrado en su gabinete. No es práctico. Me gustaría verlo si lo metieran en un vagón de tercera clase del metro y le pidieran que indicara el oficio de todos sus compañeros de viaje. Apostaría mil contra uno a que no salía con ello.

—Perdería usted su dinero —observó Sherlock Holmes con calma—. En cuanto al artículo, lo escribí yo.

—¡Usted!

—Sí. Poseo ciertas aptitudes tanto para la observación como para la deducción. Las teorías que he expuesto aquí, y que tan quiméricas le parecen a usted, son en realidad extremadamente prácticas; tan prácticas, que me gano el pan con ellas.

—¿Y cómo? —pregunté, movido por un impulso involuntario.

—Pues bien, tengo mi propio oficio. Supongo que soy el único que lo ejerce en el mundo. Soy detective consultor, si es que entiende usted lo que quiere decir esto. Aquí en Londres hay muchos detectives del Gobierno y muchos privados. Cuando éstos fracasan, recurren a mí, y yo consigo hacerles seguir la pista buena. Me presentan todos los datos, y yo, asistido por mis conocimientos sobre la historia de la delincuencia, suelo ser capaz de ponerlos en el buen camino. Todas las fechorías tienen un marcado aire de familia. Cuando uno tiene delante todos los detalles de un millar de ellas, es raro que no pueda desentrañar la número mil uno. Lestrade es un detective conocido. Hace poco se encontró ofuscado por un caso de falsificación, y eso fue lo que lo hizo venir aquí.

—¿Y las otras visitas?

—A la mayoría los envían de agencias privadas de investigación. Todas son personas que tienen algún problema y que necesitan que les arroje algo de luz. Yo escucho sus relatos, ellos escuchan mis comentarios, y me embolso mis honorarios.

—Pero ¿quiere decirme usted que sin salir de su habitación es capaz de desentrañar un embrollo del que no sacan nada en claro otras personas, aunque hayan visto por sí mismas todos los detalles?

—En efecto. Poseo cierta intuición en ese sentido. De vez en cuando surge algún caso un poco más complejo. Entonces tengo que moverme y ver las cosas con mis propios ojos. Verá usted. Poseo muchos conocimientos especializados que aplico al problema y que facilitan maravillosamente las cosas. Las reglas de deducción que expuse en el artículo que mereció sus burlas son preciosas para mi trabajo práctico. La observación es instintiva en mí. La primera vez que nos vimos, pareció sorprenderse usted cuando le dije que venía de Afganistán.

—Se lo habría dicho alguien, sin duda.

—Nada de eso. Yo *supe* que venía usted de Afganistán. La sucesión de pensamientos me pasó por la mente con tal rapidez, fruto de la larga práctica, que llegué a la conclusión sin ser consciente de los pasos intermedios. No obstante, tales pasos existieron. El razonamiento fue el siguiente: «He aquí un caballero con aspecto de médico, pero con porte de militar. Se trata claramente, por tanto, de un médico militar. Acaba de llegar de un país tropical, pues tiene la cara morena, y no es el color natural de su piel, pues tiene las muñecas claras. Ha pasado penalidades y enfermedades; su cara demacrada lo indica con claridad. Tiene lesionado el brazo izquierdo: lo tiene rígido, de manera poco natural. ¿En qué país tropical puede haber sufrido tantas penalidades y una herida en el brazo un médico del ejército inglés? Está claro: en Afganistán». Toda esta sucesión de pensamientos se desarrolló en menos de un segundo. Comenté entonces que usted venía de Afganistán, y usted se quedó atónito.

—Resulta bastante sencillo, tal como lo explica usted —repuse con una sonrisa—. Me recuerda usted al Auguste Dupin de Edgar Allan Poe. No tenía idea de que existieran personajes así, salvo en las novelas.

Sherlock Holmes se puso de pie y encendió su pipa.

—Sin duda, pretende usted halagarme al compararme con Dupin —comentó—. Y bien, yo opino que Dupin tenía muy poca categoría. Ese truco suyo de interrumpir los pensamientos de sus amigos con un comentario que se ajustaba a ellos tras un cuarto de hora de silencio es, en realidad, muy superficial y ostentoso. Tenía cierto genio analítico, sin duda, pero no era ni mucho menos el fenómeno por el que parecía tomarlo Poe.

—¿Ha leído usted las obras de Gaboriau? —le pregunté—. ¿Está Lecoq a la altura de lo que usted considera que debe ser un detective?

Sherlock Holmes soltó un resoplido sardónico.

—Lecoq era un chapucero infame —dijo con voz de enfado—. Sólo tenía una virtud a su favor: su energía. Ese libro me puso francamente enfermo. El problema consistía en identificar a un preso desconocido. Yo podría haberlo conseguido en veinticuatro horas. Lecoq tardó cosa de seis meses. Podría servir de libro de texto para enseñar a los detectives cómo no se debe trabajar.

Me indigné bastante al oír tratar con tanto desprecio a dos personajes que me causaban admiración. Me acerqué a la ventana y me puse a contemplar la calle, llena de tráfico.

«Tal vez este sujeto sea muy listo —me dije—; pero no cabe duda de que es muy engreído.»

—En estos tiempos no hay ni crímenes ni criminales —dijo con voz quejumbrosa—. ¿De qué sirve tener cerebro en nuestra profesión? Sé muy bien que poseo dotes suficientes para llenar de fama mi nombre. No existe ni ha existido hombre alguno que haya dedicado tanto estudio ni tanto talento natural como yo al arte de la resolución de crímenes. Y ¿qué saco en limpio de ello? No hay crímenes que resolver; como mucho, alguna fechoría chapucera, de motivación tan manifiesta que hasta los oficiales de Scotland Yard la pueden descubrir.

Seguía molestándome esa manera suya de hablar tan presuntuosa. Me pareció más oportuno cambiar de tema.

—¿Qué estará buscando ese tipo? —me pregunté en voz alta, señalando a un individuo recio, de ropa corriente, que caminaba despacio por la acera de enfrente de la calle, mirando los números de las casas con interés. Llevaba en la mano un sobre azul grande, y era evidente que iba a entregar un mensaje.

—Se refiere usted al sargento de Infantería de Marina retirado... —dijo Sherlock Holmes.

«¡Pura filfa! —pensé—. Sabe que no puedo comprobar si está en lo cierto.»

Apenas me había pasado por la cabeza este pensamiento cuando el hombre al que observábamos vio el número de nuestra puerta y cruzó deprisa la calle. Oímos un golpe fuerte en la puerta, una voz grave en el piso inferior y unas pisadas firmes que subían la escalera.

—Para el señor Sherlock Holmes —dijo, entrando en la habitación y entregándole la carta a mi amigo.

Por fin tenía una oportunidad para bajarle los humos. Seguro que no se imaginaba que sucedería aquello cuando hizo esa afirmación al azar.

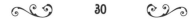

—¿Me permite que le pregunte una cosa, buen hombre? —dije con la mayor afabilidad—. ¿Cuál es su oficio?

—Ordenanza, señor —respondió con voz áspera—. Me están arreglando el uniforme.

—Y ha sido usted... —le dije, dirigiendo a mi compañero una mirada algo maliciosa.

—Sargento, señor. Infantería Ligera de la Marina Real, señor. ¿No hay respuesta? Muy bien, señor.

Dio un taconazo, hizo un saludo militar con la mano y se marchó.

III

EL MISTERIO DE LAURISTON GARDENS

He de reconocer que esta nueva prueba del valor práctico de las teorías de mi compañero me sorprendió bastante. Aumentó enormemente el respeto que les profesaba a sus capacidades analíticas; sin embargo, dentro de mí albergaba la vaga sospecha de que todo aquel episodio hubiera sido un montaje efectuado con el propósito de deslumbrarme, aunque no concebía qué podía sacar en limpio de tal engaño. Cuando lo miré, había terminado de leer la nota, y sus ojos habían adquirido esa expresión ausente, carente de brillo, que indicaba su abstracción mental.

—¿Cómo demonios ha deducido eso? —le pregunté.

—¿Cómo he deducido el qué? —repuso con petulancia.

—Vaya, lo de que era sargento retirado de Infantería de Marina.

—No tengo tiempo para fruslerías —respondió con brusquedad; después añadió, con una sonrisa—: Perdone, he sido grosero. Ha interrumpido el hilo de mis pensamientos, pero quizá haya sido para bien. ¿De modo que usted no fue capaz de ver que aquel hombre era sargento de Infantería de Marina?

—Desde luego que no.

—Me resultó más fácil saberlo que explicar ahora cómo lo supe. Si a usted le pidieran que demostrara que dos y dos son cuatro, tal vez le resultara difícil, a pesar de que está bien seguro de que es así. Pude ver, incluso desde el otro lado de la calle, que aquel hombre llevaba tatuada en el dorso de la mano una gran ancla azul. Eso ya olía a mar. Tenía, por otra parte, porte de militar, y llevaba las patillas reglamentarias. Ya tenemos al infante de Marina. Era hombre con algo de empaque y cierto aire de mando. Habrá observado usted que llevaba la cabeza erguida, y cómo agitaba el bastón. Y se apreciaba claramente en él a un hombre formal, respetable y de edad madura. Todo aquello me llevó a creer que había sido sargento.

—¡Maravilloso! —exclamé.

—Vulgar —replicó Holmes; aunque creí leer en su expresión que mi sorpresa y admiración evidentes le agradaban—. Acababa de decir que ya no había criminales. Al parecer, me equivocaba. ¡Mire esto!

Me arrojó la nota que había llevado el ordenanza.

—¡Vaya! —exclamé al leerla por encima—. ¡Esto es terrible!

—Sí que parece que se sale un poco de lo corriente —comentó con calma—. ¿Le importaría leérmela en voz alta?

La carta que le leí decía así:

> Estimado señor Sherlock Holmes:
>
> En el transcurso de esta noche se ha producido una desgracia en la casa número 3 de Lauriston Gardens, bocacalle de Brixton Road. Nuestro agente de guardia en la zona vio allí una luz hacia las dos de la madrugada, y dado que la casa está desocupada, sospechó que pasaba algo raro. Encontró la puerta abierta, y en el cuarto de estar principal, que está sin muebles, descubrió el cadáver de un caballero, bien vestido, que llevaba en el bolsillo tarjetas de visita con el nombre de *Enoch J. Drebber*, *Cleveland, Ohio, EE. UU*. No se había producido ningún robo, ni existen indicios de cómo murió el hombre. En la habitación hay rastros de sangre, pero el cuerpo no presenta heridas. Desconocemos cómo llegó a aquella casa vacía. Verdaderamente, es un enigma. Si le es posible pasarse por la casa antes de las doce, me encontrará allí. Lo he dejado todo tal como estaba hasta que tenga noticias suyas. Si no puede venir, le facilitaré más detalles, le agradecería mucho contar con su opinión.
>
> Atentamente,
> Tobías Gregson

—Gregson es el más listo de los de Scotland Yard —comentó mi amigo—. Lestrade y él son los menos malos del montón. Ambos son activos y tienen energía, pero son de un rutinario que asusta. Y además, se la tienen jurada el uno al otro. Se tienen tantos celos como un par de bellezones profesionales. Este caso dará que reír si los ponen a los dos a seguir las pistas.

La tranquilidad con que hacía estos comentarios tan ligeros me dejó asombrado.

—¡No hay tiempo que perder, sin duda! —dije—. ¿Quiere que vaya a pedirle un coche de punto?

—No sé si iré. Soy el perezoso más incurable que ha gastado suelas; es decir, cuando estoy con la pereza encima, pues llegado el caso también puedo ser bastante diligente.

—¡Vaya, pero si es precisamente la oportunidad que esperaba usted!

—Mi querido amigo, ¿qué me importa a mí? Suponiendo que logre desentrañar todo el asunto, no le quepa a usted duda de que Gregson, Lestrade y compañía se arrogarán todo el mérito. ¡Consecuencias de actuar por el conducto extraoficial!

—Pero ¡si le suplica que lo ayude!

—Sí. Sabe que soy superior a él, y me lo reconoce; pero se cortaría la lengua antes de confesarlo ante un tercero. Con todo, bien podemos acercarnos a echar una ojeada. Lo estudiaré por mi cuenta. Aunque no me sirva para otra cosa, podré reírme de ellos. ¡Venga usted!

Se puso el abrigo, y se movía con tal ánimo que me dio a entender que se le había pasado la apatía y le había entrado el arrebato de energía.

—Coja su sombrero —me dijo.

—¿Quiere que vaya con usted?

—Sí, venga si no tiene otra cosa mejor que hacer.

Al cabo de un minuto íbamos en un coche de punto a toda velocidad, camino de Brixton Road.

Hacía una mañana nublada, brumosa. Se cernía sobre los tejados un velo de color pardo que parecía el reflejo de las calles embarradas. Mi compañero estaba de muy buen humor, y se puso a disertar sobre los violines de Cremona y a explicarme las diferencias entre un Stradivarius y un Amati.

Yo, por mi parte, guardaba silencio, pues el tiempo melancólico y la triste tarea que habíamos emprendido me deprimían.

—No parece que piense usted mucho en el asunto que nos ocupa —dije por fin, interrumpiendo las disquisiciones musicales de Holmes.

—Aún no tengo datos —respondió—. Esbozar teorías antes de disponer de todos los hechos es un error gravísimo. Así se llena uno de prejuicios.

—Pronto tendrá usted sus datos —observé, señalando con el dedo—. Estamos en Brixton Road, y ésa es la casa, si no me equivoco.

—Sí que lo es. ¡Pare, cochero, pare!

Todavía nos faltaban unas cien yardas para llegar a la casa, pero se empeñó en que nos apeásemos allí, y terminamos el viaje a pie.

La casa número 3 de Lauriston Gardens tenía un aspecto amenazador y de mal agüero. Era una de las cuatro que estaban un poco retiradas de la calle, dos habitadas y dos vacías. Las últimas tenían tres niveles de ventanas como ojos inexpresivos y taciturnos, tristes y vacíos, a excepción de algunos letreros de «Se alquila» que les habían salido aquí y allá como cataratas en las pupilas nubladas. Entre cada una de estas casas y la calle había un jardincillo salpicado de plantas enfermizas y atravesado por un sendero estrecho, de color amarillento, compuesto al parecer por una mezcla de arcilla y gravilla. Toda la zona era un barrizal debido a la lluvia que había caído por la noche. El jardín de la casa estaba cercado por un muro de ladrillo de tres pies de altura, con bardas de madera en la parte superior. Un robusto agente de policía se apoyaba en él, rodeado por un grupito de gente ociosa que estiraba el cuello y forzaba la vista intentando en vano atisbar lo que pasaba dentro de la casa.

Yo había supuesto que Sherlock Holmes entraría enseguida en la casa para sumirse en el estudio del misterio. No obstante, pareció que nada estaba más lejos de su intención. Con un aire despreocupado que, en tales circunstancias, me pareció casi afectado, se paseó por la acera. Miraba distraídamente el suelo, el cielo, las casas de enfrente y la hilera de cercas de la calle. Tras terminar este escrutinio, avanzó despacio por el sendero, o más bien por la hierba de su borde, con la mirada clavada en el suelo. Se detuvo dos veces, y en una ocasión lo vi sonreír y le oí soltar una exclamación satisfecha. En el sendero empapado y arcilloso había muchas huellas de pisadas; pero, teniendo en cuenta que los policías habían entrado y salido por allí, no comprendí cómo podía esperar mi compañero sacar algo en limpio de él. Sin embargo, tras las pruebas tan extraordinarias que había presenciado de la viveza de sus dotes de percepción, no me quedaba duda de que sería capaz de ver muchas cosas que a mí me quedaban ocultas.

En la puerta de la casa nos recibió un hombre alto, pálido, de pelo rubio y con un cuaderno de notas en la mano, que se adelantó y estrechó efusivamente la mano de mi compañero.

—Es muy amable por su parte haber venido —dijo—. Lo he dejado todo intacto.

—¡Menos eso! —respondió mi amigo, señalando el sendero—. Ni una manada de búfalos habría dejado mayor confusión. Pero, sin duda, usted habrá extraído sus propias conclusiones, Gregson, antes de consentirlo.

—He estado muy ocupado dentro de la casa —dijo el detective a modo de evasiva—. Está aquí mi colega, el señor Lestrade. Había esperado que se ocupara él de eso.

Holmes me dirigió una mirada y levantó las cejas con gesto sardónico.

—Con dos hombres como Lestrade y usted en acción, a un tercero no le quedará mucho que descubrir —dijo.

Gregson se frotó las manos con aire de satisfacción.

—Creo que hemos hecho todo lo que podía hacerse —respondió—. Sin embargo, el caso es raro, y sé que usted es aficionado a estas cosas.

—¿Ha venido usted en coche de punto? —preguntó Sherlock Holmes.

—No, señor.

—¿Y Lestrade?

—Tampoco, señor.

—Vamos a ver la habitación, entonces.

Y dicho esto, que apenas guardaba relación con lo anterior, entró en la casa. Lo seguía Gregson, cuyo gesto delataba un inequívoco asombro.

Un pasillo corto, polvoriento y con suelo de tarima desnuda conducía a la cocina y las dependencias anejas. Daban al pasillo dos puertas, una a la izquierda y otra a la derecha. Se apreciaba a simple vista que una llevaba muchas semanas sin abrirse. La otra daba acceso al comedor, que era la

sala en que se había producido el suceso misterioso. Holmes entró, y yo lo seguí, sintiendo en el corazón esa sensación solemne que inspira la presencia de la muerte.

Era una estancia grande, de planta cuadrada, que parecía mayor por la falta absoluta de muebles. Las paredes estaban decoradas con un papel pintado vulgar y chillón, con algunas manchas de moho, y del que se habían despegado aquí y allá largas tiras que dejaban a la vista la pared de yeso amarillento. Frente a la puerta había una chimenea ostentosa, rematada por una repisa de falso mármol blanco. En una esquina de la repisa estaba pegado el cabo de una vela de cera roja. La única ventana estaba tan sucia que la luz era difusa e incierta y lo teñía todo de un matiz gris mate, reforzado por la espesa capa de polvo que cubría toda la sala.

Todos esos detalles los observé más tarde. De momento, tenía puesta la atención en la figura siniestra que yacía inmóvil, tendida en la tarima, mirando el techo descolorido con ojos inexpresivos y sin vista. Pertenecía a un hombre de unos cuarenta y tres o cuarenta y cuatro años de edad, de estatura mediana, ancho de hombros, cabello negro crespo y rizado, y barba corta y rala. Vestía una levita de paño grueso, con chaleco y pantalones de color claro, y llevaba impecables el cuello y los puños de la camisa. En el suelo, a su lado, estaba colocado un sombrero de copa, en buen estado y bien cepillado. Tenía los puños apretados y los brazos abiertos; en cuanto a las piernas, las tenía entrelazadas, como si hubiera pasado una agonía dolorosa. Sus facciones rígidas mostraban una expresión de horror y, según me pareció, de odio, como no he visto otra igual en rostro humano. Esta contorsión maligna y terrible, sumada a la estrechez de la frente, la nariz chata y la mandíbula prognata, le daban al hombre un aspecto singularmente simiesco, de primate, subrayado por su postura retorcida y antinatural. He visto la muerte en muchas formas, pero jamás se me había presentado bajo un aspecto tan temible como en aquella estancia oscura y mugrienta cuya ventana daba a una de las arterias principales del extrarradio de Londres.

El delgado Lestrade, con su aspecto habitual de comadreja, estaba en la puerta. Nos saludó a mi compañero y a mí.

—Este caso meterá ruido, señor mío —comentó—. No he visto cosa igual, y eso que no soy ningún pipiolo.

—¿No hay pistas? —preguntó Gregson.

—Ninguna en absoluto —replicó Lestrade.

Sherlock Holmes se acercó al cadáver y, tras arrodillarse, lo examinó con atención.

—¿Están seguros de que no tiene heridas? —preguntó, señalando los numerosos goterones y salpicaduras de sangre que lo rodeaban.

—¡Sin duda alguna! —exclamaron ambos detectives.

—Entonces, esta sangre pertenece a un segundo individuo, evidentemente... Cabe suponer que al asesino, si es que ha habido asesinato. Esto me trae a la memoria las circunstancias de la muerte de Van Jansen, en Utrecht, en 1834. ¿Recuerda usted, el caso, Gregson?

—No, señor.

—Léalo usted: le conviene. No hay nada nuevo bajo el sol. Todo se ha hecho ya.

Mientras hablaba, sus ágiles dedos volaban de aquí para allá, moviéndose por todas partes, tanteando, palpando, desabotonando, examinando, mientras tenía en los ojos esa misma expresión perdida que ya he comentado. El examen se realizó con tanta rapidez que el espectador apenas podría hacerse cargo de la minuciosidad con que se llevó a cabo. Por último, olisqueó los labios del muerto, y después echó una ojeada a las suelas de sus botines de charol.

—¿No se le ha movido en absoluto? —preguntó.

—Sólo lo imprescindible para examinarlo.

—Ya pueden llevárselo al depósito —dijo Holmes—. No queda nada por descubrir.

Gregson tenía dispuesta una camilla con cuatro camilleros. Los llamó, y entraron en la habitación para llevarse al desconocido. Cuando lo levantaron, se oyó el tintineo de un anillo que cayó y rodó por el suelo. Lestrade lo recogió y lo miró con estupor.

—En la habitación ha estado una mujer —exclamó—. Es una alianza de mujer.

Dijo esto mostrando el anillo que tenía en la palma de la mano. Todos nos reunimos a su alrededor y lo miramos con atención. No cabía duda de que aquel fino y sencillo aro de oro había adornado en algún momento el dedo de una mujer casada.

—Esto complica las cosas —dijo Gregson—. Y bien sabe Dios que ya estaban bastante complicadas de por sí.

—¿Está usted seguro de que, por el contrario, no las simplifica? —observó Holmes—. De nada sirve quedarse mirándolo. ¿Qué han encontrado en sus bolsillos?

—Lo hemos dejado todo aquí —dijo Gregson, señalando varios objetos que estaban dispuestos en uno de los escalones inferiores de la escalera de la casa—. Un reloj de bolsillo de oro, número de serie 97163, marca Barraud, de Londres. Leontina de oro de modelo Príncipe Alberto, muy sólida y pesada. Anillo de oro con símbolo masónico. Alfiler de corbata de oro que representa una cabeza de perro bulldog con ojos de rubíes. Cartera de piel rusa, con tarjetas de visita de Enoch J. Drebber, de Cleveland, nombre que coincide con las iniciales «E. J. D.» con las que está marcada su ropa blanca. No lleva monedero, pero sí monedas sueltas por valor de siete libras y trece chelines. Un ejemplar de bolsillo del *Decamerón* de Boccaccio, con el nombre Joseph Stangerson escrito en las guardas. Dos cartas: una dirigida a E. J. Drebber y otra a Joseph Stangerson.

—¿A qué dirección?

—A la lista de correos del Centro Americano del Strand. Ambas las remite la Compañía de Vapores Guion y se refieren a las fechas de partida de sus barcos de Liverpool. Es evidente que este desdichado se disponía a regresar a Nueva York.

—¿Han hecho alguna pesquisa sobre ese tal Stangerson?

—Lo hice de inmediato, señor mío —respondió Gregson—. He enviado anuncios a todos los periódicos, y he mandado a uno de mis hombres al Centro Americano, aunque no ha regresado todavía.

—¿Se han puesto en contacto con Cleveland?

—Hemos enviado un telegrama esta mañana.

—¿Cómo han formulado su consulta?

—Nos hemos limitado a describir las circunstancias y a decir que les agradeceríamos cualquier información que pudiera resultarnos útil.

—¿No han solicitado información sobre ningún aspecto concreto que les haya parecido esencial?

—He preguntado por Stangerson.

—¿Nada más? ¿No le parece que exista alguna circunstancia sobre la que podría girar todo este caso? ¿No piensa enviar otro telegrama?

—Ya he dicho todo lo que tenía que decir —replicó Gregson con tono de dignidad ofendida.

Sherlock Holmes se rio para sus adentros, y parecía que estaba a punto de hacer algún comentario, cuando Lestrade, que había estado examinando el salón mientras nosotros manteníamos esta conversación en el pasillo, volvió a entrar en escena frotándose las manos con aire pomposo y de suficiencia.

—Señor Gregson —dijo—, acabo de efectuar un descubrimiento de la máxima importancia, que se habría pasado por alto si yo no hubiera examinado cuidadosamente estas paredes.

Al hombrecillo le brillaban los ojos al hablar. Saltaba a la vista que se encontraba en un estado de júbilo contenido por haberse anotado aquel tanto ante su colega.

—Pasen ustedes aquí —dijo, apresurándose a entrar de nuevo en la sala, cuyo ambiente parecía más límpido desde que habían retirado a su espantoso ocupante.

—¡Ahora, pónganse aquí!

Encendió una cerilla raspándola en la suela de su zapato y la levantó ante la pared.

—¡Miren ustedes esto! —dijo en son triunfal.

Ya he comentado que el papel pintado se había caído en algunas partes. En aquel rincón de la sala se había despegado un trozo grande, dejando al descubierto un cuadro amarillo de yeso basto. En ese espacio vacío estaba escrita con letras rojas de sangre una sola palabra:

RACHE

—¿Qué les parece? —exclamó el detective, con aire de feriante que exhibe su espectáculo—. Esto se había pasado por alto porque estaba en el rincón más oscuro de la sala y a nadie se le había ocurrido mirar allí. El asesino o asesina lo ha escrito con su propia sangre. ¡Observen este goterón que ha caído por la pared! Así se descarta, en todo caso, la tesis de suicidio. ¿Por qué se eligió este rincón para escribir en él? Se lo diré a ustedes. Observen esa vela de la repisa de la chimenea. Estaba encendida entonces, y, si estaba encendida, este rincón no sería la parte más oscura de la pared, sino la más iluminada.

—Y ahora que lo ha encontrado, ¿qué significa? —preguntó Gregson con voz desdeñosa.

—¿Que qué significa? Vaya, pues significa que la persona pretendía escribir el nombre de mujer *Rachel*, pero sufrió una interrupción antes de que le diera tiempo de terminar de escribirlo. Recuerden lo que les digo: cuando se resuelva este caso, verán ustedes como tiene algo que ver con ello una mujer llamada Rachel. Ríase usted todo lo que quiera, señor Sherlock Holmes. Será usted muy listo y muy inteligente, pero el perro viejo sabe más a la larga.

—¡Le pido a usted mil perdones! —dijo mi compañero, que había irritado al hombrecito soltando una carcajada—. No se le puede negar el mérito de haber sido el primero en encontrar esto; que, tal como dice usted, tiene todas las muestras de haber sido escrito por el otro participante en el misterio de anoche. Todavía no había tenido tiempo de examinar esta sala, pero lo haré ahora con el permiso de ustedes.

Mientras decía esto, se sacó del bolsillo una cinta métrica y una lupa redonda grande. Provisto de estos dos instrumentos, empezó a recorrer la habitación sin ruido, deteniéndose a veces, arrodillándose en ocasiones, y una vez se llegó a tender del todo en el suelo boca abajo. Estaba tan absorto en su tarea que parecía como si se hubiera olvidado de nuestra presencia por completo, pues no dejaba de hablar solo en voz baja, sin cesar de proferir exclamaciones, gruñidos, silbidos e interjecciones que expresaban su ánimo y su confianza. Al verlo, no pude evitar que me recordara a un perro raposero de pura sangre y bien adiestrado que recorre el terreno a toda velocidad, lloriqueando de impaciencia, hasta que encuentra el rastro perdido. Prosiguió su examen durante algo más de veinte minutos, midiendo con suma precisión la distancia entre señales absolutamente invisibles para mí, y aplicando de vez en cuando su cinta métrica a las paredes de una manera asimismo incomprensible. En cierto lugar recogió con mucho cuidado del suelo un montoncito de polvo gris que guardó en un sobre. Por último, examinó con su lente la palabra escrita en la pared, observando con exactitud minuciosa cada una de sus letras. Hecho esto, pareció darse por satisfecho, pues volvió a guardarse en el bolsillo la cinta métrica y la lupa.

—Dicen que el genio es una capacidad infinita para tomarse molestias —comentó con una sonrisa—. Como definición es muy mala, pero sí que puede aplicarse al trabajo del detective.

Gregson y Lestrade habían observado las operaciones de su compañero *amateur* con notable curiosidad y alguna muestra de desprecio. Era evidente que no caían en la cuenta de lo que yo empezaba a comprender: que hasta el más mínimo acto de Sherlock Holmes iba encaminado a un fin concreto y práctico.

—¿Qué le parece a usted? —le preguntaron ambos.

—No voy a cometer la incorrección de pretender ayudarlos para atribuirme el mérito de resolver el caso —comentó mi amigo—. Van ustedes ya tan avanzados que sería una lástima que nadie se entrometiera.

Había en sus palabras todo un mundo de sarcasmo.

—Si me tienen al corriente de la marcha de sus investigaciones, tendré mucho gusto en brindarles toda la ayuda que pueda —prosiguió—. Mientras tanto, me gustaría hablar con el agente que encontró el cadáver. ¿Podrían darme su nombre y dirección?

Lestrade echó una mirada a su libreta.

—John Rance —dijo—. Ya ha terminado su servicio. Lo encontrará en el 46 de Audley Court, en Kennington Park Gate.

Holmes tomó nota de la dirección.

—Venga usted, doctor —dijo—: iremos a hacerle una visita. Sí que les diré algo que podría servirles de ayuda para el caso —añadió, dirigiéndose a los dos detectives—. Se ha cometido un asesinato, y el asesino era un

hombre. Medía más de seis pies de altura, estaba en la plenitud de la vida, tenía los pies pequeños para su talla, llevaba zapatos bastos, de punta cuadrada, y fumaba un cigarro puro de Trichinopoly. Llegó aquí con su víctima en un coche de punto de cuatro ruedas tirado por un caballo que llevaba tres herraduras viejas y una nueva, la del casco delantero derecho. Es casi seguro que el asesino tuviera la cara colorada, y tenía muy largas las uñas de la mano derecha. Son sólo unas indicaciones, pero podrían resultarles útiles.

Lestrade y Gregson se miraron con sonrisas de incredulidad.

—Si este hombre ha sido asesinado, ¿cómo se cometió el crimen? —preguntó el primero.

—Con veneno —dijo Sherlock Holmes lacónicamente, y se puso en camino a paso vivo—. Una cosa más, Lestrade—añadió, volviéndose desde la puerta—: *RACHE* significa «venganza» en alemán; de modo que no pierda usted el tiempo buscando a la señorita Rachel.

Después de soltar este último golpe, se marchó, dejando boquiabiertos a los dos rivales.

IV
Lo que contó John Rance

Cuando salimos de la casa número 3 de Lauriston Gardens era la una de la tarde. Acompañé a Sherlock Holmes a la oficina de telégrafos más cercana, desde donde envió un largo telegrama. Llamó luego a un coche de punto y le ordenó al cochero que nos llevara a la dirección que nos había dado Lestrade.

—Nada como la información de primera mano —observó—. La verdad es que ya he llegado a una conclusión respecto del caso; sin embargo, no está de más que nos enteremos de todo lo posible.

—Me maravilla usted, Holmes —dije—. Sin duda no estará usted tan seguro como pretende de todos los detalles que ha dado.

—No hay posibilidad de error —respondió—. Lo primero que observé al llegar fue que un coche de punto había dejado dos surcos con las ruedas cerca de la acera. Ahora bien, llevaba una semana sin llover hasta anoche, de modo que las ruedas que han dejado una marca tan profunda han debido de pasar por allí anoche. También estaban las señales de los cascos del caballo, uno de los cuales dejaba una huella mucho más marcada que las de los demás, lo que demostraba que llevaba herradura nueva. En vista de que el coche de punto llegó allí después de que empezara a llover y de que no estuvo allí en ningún momento de la mañana (Gregson me lo asegura), se deduce que debió de llegar en el transcurso de la noche y, por tanto, que trajo hasta la casa a los dos individuos.

—Parece bastante claro —dije—; pero ¿y lo de la altura del otro hombre?

—Pues bien, la altura de un hombre se puede calcular en nueve de cada diez ocasiones en función de la longitud de sus pasos. El cálculo es bastante sencillo, aunque sería ocioso aburrirlo con las cifras. Vi los pasos de ese sujeto tanto en la arcilla del exterior como en el polvo del interior. Y encontré después el modo de comprobar mis cálculos. Cuando un hombre escribe en una pared, lo hace de manera instintiva a la altura aproximada de sus ojos. Y bien, aquella palabra estaba a poco más de seis pies del suelo. Era un juego de niños.

—¿Y su edad? —le pregunté.

—Bueno, un hombre que da una zancada de cuatro pies y medio sin el menor esfuerzo no puede estar decrépito del todo. Ésa era la anchura de un charco del camino del jardín que había salvado claramente de un paso. El de los botines de charol lo había rodeado, y el de los zapatos de punta cuadrada pasó por encima. Todo esto no tiene ningún misterio. No hago más que aplicar a la vida diaria algunos de los preceptos de la observación y la deducción que propugnaba en aquel artículo. ¿Tiene usted alguna otra duda?

—Lo de las uñas, y lo del puro de Trichinopoly —propuse.

—Aquella palabra la escribió en la pared el dedo índice de un hombre mojado en sangre. Pude ver con mi lupa que el yeso se había raspado un poco al escribir, cosa que no habría sucedido si el hombre hubiera tenido recortada la uña. Recogí algo de ceniza que estaba dispersa en el suelo: era de color oscuro y de textura escamosa, una ceniza que sólo deja un puro de Trichinopoly. He estudiado detenidamente las cenizas del tabaco; de hecho, he escrito una monografía sobre la materia. Puedo jactarme de ser capaz de distinguir a simple vista la ceniza de todas las marcas conocidas, ya sea de puros, cigarrillos o tabaco de pipa. En los detalles como éste se distingue al detective capacitado de los que son como Gregson y Lestrade.

—¿Y lo de la cara colorada? —pregunté.

—Ah, eso ha sido una proposición más aventurada, aunque no me cabe duda de que estaba en lo cierto. No me lo pregunte usted hasta que no esté más avanzado el caso.

—La cabeza me da vueltas —comenté, pasándome la mano por la frente—: cuanto más se piensa en ello, más misterioso parece. ¿Cómo llegaron esos dos hombres (si es que había dos hombres) a una casa vacía? ¿Qué ha sido del cochero de punto que los trajo? ¿Cómo pudo obligar un hombre a otro a que tomara veneno? ¿De dónde salió la sangre? ¿Cuál fue el móvil del asesino, ya que no hubo robo? ¿Cómo fue a parar allí el anillo de mujer? Y, sobre todo, ¿por qué escribió el segundo hombre la palabra alemana *RACHE* antes de retirarse? Confieso que no veo ninguna manera de conciliar todos estos hechos.

Mi compañero me dirigió una sonrisa de aprobación.

—Ha resumido usted bien y de manera concisa los retos que se nos plantean —dijo—. Aún quedan muchos puntos oscuros, aunque yo ya he llegado a una conclusión sobre los hechos principales. En lo que respecta al hallazgo del pobre Lestrade, no es más que una pista falsa que se puso con el fin de confundir a la policía, haciendo creer que se trata de un hecho relacionado con el socialismo y las sociedades secretas. No fue un alemán quien escribió esa palabra. Quizá observara usted que la letra *A* estaba escrita imitando en parte la letra alemana.[3] Sin embargo, el verdadero alemán utiliza siempre la letra latina cuando escribe en mayúsculas; podemos decir que esto no lo escribió un alemán sino un imitador torpe que se excedió en su celo. Fue una simple argucia para desviar la atención de las investigaciones. No le hablaré mucho más del caso, doctor. Es sabido que al ilusionista no se le reconoce ningún mérito cuando explica sus trucos, y si yo le desvelo a usted todos mis métodos de trabajo, llegará a la conclusión de que soy una persona común y corriente, al fin y al cabo.

—Jamás creeré tal cosa —respondí—: ha elevado usted la ciencia de la detección a la categoría de ciencia exacta, más que nadie en el mundo.

Mi compañero se sonrojó de placer al oír mis palabras y la sinceridad con que las pronuncié. Ya había observado yo que era tan sensible a las alabanzas por su arte como podría serlo cualquier muchacha que las recibe por su belleza.

---

3   Recordemos que el alemán se escribió y se imprimió con una letra gótica peculiar (Fraktur) hasta bien entrado el siglo xx. (N. del T.)

—Le diré a usted otra cosa —añadió—. El de los botines de charol y el de los zapatos de punta cuadrada llegaron en el mismo carruaje y subieron juntos por el camino con toda la amistad del mundo; codo con codo, con toda probabilidad. Cuando entraron en la casa, se pasearon por la habitación... o, mejor dicho, el de los botines de charol se quedó quieto mientras se paseaba el de los zapatos de punta cuadrada. Vi todo aquello en el polvo, y vi también que se iba acalorando cada vez más al caminar. Se aprecia en la longitud creciente de sus zancadas. Hablaba sin parar, y sin duda iba montando en cólera. Entonces sucedió la tragedia. Ya le he dicho a usted todo lo que sé, ya que el resto son puras inferencias y conjeturas. Tenemos, no obstante, una buena base con la que trabajar. Ahora debemos darnos prisa, pues quiero asistir esta tarde a la sala de conciertos de Halle para oír a Norman Neruda.

Esta conversación había tenido lugar mientras nuestro carruaje serpenteaba por una larga sucesión de calles miserables y callejones lúgubres. Nuestro cochero se detuvo de pronto en la más miserable y lúgubre de todas.

—Ahí está Audley Court —dijo, señalando un pasadizo estrecho entre las fachadas de ladrillo de color apagado—. Me quedaré a esperarlos aquí.

Audley Court no era un paraje nada atractivo. El pasadizo estrecho nos condujo a un patio rectangular con suelo enlosado, rodeado de viviendas sórdidas. Nos abrimos paso entre grupos de niños sucios y ropa blanca descolorida puesta a tender hasta que llegamos al número 46, en cuya puerta lucía una plaquita de bronce que tenía grabado el apellido Rance. Cuando llamamos, nos dijeron que el agente estaba acostado y nos hicieron pasar a una salita a esperarlo.

Apareció al poco rato, con cierto aire de irritación por haber sido arrancado de su sueño.

—Ya hice mi informe en la oficina —dijo. Holmes se sacó del bolsillo una moneda de media libra y se puso a juguetear con ella, pensativo.

—Habíamos pensado que nos gustaría oírlo todo de su boca —dijo.

—Con mucho gusto les contaré todo lo que pueda —respondió el agente, con los ojos puestos en el pequeño disco de oro.

—Bastará con que nos lo refiera todo a su manera, tal como sucedió.

Rance se sentó en el sofá de crin y frunció el ceño, como dispuesto a no olvidar nada en su narración.

—Se lo contaré desde el principio. Mis horas de guardia son de diez de la noche a seis de la mañana. A las once hubo un altercado en la taberna de la Cierva Blanca, pero aparte de eso no hubo novedad en mi zona. A la una empezó a llover y me encontré con Harry Murcher, el que tiene la zona de Holland Grove, y estuvimos hablando en la esquina de Henrietta Street. Después (puede que fueran las dos o un poco más tarde) pensé ir a echar una ojeada para comprobar si todo iba bien por Brixton Road. Había mucho barro y ninguna gente. No vi un alma en todo el camino, aunque sí que pasaron uno o dos coches de punto. Iba bajando despacio, pensando (dicho sea entre nosotros) en lo bien que me sentaría un lingotazo de ginebra caliente de a cuatro peniques, cuando de pronto me llamó la atención una luz en la ventana de aquella casa. Y bien, yo sabía que esas dos casas de Lauriston Gardens estaban desocupadas porque el propietario no quiere arreglar los desagües, a pesar de que el último inquilino de una de ellas se murió del tifus. Por eso me quedé de una pieza al ver una luz en la ventana, y sospeché que algo marchaba mal. Cuando llegué a la puerta...

—Se detuvo usted y volvió a la puerta del jardín —lo interrumpió mi compañero—. ¿Por qué lo hizo?

Rance dio un fuerte respingo y se quedó mirando a Sherlock Holmes con gesto de asombro absoluto.

—Vaya, sí que es verdad, señor —admitió—, aunque sólo el cielo sabe cómo se ha enterado usted. Verá usted, cuando llegué a la puerta había tanto silencio y soledad que pensé que tampoco me vendría mal que me acompañara alguien. A mí no me asusta nada de carne y hueso, pero pensé que podía tratarse del que se murió de tifus, que había vuelto para revisar los desagües que lo mataron. Esta idea me descompuso un poco y me acerqué a la puerta del jardín por si veía la linterna de Murcher, pero no había rastro ni de él ni de nadie.

—¿No había nadie en la calle?

—No había bicho viviente, señor, ni un perro. Entonces me armé de valor y regresé y abrí la puerta. Dentro no se oía nada, de modo que fui a la habitación donde estaba la luz. Había una vela encendida en la repisa de la chimenea, una vela de cera roja, y vi a su luz...

—Sí, ya sé lo que vio. Recorrió la habitación varias veces, y se arrodilló junto al cadáver, y después cruzó el pasillo e intentó abrir la puerta de la cocina, y después...

John Rance se puso en pie de un salto con cara de susto y mirada suspicaz.

—¿Dónde estaba usted escondido para ver todo eso? —exclamó—. Me parece que sabe mucho más de lo que debe.

Holmes se rio y le arrojó al agente su tarjeta sobre la mesa.

—No vaya a detenerme por el asesinato —dijo—. No soy el lobo, soy uno de los sabuesos. El señor Gregson o el señor Lestrade le darán razón de mí. Pero siga usted. ¿Qué hizo después?

Rance volvió a su asiento, aunque sin perder su gesto de asombro.

—Volví a la puerta del jardín y toqué el silbato. Así acudieron Murcher y otros dos.

—Entonces, ¿estaba desierta la calle?

—Bueno, no había nadie que pudiera servir de nada.

—¿Qué quiere decir con eso?

El agente esbozó una sonrisa.

—He visto muchos borrachos en mi vida —dijo—, pero no había visto nunca a ninguno con una cogorza como la que llevaba ese sujeto. Estaba junto a la puerta del jardín cuando salí, apoyado en la verja y cantando a voz en grito no sé qué de la bandera de barras y estrellas. No se tenía en pie, ni mucho menos podía ayudar en nada.

—¿Cómo era ese hombre? —preguntó Sherlock Holmes.

Esta digresión pareció irritar un poco a John Rance.

—Era un hombre borracho a más no poder —dijo—. Habría acabado en el cuartelillo si no hubiésemos estado tan ocupados.

—Su cara... Su ropa... ¿No se fijó usted en ellos? —lo interrumpió Holmes con impaciencia.

—Ya lo creo que me fijé, en vista de que Murcher y yo tuvimos que sujetarlo entre los dos. Era un tipo larguirucho, de cara roja, embozado en una bufanda...

—Es suficiente —exclamó Holmes—. ¿Qué fue de él?

—Ya teníamos bastante que hacer como para prestarle atención —dijo el policía con voz de dignidad ofendida—. Supongo que acabaría por llegar a su casa.

—¿Cómo iba vestido?

—Con un abrigo marrón.

—¿Llevaba un látigo en la mano?

—¿Un látigo? No.

—Debió de dejarlo —murmuró mi compañero—. ¿No vio u oyó usted después un coche de punto?

—No.

—Aquí tiene media libra —dijo mi compañero, que se puso de pie y cogió su sombrero—. Mucho me temo, Rance, que no llegará usted lejos en el cuerpo. Debería usar la cabeza para algo más que llevar el sombrero. Pudo ganarse anoche los galones de sargento. El hombre al que tuvo en brazos es la clave de este misterio, y es al que buscamos. Es inútil discutirlo ahora; le digo que es así. Vámonos, doctor.

Salimos juntos hacia el coche, dejando a nuestro informante incrédulo, pero con una desazón evidente.

—¡Qué torpeza la de ese necio! —se lamentó Holmes con amargura mientras volvíamos en el coche a nuestro apartamento—. ¡Pensar que tuvo esa oportunidad incomparable y no la aprovechó!

—Todavía sigo bastante a oscuras. Es verdad que el hombre que describió coincide con la idea que tenía usted del segundo participante en este misterio. Pero ¿por qué iba a volver a la casa después de abandonarla? Los criminales no obran así.

—El anillo, hombre, el anillo. Volvió por él. A falta de otro medio de atraparlo, siempre podremos tenderle un anzuelo con el anillo como cebo. Lo encontraré, doctor, le apuesto dos contra uno a que lo encuentro. Todo esto debo agradecérselo a usted. De no haber sido por usted, tal vez no habría ido, y me habría perdido el mejor estudio que me he encontrado; un estudio en escarlata, ¿eh? ¿Por qué no aplicar un poco la jerga de los pintores? El hilo escarlata del asesinato cruza la urdimbre sin color de la vida, y nuestro deber es desenmarañarlo, aislarlo y ponerlo al descubierto en toda su extensión. Y ahora vamos a almorzar, y después iremos a oír a Norman Neruda. Su ataque y su juego de arco son espléndidos. ¿Cómo era esa piececilla de Chopin que toca de una manera tan espléndida? Tra la la lira lira la...

El sabueso *amateur*, recostado en su asiento del coche, se puso a canturrear como una alondra mientras yo meditaba sobre la multitud de facetas que tiene la mente humana.

V

Nuestro anuncio atrae a un visitante

El esfuerzo de la mañana había sido excesivo para mi poca salud, y por la tarde estaba cansado. Cuando Holmes salió para el concierto, me tendí en el sofá e intenté dormir un par de horas. Fue en vano. Tenía la mente demasiado excitada con todo lo sucedido, y me venía a la cabeza un tropel de fantasías e hipótesis extrañas. Cada vez que cerraba los ojos veía ante mí el semblante distorsionado, de macaco, del hombre asesinado. Aquella cara me había producido una impresión tan siniestra que me resultaba difícil sentir nada que no fuera agradecimiento hacia el hombre que había quitado del mundo a su propietario. Pocos rostros humanos podían reflejar una perversión más maligna que la que expresaba el de Enoch J. Drebber, de Cleveland. Con todo, comprendía que era preciso hacer justicia, y que la depravación de la víctima no era circunstancia eximente ante la ley.

Cuanto más pensaba en ello, más extraordinaria me parecía la hipótesis de mi compañero con arreglo a la cual el hombre había sido envenenado. Recordaba que le había olido los labios, y no me cabía duda de que había percibido algo que le había hecho pensar tal cosa. Y, por otra parte, ¿de qué iba a haber muerto el hombre si no era envenenado, ya que no tenía heridas ni señales de estrangulamiento? Pero, por otra parte, ¿de quién era la sangre abundante del suelo? No había indicios de lucha, ni la víctima tenía arma alguna con que pudiera haber herido a un antagonista. Me parecía que ni Holmes ni yo podríamos dormir tranquilos mientras estas preguntas siguieran sin respuesta. Su tranquilidad y confianza me convencían de que ya había forjado una teoría que explicaba todos los hechos, aunque yo no tenía la más remota idea de cuál pudiera ser esa teoría.

Regresó a casa muy tarde, tan tarde que comprendí que debía de haberse entretenido en alguna cosa después del concierto. Cuando apareció, ya estaba servida la cena en la mesa.

—Ha sido magnífico —dijo al tomar asiento—. ¿Recuerda usted lo que dice Darwin de la música? Afirma que el género humano tuvo la capacidad de producirla y apreciarla mucho antes de estar dotado del habla. Quizá por eso nos influye de una manera tan sutil. En nuestras almas se encierran recuerdos difusos de aquellos siglos nebulosos en que el mundo estaba en su infancia.

—Es una idea bastante amplia —comenté.

—Debemos tener ideas tan amplias como la propia naturaleza si queremos interpretarla con ellas —repuso—. ¿Qué le sucede? No tiene buen aspecto. Este asunto de Brixton Road lo ha alterado.

—A decir verdad, así es —concedí—. Debería estar más endurecido después de lo que viví en Afganistán. En la batalla de Maiwand vi descuartizar a mis propios camaradas sin perder el ánimo.

—Lo comprendo. Esto tiene un misterio que estimula la imaginación; donde no hay imaginación, no hay horror. ¿Ha leído el periódico de la tarde? Da una crónica bastante ponderada del caso. No cuentan que, cuando se levantó el cadáver, cayó al suelo una alianza de mujer. Tanto mejor así.

—¿Por qué?

—Mire usted este anuncio —respondió—. Lo hice enviar a todos los periódicos esta mañana, justo después de conocerse el caso.

Me pasó el periódico y miré donde me señalaba. Era el primer anuncio de la sección de «Objetos Perdidos».

En Brixton Road, esta mañana —decía—, hallada una alianza de oro sin piedras, en la calle, entre la taberna de la Cierva Blanca y Holland Grove. Razón: doctor Watson, Baker Street 221B, entre las ocho y las nueve de esta noche.

—Dispense usted que me haya servido de su nombre —se disculpó—. Si hubiera puesto el mío, alguno de esos pasmarotes lo reconocería y querría entrometerse en el asunto.

—No tiene importancia —respondí—. Pero si se presenta alguien, no tengo ningún anillo.

—Sí que lo tiene —replicó, entregándome uno—. Éste servirá muy bien para el caso. Es casi una copia exacta.

—¿Y quién espera usted que responda a este anuncio?

—Pues el hombre del abrigo marrón, nuestro amigo de cara colorada y zapatos de punta cuadrada. Si no viene en persona, enviará a algún cómplice suyo.

—¿No le parecerá demasiado peligroso?

—En absoluto. Si mi visión del caso es la correcta, y tengo todos los motivos para creerlo así, este hombre está dispuesto a arriesgarse a cualquier cosa con tal de no perder el anillo. Según estimo, se le cayó al inclinarse sobre el cadáver de Drebber, y no se dio cuenta. Después de salir de la casa advirtió su pérdida y se apresuró a volver, pero se encontró con que la policía ya había tomado posesión del lugar, por la tontería que había cometido al dejarse encendida la vela. Tuvo que hacerse pasar por borracho para acallar las sospechas que pudo suscitar al aparecer en la puerta del jardín. Póngase usted en el lugar de ese hombre. Cuando reflexionara sobre el asunto, debió de ocurrírsele que quizá perdiera el anillo en la calle, después de salir de la casa. ¿Qué haría entonces? Leería con interés los periódicos de la tarde, con la esperanza de verlo anunciado en la sección de objetos perdidos. No se le pasaría por alto el anuncio, claro está. Estaría encantado. ¿Por qué iba a temer una trampa? No vería motivo alguno por el que se pudiera relacionar el hallazgo del anillo con el asesinato. Vendría. Vendrá. Lo verá usted de aquí a una hora.

—¿Y qué pasará entonces? —pregunté.

—Ah, eso déjemelo a mí. ¿Tiene usted armas?

—Tengo mi viejo revólver del ejército y algunos cartuchos.

—Más vale que lo limpie usted y lo cargue. Será un hombre desesperado, y aunque lo pillaré por sorpresa, conviene estar preparados para cualquier cosa.

Fui a mi dormitorio e hice lo que me aconsejaba. Cuando volví con la pistola, ya se había retirado la cena y Holmes se dedicaba a su entretenimiento favorito: rascar el violín.

—La trama se complica —dijo cuando entré—. Acabo de recibir la respuesta al telegrama que le puse a América. Mi punto de vista sobre el caso era el correcto.

—¿Y cuál es? —le pregunté con sumo interés.

—A mi violín le vendrían bien unas cuerdas nuevas —comentó—. Échese la pistola al bolsillo. Cuando entre ese sujeto, háblele con normalidad. Yo me ocuparé del resto. No lo asuste mirándolo con demasiada atención.

—Ya son las ocho —dije, echando una mirada a mi reloj.

—Sí. Seguramente llegará dentro de pocos minutos. Entorne un poco la puerta. Así está bien. Ahora, ponga la llave por dentro. ¡Muchas gracias! He aquí un libro antiguo y curioso que encontré ayer en una librería de lance: *De Jure inter Gentes*, publicado en latín en Lieja, en los Países Bajos, en 1642. Carlos[4] tenía la cabeza bien puesta sobre los hombros cuando salió de las prensas este pequeño volumen de lomo pardo.

—¿Quién lo imprimió?

—Phillippe de Croy, que no sé quién sería. En las guardas está escrito, en tinta muy desvaída, «Ex libris Guliolmi Whyte». Me pregunto quién fue ese William Whyte. Supongo que algún abogado pragmático del siglo XVII. Su letra tiene los rasgos del jurista. Creo que ya llega nuestro hombre.

Mientras decía estas palabras se oyó un campanillazo seco. Sherlock Holmes se levantó con suavidad y movió la butaca hacia la puerta. Oímos bajar a la criada por el pasillo y el chasquido seco del pestillo cuando abrió la puerta de la calle.

—¿Vive aquí el doctor Watson? —preguntó una voz clara, aunque algo áspera. No oímos la respuesta de la criada, pero la puerta se cerró y alguien empezó a subir las escaleras. Eran unos pasos inseguros, arrastrando los pies. Al oírlos, a mi compañero lo asaltó un gesto de sorpresa. Los pasos se acercaron despacio por el pasillo de nuestro piso y se oyó un golpecito débil en la puerta.

---

4 El rey inglés Carlos I, decapitado en 1649. (N. del T.)

—Adelante —dije en voz alta.

Al oír mi invitación, en lugar del hombre violento que esperábamos entró en el apartamento con paso vacilante una mujer muy vieja y arrugada. Parecía deslumbrada por la luz repentina, y después de hacer una reverencia se quedó mirándonos entrecerrando los ojos gastados y hurgando en el fondo de la faltriquera con dedos nerviosos y temblones. Eché una mirada a mi compañero, que había adoptado tal gesto de desconsuelo que apenas fui capaz de guardar la compostura.

La vieja sacó un periódico de la tarde y señaló nuestro anuncio.

—Vengo por esto, caballeros de bien —dijo, haciendo otra reverencia—: una alianza de oro, en Brixton Road. Es de mi hija Sally, que se casó va ahora para un año, con su marido, que es camarero en un barco de la línea Union, y no sé lo que diría si volviera a casa y se la encontrara sin la alianza. Tiene bastante mal genio ya de por sí, pero sobre todo cuando bebe. Si me permiten que se lo cuente, salió anoche al circo con...

—¿Es ése su anillo? —le pregunté.

—¡Alabado sea el Señor! —exclamó la anciana—. Cuánto se alegrará Sally esta noche. Ése es el anillo.

—¿Y cuál es la dirección de usted? —le pregunté, tomando un lápiz.

—Duncan Street, 13, en Houndsditch. Un camino agotador hasta aquí.

—Brixton Road no está entre ningún circo y Houndsditch —dijo Sherlock Holmes con voz cortante.

La anciana se volvió y lo miró fijamente con sus ojos enrojecidos.

—El caballero me había preguntado por mi dirección —dijo—. Sally vive en una pensión en el número 3 de Mayfield Place, en Peckham.

—¿Y su apellido de usted...?

—Me llamo Sawyer... Ella lleva el apellido Dennis, el de su marido, Tom Dennis, que es un muchacho listo y decente cuando está en la mar, y no hay otro camarero con mejor reputación que él en la compañía; pero cuando está en tierra, entre las mujeres y las tabernas...

—Aquí tiene su anillo, señora Sawyer —la interrumpí, a una señal de mi compañero—. Está claro que es de su hija, y me alegro de devolvérselo a su legítima propietaria.

La vieja se lo guardó en la faltriquera farfullando abundantes bendiciones y protestas de agradecimiento, y se marchó arrastrando los pies por las escaleras. En cuanto hubo desaparecido, Sherlock Holmes se levantó de un salto y corrió a su cuarto. Volvió a los pocos instantes con gabán y bufanda.

—La seguiré —dijo de manera trompiconada—. Debe de ser cómplice, y me llevará hasta él. Espéreme despierto.

Apenas se había cerrado la puerta de la calle tras nuestra visitante cuando Holmes terminó de bajar las escaleras. Vi por la ventana que la vieja caminaba con paso vacilante por la acera de enfrente mientras su perseguidor la seguía a poca distancia. «O toda su teoría es incorrecta, o llegará ahora hasta el corazón del misterio», pensé para mí. No habría sido preciso que me pidiera que lo esperara despierto, pues me parecía imposible dormir hasta conocer el resultado de su aventura.

Eran casi las nueve cuando salió. Yo no tenía idea de cuánto tiempo podía tardar, pero pasé el rato sentado con paciencia y fumando mi pipa, hojeando la *Vie de Bohème* de Henri Murger. Dieron las diez y oí los pasos de la criada que se retiraba a acostarse. Las once, y pasaron ante mi puerta las pisadas más solemnes de la patrona con el mismo destino. Eran casi las doce cuando oí el ruido seco del llavín de mi compañero. En cuanto entró, le leí en el rostro que no había tenido éxito. Parecía que se debatían en él el humor y el fastidio, hasta que el primero se alzó vencedor de pronto en la batalla, y soltó una alegre carcajada.

—Por nada del mundo querría que se enterasen de esto los de Scotland Yard —exclamó, dejándose caer en su butaca—. Después de tanto como les he tomado el pelo, tendría música para rato. Si me puedo reír es porque sé que me desquitaré a la larga.

—¿De qué se trata, pues? —le pregunté.

—Ah, no me importa contarlo aunque ello me deje en mal lugar. Cuando ese personaje llevaba poco camino, empezó a cojear y a dar muestras de que le dolían los pies. Se detuvo por fin y llamó a un coche de punto de cuatro ruedas que pasaba por allí. Me las arreglé para acercarme a ella lo suficiente como para oír la dirección, aunque no me habría hecho falta tomarme tantas molestias, pues la entonó en voz tan fuerte que la pudieron oír desde la otra acera. «Lléveme al 13 de Duncan Street, en Houndsditch», gritó. Pensé que aquello empezaba a parecer verdad, y después de asegurarme de que había subido al coche, me colgué de la trasera. Es un arte que debe dominar todo detective. Y bien, nos pusimos en camino, rodando sin que el coche se detuviera por un momento hasta que llegamos a la calle en cuestión. Me apeé de un salto antes de que llegásemos a la puerta y me puse a pasear calle abajo tan tranquilo, como matando el rato. Vi que el coche se detenía. El cochero se bajó del pescante y vi que abría la puerta y esperaba. Pero no salió nadie. Cuando llegué hasta él, estaba tanteando frenéticamente el interior del carruaje vacío y soltando la colección más rica y variada de juramentos que he oído en mi vida. No había señales ni rastros de su pasajera, y me temo que tardará algún tiempo en cobrar el viaje. Al preguntar en el número 13, descubrimos que era la casa de un respetable empapelador apellidado Keswick y que allí no conocían de nada a nadie que se llamara Sawyer ni Dennis.

—¿No querrá decirme usted —exclamé con asombro— que esa anciana débil y vacilante fue capaz de bajarse del coche en movimiento, sin que la vieran ni el cochero ni usted?

—¿Anciana? ¡Y una porra! —dijo vivamente Sherlock Holmes—. A nosotros sí que nos han engañado como a unas ancianitas. Debía de ser un joven, y bien ágil, además de un actor incomparable. Su caracterización era inigualable. Vio que lo seguían, sin duda, y recurrió a este medio para darme esquinazo. Esto demuestra que el hombre a quien perseguimos no está tan solo como me imaginaba, sino que tiene amigos dispuestos a arriesgarse por él. Ahora bien, doctor, parece usted fatigado. Si me permite un consejo, acuéstese.

Sí que me sentía muy cansado, y seguí su indicación. Dejé a Holmes sentado ante las brasas de la chimenea, y oí hasta bien entrada la noche los lamentos largos y melancólicos de su violín, que me hacían comprender que seguía reflexionando sobre el extraño problema que se había propuesto desentrañar.

VI

Tobías Gregson demuestra de lo que es capaz

En todos los periódicos de la mañana siguiente se hablaba del «misterio de Brixton», como lo llamaban. Cada uno publicaba una larga crónica del caso, y algunos añadían artículos de fondo sobre el asunto. Contenían ciertos datos que eran nuevos para mí. Conservo todavía en mi archivo muchos recortes y extractos relacionados con el caso. He aquí un resumen de unos cuantos.

El *Daily Telegraph* comentaba que apenas se había conocido en la historia del crimen una tragedia de características más extrañas. El apellido alemán de la víctima, la ausencia de cualquier otro móvil posible y la inscripción siniestra en la pared apuntaban a que el crimen hubiera sido perpetrado por refugiados políticos y revolucionarios. Los socialistas tenían muchas ramificaciones en América, y el difunto habría transgredido sin duda sus leyes no escritas, y siendo por ese motivo rastreado hasta Londres. Después de hablar de pasada de la Santa Vehme, el agua tofana, los carbonarios, la marquesa de Brinvilliers, el darwinismo, los principios de Malthus y los asesinatos de la carretera de Ratcliff, el artículo concluía amonestando al Gobierno y recomendando que se vigilase más de cerca a los extranjeros en Inglaterra.

El *Standard* comentaba que los ultrajes anárquicos de esta especie solían producirse bajo la administración liberal. Eran el fruto de la agitación de las masas y de la debilitación consecuente de toda autoridad. El difunto era de hecho un caballero americano que residía en la capital desde hacía unas semanas. Se alojaba en la pensión de madame Charpentier, en Torquay Terrace, Camberwell. Lo acompañaba en sus viajes su secretario privado, el señor Joseph Stangerson. Los dos se habían despedido de su patrona el martes día 4 de los corrientes y partieron camino de la estación de Euston, dejando dicho que pensaban tomar el expreso de Liverpool. No existían dudas sobre su presencia conjunta en uno de los andenes de la estación. Aquí se extraviaba el rastro de ambos caballeros hasta que se descubrió el cadáver del señor Drebber, tal como se ha referido, en una casa vacía de Brixton Road, a muchas millas de Euston. Todavía sigue envuelto en el misterio cómo llegó allí, o cómo encontró la muerte. Del paradero de Stangerson no se sabe nada. Conocemos la buena noticia de que se ocupan del caso los señores Lestrade y Gregson, de Scotland Yard, y confiamos en que estos dos célebres oficiales no tarden en arrojar luz sobre la cuestión.

El *Daily News* observaba que no cabía duda de que era un crimen por causas políticas. El despotismo y el odio al liberalismo de los gobiernos continentales había tenido el efecto de atraer a nuestras costas a un número considerable de hombres, que podrían ser ciudadanos excelentes si no los amargara el recuerdo de todo lo que habían sufrido. Estos hombres se regían por un estricto código de honor, en el que cualquier transgresión se castigaba con la muerte. Era preciso localizar a todo trance al secretario, Stangerson, y conocer algunos datos sobre las costumbres del difunto. Se había avanzado mucho al descubrirse la dirección de la casa donde había residido, resultado que se debía por entero a la agudeza y energía del señor Gregson, de Scotland Yard.

Sherlock Holmes y yo leímos juntos estas noticias mientras desayunábamos. Parecieron divertirlo bastante.

—Ya le dije que, pasara lo que pasara, Lestrade y Gregson se anotarían el tanto con toda seguridad.

—Eso dependerá de cómo acaben las cosas.

—¡Bendita inocencia! Eso no importa en absoluto. Si atrapan al culpable, será gracias a sus esfuerzos; si se escapa, será a pesar de sus esfuerzos.

Si sale cara, gano yo; si sale cruz, pierdes tú. Hagan lo que hagan, tendrán sus seguidores. *«Un sot trouve toujours un plus sot qui l'admire.»*[5]

—¿Qué diantres pasa? —exclamé, pues se oyó en ese momento ruido de pasos de muchos pies en el pasillo y por las escaleras, acompañado de expresiones sonoras de desagrado por parte de nuestra patrona.

—Es la división de Baker Street de la fuerza policial detectivesca —respondió mi compañero con seriedad. Mientras hablaba irrumpió en la sala media docena de los golfillos callejeros más sucios y harapientos que me había echado yo a la cara.

—¡Firmes! —exclamó Holmes con tono cortante, y los seis picarillos sucios formaron en fila, como otras tantas estatuillas grotescas—. De ahora en adelante deberá subir Wiggins sólo a dar novedades y los demás esperaréis en la calle. ¿Lo habéis encontrado, Wiggins?

—No, señor, no hemos *dao* con él —respondió uno de los chicos.

—No esperaba que lo encontraseis. Debéis seguir hasta que aparezca. Aquí tenéis vuestro sueldo. —Y le entregó un chelín a cada uno—. Ahora, marchaos, y volved con mejores noticias la próxima vez.

Agitó la mano y echaron a correr como ratas escaleras abajo, y al cabo de un instante oímos sus voces agudas en la calle.

—Se saca más partido de uno de estos pilluelos que de una docena de policías —comentó Holmes—. La gente cierra el pico en cuanto ve a alguien de aspecto oficial. Pero estos chicos se meten en todas partes y se enteran de todo. Y son más listos que el hambre, además; lo único que hace falta es organizarlos.

—¿Los está haciendo trabajar en el caso de Brixton? —pregunté.

—Sí. Quiero comprobar cierto punto. Sólo es cuestión de tiempo. ¡Vaya! ¡Me parece que ahora vamos a tener noticias para dar y regalar! Viene Gregson por la calle con cara radiante de felicidad. A vernos a nosotros, estoy seguro. Sí, se detiene. ¡Aquí llega!

Sonó un campanillazo violento, y al poco rato el detective de cabellos rubios subió los escalones de tres en tres e irrumpió en nuestro cuarto de estar.

---

5   «Un tonto encuentra siempre otro tonto mayor que lo admira.» (N. del T.)

—¡Felicíteme usted, amigo mío! —exclamó, sacudiendo la mano inerte de Holmes—. Lo he dejado todo claro como la luz del día.

Me pareció que al rostro expresivo de mi compañero se asomaba una sombra de preocupación.

—¿Quiere usted decir que va por el buen camino? —preguntó.

—¡Por el buen camino! Señor mío, tenemos al hombre bajo llave.

—¿Y se llama...?

—Arthur Charpentier, alférez de navío de la Marina de Su Majestad —exclamó Gregson con voz campanuda, frotándose las gruesas manos y sacando pecho.

Sherlock Holmes soltó un suspiro de alivio y sonrió, tranquilizado.

—Tome asiento y pruebe un puro de éstos —lo invitó—. Estamos deseosos de saber cómo lo ha conseguido. ¿Le apetece un whisky con agua?

—No me vendría mal —respondió el detective—. Estoy extenuado por el esfuerzo tan tremendo que he realizado ayer y hoy. No es tanto el esfuerzo físico, ya me entiende usted, como la tensión mental. Usted se hará cargo de ello, señor Sherlock Holmes, pues los dos trabajamos con el cerebro.

—Me honra usted demasiado —convino Holmes, circunspecto—. Oigamos cómo ha alcanzado usted este resultado tan satisfactorio.

El detective se instaló en el sillón y se fumó el puro con complacencia. De pronto se dio una palmada en el muslo en un arrebato de regocijo.

—Lo más gracioso —exclamó— es que ese tonto de Lestrade, que tan listo se cree, ha ido a seguir la pista equivocada. Está persiguiendo al secretario Stangerson, que no tiene que ver con el crimen más que un niño de teta. No me cabe duda de que ya lo habrá atrapado.

Esta idea le hizo tanta gracia a Gregson que se echó a reír hasta atragantarse.

—¿Y cómo obtuvo usted su pista?

—Ah, se lo contaré todo a ustedes. Por supuesto, doctor Watson, esto es estrictamente confidencial. La primera dificultad que tuvimos que afrontar fue la de encontrar los antecedentes de ese americano. Algunos en mi lugar se habrían esperado a que alguien respondiera a los anuncios o a que se presentara algún voluntario para proporcionar información. Pero Tobías

Gregson no trabaja así. ¿Recuerda usted el sombrero que se encontró junto al cadáver?

—Sí —dijo Holmes—, con etiqueta de John Underwood e hijos, Camberwell Road, 129.

Pareció que a Gregson se le bajaban bastante los humos.

—No tenía idea de que se hubiera fijado en eso. ¿Ha visitado usted el establecimiento?

—No.

—¡Ajá! —exclamó Gregson, aliviado—. Las ocasiones no deben despreciarse nunca, por pequeñas que parezcan.

—Nada es pequeño para las grandes mentes —observó Holmes, sentencioso.

—Y bien, fui a ver a Underwood y le pregunté si había vendido un sombrero de esa talla y modelo. Consultó sus libros y lo encontró en seguida. Había enviado el sombrero a un tal señor Drebber, que residía en la pensión de Charpentier, en Torquay Terrace. Así fue como conseguí su dirección.

—Ingenioso, ¡muy ingenioso! —murmuró Sherlock Holmes.

—Visité a continuación a madame Charpentier —prosiguió el detective—. La encontré muy pálida y afligida. Su hija estaba también en la habitación: una muchacha preciosa, por cierto. Tenía los ojos enrojecidos, y le temblaron los labios cuando le hablé. Eso no me pasó desapercibido, y noté que había gato encerrado. Ya conoce usted, señor Sherlock Holmes, esa sensación que se experimenta al dar con la pista correcta; es una especie de escalofrío que pone los nervios de punta.

»—¿Se han enterado ustedes de la muerte misteriosa del señor Enoch J. Drebber, de Cleveland, que estuvo aquí alojado? —les pregunté.

»La madre asintió con un cabeceo. Parecía incapaz de decir palabra. La hija rompió a llorar. Tuve la fortísima impresión de que esa gente sabía algo.

»—¿A qué hora salió el señor Drebber de esta casa para tomar el tren? —les pregunté.

»—A las ocho —respondió la madre, tragando saliva para disimular su agitación—. Su secretario, el señor Stangerson, dijo que había dos trenes, uno a las nueve y cuarto y otro a las once. Iba a tomar el primero.

»—¿Y no volvieron a verlo más?

»El rostro de la mujer sufrió un cambio terrible cuando le hice esta pregunta. Se puso absolutamente lívida. Tardó varios segundos en responder con el monosílabo "no", que pronunció con voz ronca y poco natural.

»Hubo un momento de silencio, y habló entonces la hija con voz tranquila y clara.

»—Las mentiras nunca pueden conducir a nada bueno, madre —dijo—. Seamos sinceras con este caballero. Sí que volvimos a ver al señor Drebber.

»—¡Que Dios te perdone! —exclamó madame Charpentier, alzando las manos al cielo y derrumbándose en su asiento—. Has matado a tu hermano.

»—Arthur preferiría que dijésemos la verdad —respondió la muchacha con firmeza.

»—Será mejor que me lo cuenten todo ahora mismo —repuse—. Las verdades a medias son peores que callar. Además, no saben ustedes lo que sabemos ya del asunto.

»—¡Que caiga sobre tu cabeza, Alice! —exclamó la madre; y, dirigiéndose a mí, prosiguió—: Se lo contaré a usted todo, señor. No se figure usted que estoy inquieta por mi hijo temiendo que haya tenido algo que ver en este asunto terrible. Es completamente inocente. Lo que temo es que pueda parecer comprometido a los ojos de usted y de otros. Sin embargo, no cabe duda de que es imposible, teniendo en cuenta su buena reputación, su carrera, sus antecedentes...

»—Lo mejor será que me relate usted todos los hechos con franqueza —respondí—. Puede estar segura de que, si su hijo es inocente, no le pasará nada.

»—Alice, quizá sea más conveniente que nos dejes a solas —dijo la señora, y su hija se retiró—. Y bien, señor, no tenía intención de contarle a usted todo esto, pero en vista de que mi pobre hija lo ha desvelado, no me queda otra opción. Ya estoy decidida a hablar, y se lo referiré todo sin omitir detalle.

»—Es lo más prudente por su parte —observé.

»—El señor Drebber llevaba casi tres semanas alojado con nosotras. Venía de viajar por Europa con su secretario, el señor Stangerson. Observé una etiqueta de Copenhague en el baúl de cada uno, por lo que entendí que ésta había sido su última etapa antes de llegar a Londres. Stangerson era hombre callado y reservado; pero su jefe, y lamento decir esto, era muy diferente. Tenía costumbres groseras y modales rudos. La misma noche de su llegada bebió mucho más de la cuenta, y puede decirse de hecho que casi nunca estaba sereno pasadas las doce del mediodía. Trataba a las criadas con una libertad y unas familiaridades repugnantes. Lo peor de todo fue que no tardó en adoptar esa misma actitud hacia mi hija Alice, y le habló más de una vez de un modo que por fortuna ella, en su inocencia, no comprende. En cierta ocasión llegó a estrecharla entre sus brazos y abrazarla, abuso que le recriminó hasta su propio secretario, quien le reprochó su falta de caballerosidad.

»—Pero ¿por qué soportaron ustedes todo esto? —repuse—. Supongo que podrán expulsar a sus inquilinos cuando lo deseen.

»Mi atinada pregunta hizo sonrojar a la señora Charpentier.

»—¡Ojalá lo hubiera expulsado el mismo día de su llegada! —exclamó—. Pero la tentación era grande. Pagaban una libra al día cada uno, catorce libras por semana, y en temporada baja. Soy viuda, y la carrera de mi hijo en la Marina me ha costado mucho. No me decidía a perder ese dinero. Lo hice todo con buen fin. Pero esto último fue excesivo, y a causa de ello le notifiqué que debía marcharse. Por eso se fue.

»—¿Y bien?

»—Cuando vi partir el carruaje que lo llevaba, me sentí aliviada. Mi hijo está ahora de permiso, pero yo no le conté nada de esto porque tiene el genio vivo y quiere a su hermana con pasión. Cuando salieron y cerré la puerta, me pareció que me había quitado un peso de encima. Por desgracia, no había transcurrido una hora cuando sonó la campanilla y me enteré de que había regresado el señor Drebber. Estaba muy excitado y saltaba a la vista que había estado bebiendo. Irrumpió en el cuarto de estar donde nos hallábamos sentadas mi hija y yo, y dijo alguna incoherencia; que había perdido el tren, o algo así. Se dirigió entonces a Alice y le propuso, delante de mis narices, que se fugara con él. "Eres mayor de edad —le dijo—, y ninguna ley te lo puede impedir. Tengo dinero de sobra. No hagas caso a la vieja: vente conmigo ahora mismo. Vivirás como una princesa." La pobre Alice se asustó tanto que huyó de él, pero él la asió de la muñeca e intentó arrastrarla hacia la puerta. Grité, y en ese momento entró en la sala mi hijo Arthur. No sé qué sucedió entonces. Oí juramentos y ruidos confusos de pelea. Estaba tan aterrorizada que no me atrevía a levantar la cabeza. Cuando alcé los ojos por fin, vi a Arthur de pie en la puerta; se reía y tenía un bastón en la mano. "No creo que ese buen mozo venga a molestarnos más —dijo —. Voy a seguirlo para ver dónde se mete." Dicho esto, se puso el sombrero y salió calle abajo. A la mañana siguiente nos enteramos de la muerte misteriosa del señor Drebber.

»La señora Charpentier hizo esta declaración con frecuentes pausas y sollozos. A veces hablaba tan bajo que yo apenas captaba sus palabras. No obstante, tomé nota en taquigrafía de todo lo que dijo, de modo que no hay posibilidad de error.

—Es apasionante —observó Sherlock Holmes con un bostezo—. ¿Qué pasó después?

—Cuando la señora Charpentier hubo terminado de hablar, advertí que todo el caso dependía de un único detalle —prosiguió el detective—. Le clavé una mirada que siempre me ha resultado de mucho efecto con las mujeres y le pregunté a qué hora había regresado su hijo.

»—No lo sé —respondió.

»—¿No lo sabe?

»—No; tiene llavín, y entró él solo.

»—¿Después de acostarse usted?

»—Sí.

»—¿A qué hora se acostó?

»—A eso de las once.

»—¿De manera que su hijo pasó al menos dos horas fuera de casa?

»—Sí.

»—¿Que pudieron ser cuatro o cinco?

»—Sí.

»—¿Qué hizo en ese rato?

»—No lo sé —respondió ella, pálida hasta en los labios.

»Por supuesto, en vista de estas declaraciones sólo podía hacer una cosa. Me enteré de dónde estaba el alférez Charpentier y fui a detenerlo,

acompañado de dos agentes. Cuando le toqué en el hombro y le pedí que nos acompañara sin ofrecer resistencia, me respondió con todo el descaro del mundo: "Supongo que me detienen por estar complicado en la muerte de ese canalla de Drebber". Esto dijo, sin que nosotros le hubiésemos dicho nada al respecto; así pues, este comentario suyo pareció muy sospechoso.

—Sospechosísimo —convino Holmes.

—Llevaba todavía consigo el bastón pesado que había dicho su madre que tomó cuando salió a seguir a Drebber. Era un grueso garrote de roble.

—¿Cuál es su teoría, entonces?

—Pues bien, mi teoría es que siguió a Drebber hasta Brixton Road. Una vez allí, surgió un nuevo altercado entre los dos, en el transcurso del cual Drebber recibió un golpe de garrotazo, quizá en la boca del estómago, que lo mató sin dejar señales. Hacía una noche tan lluviosa que no había nadie en la calle, y Charpentier pudo arrastrar el cadáver de su víctima hasta la casa desocupada. En cuanto a la vela, y la sangre y la palabra escrita en la pared, y el anillo, pueden ser otras tantas argucias para despistar a la policía.

—¡Buen trabajo! —lo felicitó Holmes, con voz halagüeña—. La verdad, Gregson, es que ha avanzado mucho. Llegará lejos.

—Puedo jactarme de haber llevado el caso francamente bien —respondió el detective con orgullo—. El joven prestó declaración por voluntad propia, en el sentido de que, después de haber seguido a Drebber un rato, éste último lo vio y tomó un coche de punto para huir de él. Cuando volvía a su casa, se encontró con un viejo camarada de a bordo y se dio un largo paseo con él. Cuando le preguntamos la dirección de su viejo camarada, no pudo dar ninguna respuesta satisfactoria. Creo que todo el caso concuerda notablemente bien. Lo que más gracia me hace es pensar en Lestrade, que ha ido a seguir una pista falsa. Me temo que no sacará nada en limpio. Pero, ¡pardiez!, ¡si es él en persona!

En efecto, en ese momento entró en la sala Lestrade, quien había subido las escaleras mientras hablábamos. Le faltaban, no obstante, la seguridad en sí mismo y el empaque que solían caracterizar sus modales y su manera de vestir. Tenía cara de preocupación e inquietud, y llevaba la ropa revuelta y desaliñada. Había acudido con la intención evidente de consultar a Sherlock Holmes, pues al ver a su colega pareció sentirse incómodo y desconcertado. Se quedó de pie en el centro de la sala, jugueteando nervioso con su sombrero y sin saber qué hacer.

—Es un caso muy extraordinario —dijo por fin—. Un asunto absolutamente incomprensible.

—¡Ah, eso le parece a usted, señor Lestrade! —exclamó Gregson en son triunfal—. Ya me parecía a mí que llegaría a esa conclusión. ¿Ha conseguido encontrar al secretario, el señor Joseph Stangerson?

—El secretario, señor Joseph Stangerson —respondió Lestrade con voz solemne—, ha sido asesinado en el Hotel Residencia Halliday hacia las seis de la mañana de hoy.

VII

UNA LUZ EN LA OSCURIDAD

La noticia que nos llevó Lestrade era tan relevante e inesperada que los tres nos quedamos francamente atónitos. Gregson se levantó de su sillón de un salto, y derramó el whisky con agua que le quedaba en el vaso. Miré en silencio a Sherlock Holmes, quien tenía los labios apretados y el ceño fruncido.

—¡Stangerson también! —murmuró—. La trama se complica.

—Ya estaba bastante complicada de por sí —gruñó Lestrade, tomando asiento—. Me parece que he irrumpido en una especie de consejo general.

—¿Está usted... está usted seguro de esta noticia? —balbució Gregson.

—Acabo de llegar de su habitación —dijo Lestrade—. Yo he sido el primero en descubrir lo sucedido.

—Gregson nos había estado exponiendo su opinión —observó Holmes—. ¿Le importaría explicarnos lo que ha visto y hecho usted?

—No tengo reparo en ello —respondió Lestrade, tomando asiento—. Reconozco abiertamente que opinaba que Stangerson estaba implicado en la muerte de Drebber. Este nuevo acontecimiento me ha demostrado que estaba absolutamente equivocado. Centrado en mi idea, me había propuesto descubrir qué había sido del secretario. Se les había visto juntos en la estación de Euston hacia las ocho y media de la noche del día tres. Se había encontrado a Drebber en Brixton Road a las dos de la madrugada. Yo debía determinar qué había hecho Stangerson entre las ocho y media y la hora del crimen, y dónde se había metido después. Envié un telegrama a Liverpool con una descripción del hombre y solicitando que vigilaran a los pasajeros que se embarcaran para América. Después me puse a visitar los hoteles y pensiones de las proximidades de Euston. Verán, supuse que si Drebber y su compañero se habían separado, lo natural sería que éste hubiera buscado alojamiento aquella noche en las proximidades de la estación para regresar a ésta a la mañana siguiente.

—Lo más probable es que hubieran acordado previamente algún lugar de reunión —comentó Holmes.

—Así fue. Pasé toda la tarde de ayer haciendo pesquisas sin el menor resultado. Esta mañana empecé muy temprano y llegué a las ocho en punto al Hotel Residencia Halliday, en Little George Street. Cuando pregunté si se alojaba allí un señor llamado Stangerson, me respondieron que sí de inmediato.

»—Será usted, sin duda, el caballero al que estaba esperando —dijo—. Lleva dos días esperando a un caballero.

»—¿Dónde está ahora? —pregunté.

»—Arriba, acostado. Pidió que lo avisaran a las nueve.

»—Iré a verlo ahora mismo —dije.

»Yo había supuesto que, si lo tomaba desprevenido, lo pondría nervioso y quizá se delatara por sus palabras. El botones se ofreció a acompañarme a la habitación. Estaba en el segundo piso, y se accedía a ella por un pasillo corto. El botones me señaló la puerta, y se disponía a bajar por las escaleras de nuevo cuando vi una cosa que casi me mareó, a pesar de mi experiencia de veinte años. Salía por debajo de la puerta un hilo de sangre que atravesaba el pasillo y había formado un pequeño charco junto al rodapiés de enfrente. Solté un grito que hizo regresar al botones. Cuando vio la sangre, estuvo a punto de desmayarse. La puerta estaba cerrada con llave por dentro, pero la derribamos empujándola juntos con los hombros. La ventana de la habitación estaba abierta, y junto a la ventana yacía acurrucado el cadáver de un hombre en camisón. Estaba muerto, sin duda alguna, y llevaba muerto algún tiempo, pues tenía las extremidades rígidas y frías. Cuando lo volvimos de espaldas, el botones reconoció en él al instante al mismo caballero que había tomado la habitación con el nombre de Joseph Stangerson.

La causa de la muerte era una puñalada profunda en el costado izquierdo, que debió de atravesarle el corazón. Y ahora viene lo más extraño del caso. ¿Qué se figuran ustedes que había sobre el hombre asesinado?

Sentí un escalofrío y un presentimiento de horror aun antes de que respondiera Sherlock Holmes.

—La palabra *RACHE,* escrita con letras de sangre —dijo.

—Eso es —confirmó Lestrade, con voz de espanto. Todos guardamos silencio un rato.

Los actos de este asesino desconocido tenían algo de metódico e incomprensible, que teñía sus crímenes de un horror peculiar. Cuando lo pensaba, se me estremecían los nervios, que tan templados había tenido en el campo de batalla.

—Han visto al asesino —prosiguió Lestrade—. Un chico repartidor de leche, que iba camino de la lechería, pasó por el callejón que da a las caballerizas de la parte trasera del hotel. Observó que una escalera de mano, que solía estar tendida allí en el suelo, estaba apoyada en una ventana del segundo piso, que estaba abierta de par en par. Después de pasar por delante, volvió la cabeza y vio que un hombre bajaba por la escalera de mano. Bajaba con tanta tranquilidad y aplomo que el chico se figuró que sería algún carpintero o albañil empeñado en alguna reparación en el hotel. No le prestó mayor atención, aparte de pensar para sus adentros que era temprano para estar trabajando. Le da la impresión de que el hombre era alto, tenía la cara rojiza y llevaba un abrigo largo, tirando a marrón. Debió de quedarse un rato en la habitación después de cometer el asesinato, pues encontramos agua manchada de sangre en el lavabo, donde se lavó las manos, y manchas en las sábanas, con las que limpió cuidadosamente el cuchillo.

Eché una mirada a Holmes al oír esta descripción del asesino, que coincidía con tanta exactitud con la que había hecho él. Sin embargo, no había en su cara el menor indicio de regocijo ni de satisfacción.

—¿No encontraron en la habitación nada que pudiera proporcionar algún rastro del asesino? —preguntó.

—Nada. Stangerson guardaba en su bolsillo la cartera de Drebber, pero parece que esto era habitual, ya que él se encargaba siempre de efectuar los pagos. Contenía ochenta y tantas libras, pero no faltaba nada. Cualesquiera que sean los móviles de estos crímenes extraordinarios, no cabe duda de que el robo no es uno de ellos. En el bolsillo del hombre asesinado no había ningún papel ni anotación, a excepción de un telegrama enviado desde Cleveland hace cosa de un mes y con el texto «J. H. está en Europa». Este mensaje no tenía remitente.

—¿Y no había nada más? —preguntó Holmes.

—Nada que tuviera importancia. Había sobre la cama una novela que habría estado leyendo el hombre antes de dormirse, y en una silla junto a la cama estaba su pipa. En la mesa había un vaso de agua, y en el alféizar de la ventana, un pastillero pequeño de madera fina que contenía un par de píldoras.

Sherlock Holmes saltó de su sillón lanzando una exclamación de placer.

—El último eslabón —exclamó con regocijo—. Ya puedo dar el caso por cerrado.

Los dos detectives lo miraron, asombrados.

—Tengo en mis dedos todos los hilos de esta maraña —dijo mi compañero con tono confiado—. Hay que completar algunos detalles, por supuesto, pero conozco todos los datos principales, desde el momento en que Drebber se despidió de Stangerson en la estación hasta el hallazgo del cadáver de éste, como si los hubiera visto con mis propios ojos. Les daré una prueba de lo que sé. ¿Podría hacerse usted con esas píldoras?

—Las llevo encima —respondió Lestrade, y extrajo una cajita blanca—. Me hice cargo de ellas, además de la cartera y el telegrama, con intención de dejarlo todo a buen recaudo en la comisaría. Si me llevé estas pastillas, fue por pura casualidad, pues he de decir que no les atribuyo la menor importancia.

—Démelas —dijo Holmes—. Ahora bien, doctor —dirigiéndose a mí—, ¿son éstas unas píldoras corrientes? —me preguntó.

No lo eran, desde luego. Eran de un color gris perla, redondas y casi transparentes a la luz.

—En vista de su ligereza y transparencia, yo diría que deben de ser solubles en agua —observé.

—Exactamente —respondió Holmes—. Y bien, ¿le importaría ir por ese pobre perrito terrier que lleva tanto tiempo enfermo, y que la patrona le pidió a usted ayer que sacrificara para que dejara de sufrir?

Bajé y volví a subir con el perro en brazos. Se apreciaba en su respiración trabajosa y en sus ojos velados que le quedaba poco tiempo de vida. De hecho, su hocico blanco como la nieve ponía de manifiesto que ya había sobrepasado el plazo habitual de la existencia canina. Lo coloqué sobre un cojín, en la alfombra.

—A continuación, partiré en dos una de estas píldoras —dijo Holmes, sacando su cortaplumas y haciéndolo así—. Volvemos a guardar una mitad en la cajita para lo que haga falta más adelante. Pondré la otra mitad en esta copa, con una cucharadita de agua. Advertirán que nuestro amigo el doctor tenía razón y se disuelve fácilmente.

—Esto será muy interesante —dijo Lestrade, con la voz de dignidad ofendida del que sospecha que se están burlando de él—. Sin embargo, no entiendo qué tiene que ver con la muerte del señor Joseph Stangerson.

—¡Paciencia, amigo mío, paciencia! Descubrirá usted a su debido tiempo que tiene muchísimo que ver. Ahora añadiré a la mezcla un poco de leche para que sea apetitosa, y al presentársela al perro veremos que se la bebe de buena gana.

Dicho esto, vertió el contenido de la copa en un platillo que dejó ante el terrier, el cual se puso a lamerlo enseguida hasta dejarlo seco. La actitud decidida de Holmes nos había convencido a todos hasta tal punto que nos quedamos sentados en silencio, observando al animal con atención y esperando algún efecto sorprendente. Pero no se produjo ninguno. El perro siguió tendido en el cojín, respirando trabajosamente, pero sin que lo que había bebido le produjera ningún efecto aparente, ni para bien ni para mal.

Holmes había sacado su reloj y, al irse sucediendo los minutos sin resultado, se le dibujó en el semblante un gesto de enormes consternación y desilusión. Se mordía el labio, tamborileaba con los dedos en la mesa y mostraba los demás síntomas de la impaciencia aguda. Sus sentimientos eran tan intensos que sentí franca lástima de él, mientras los dos detectives sonreían con desprecio, en absoluto disgustados por aquel tropiezo de Holmes.

—No es posible que se trate de una casualidad —exclamó por fin, saltando de su asiento y empezando a pasearse frenéticamente de un lado a otro de la habitación—. Las mismas píldoras cuya existencia sospeché en el caso de Drebber aparecen tras la muerte de Stangerson. Pero son inocuas. ¿Qué puede querer decir esto? No es posible que todo mi razonamiento sea falso. ¡Imposible! Sin embargo, este pobre perro sigue como si tal cosa. Ah, ¡lo tengo! ¡Lo tengo!

Con un verdadero chillido de placer, corrió a tomar el pastillero de nuevo, cortó por la mitad la segunda píldora, la disolvió, añadió leche y se la ofreció al terrier. Pareció que el pobre animal apenas había tocado la mezcla con la lengua cuando le recorrió todo el cuerpo un estremecimiento convulsivo y se quedó tan rígido e inerte como si lo hubiera matado un rayo.

Sherlock Holmes soltó un largo suspiro y se secó el sudor de la frente.

—Debería haber tenido más fe —dijo—. Debería haber sabido a estas alturas que, cuando aparece un hecho que choca aparentemente con una larga serie de deducciones, siempre es susceptible de interpretarse de otra manera. En la cajita había dos píldoras: una, de un veneno mortal, y otra completamente inofensiva. Debí haberlo sabido antes de ver siquiera la cajita.

Esta última afirmación me pareció tan sorprendente que apenas pude creer que estuviera en su sano juicio. Sin embargo, allí estaba el perro muerto, como demostración de que su conjetura había sido correcta. Me pareció que se despejaban las nieblas de mi mente y yo mismo empezaba a percibir una visión vaga y difusa de la verdad.

—Todo esto les parecerá extraño porque al principio de la investigación no captaron la importancia de la única pista importante que se les puso delante —prosiguió Holmes—. Yo tuve la fortuna de advertirla, y todo lo que ha sucedido desde entonces ha confirmado mi suposición original y ha sido, de hecho, su consecuencia lógica. Por eso, los mismos hechos que los han dejado perplejos a ustedes y les han oscurecido el caso, me lo han aclarado a mí y han reforzado mis conclusiones. Es un error confundir lo extraño con lo misterioso. El crimen más vulgar suele ser el más misterioso, porque no presenta características novedosas ni especiales de las que se puedan extraer deducciones. Este asesinato habría sido infinitamente más difícil de desentrañar si el cuerpo de la víctima hubiera aparecido tendido sin más en la calle, sin los demás añadidos raros y chocantes que lo hacían digno de notar. Estos detalles extraños, lejos de complicar el caso, han tenido en realidad el efecto de simplificarlo.

El señor Gregson, que había escuchado este discurso con marcada impaciencia, no pudo contenerse más.

—Escuche usted, señor Sherlock Holmes. Todos estamos dispuestos a reconocer que es usted un hombre listo y que tiene sus métodos de trabajo propios. Pero ahora nos hace falta algo más que simples teorías y sermones. De lo que se trata es de atrapar al hombre. Yo he seguido una pista, y parece ser que me equivoqué. El joven Charpentier no ha podido estar complicado en este segundo suceso. Lestrade persiguió a Stangerson, su sospechoso, y al parecer también estaba equivocado. Usted ha dado a entender cosas por aquí y cosas por allá, y da la impresión de que sabe más que nosotros; pero ha llegado el momento en que nos parece que tenemos derecho a preguntarle abiertamente cuánto sabe de este asunto. ¿Conoce usted el nombre del culpable?

—No puedo menos de compartir la opinión de Gregson, señor —comentó Lestrade—. Los dos lo hemos intentado y hemos fracasado. Usted ha observado más de una vez desde que llegué a esta sala que tenía todas las pruebas necesarias. ¿Es que va a seguir guardándoselas?

—Cualquier retraso en la detención del asesino podría darle tiempo para cometer una nueva atrocidad —observé.

Asediado así por todos, Holmes dio muestras de indecisión. Siguió paseándose por la sala con la cabeza gacha y el ceño fruncido, como tenía por costumbre cuando se sumía en sus reflexiones.

—No habrá más asesinatos —dijo al fin. Se detuvo de pronto y se volvió hacia nosotros—. Pueden quitarse esa inquietud de la cabeza. Me han preguntado si conozco el nombre del asesino. Sí, lo conozco. Pero saber su nombre es poca cosa si se compara con la posibilidad de ponerle la mano encima. Espero hacerlo en un plazo muy breve. Tengo esperanzas fundadas de conseguirlo por mis propios medios, aunque es preciso llevar la cuestión con delicadeza, pues nos enfrentamos con un hombre astuto y desesperado y que, como he podido demostrar, recibe el apoyo de otro tan listo como él. Tendremos alguna posibilidad de atrapar a este hombre mientras él no tenga la menor idea de que alguien sabe algo; pero a la menor sospecha cambiaría de nombre y se desvanecería al instante entre los cuatro millones de habitantes de esta gran ciudad. Sin ánimo de ofenderlos a ustedes, debo decir que considero que la policía oficial no está a la altura de estos hombres, y por eso no les he pedido ayuda a ustedes. Si fracaso, tendré que cargar con mi culpa por omisión, por supuesto; pero estoy dispuesto a correr el riesgo. De momento, les puedo prometer que les comunicaré mis datos en el momento mismo en que me sea posible hacerlo sin poner en peligro mis propias maniobras.

Gregson y Lestrade parecían bastante descontentos con esta promesa, o por el comentario despectivo sobre la policía oficial. El primero se había sonrojado hasta las raíces de los cabellos rubios, mientras que al segundo le brillaban los ojillos de curiosidad y resentimiento. No obstante, ninguno de los dos tuvo tiempo de hablar, pues los interrumpió un golpecito en la puerta, e hizo acto de presencia la figura insignificante y astrosa del pequeño Wiggins, portavoz de los golfillos callejeros.

—Con su permiso, señor —dijo, llevándose una mano al flequillo—; tengo el coche de punto abajo.

—Bien, muchacho —respondió Holmes con complacencia—. ¿Por qué no adoptan ustedes este modelo en Scotland Yard? —prosiguió, sacando de un cajón unas esposas de acero—. Observen con qué suavidad actúa el resorte. Se cierran en un instante.

—El modelo antiguo está bastante bien —observó Lestrade—. Todo consiste en encontrar al hombre a quien haya que ponérselas.

—Muy bien, muy bien —convino Holmes con una sonrisa—. El cochero podría ayudarme a bajar mi equipaje. Dile que suba, Wiggins.

Me sorprendió oír hablar a mi compañero como si se dispusiera a emprender un viaje, ya que no me había dicho nada al respecto. Había en la habitación una maleta pequeña. Holmes la sacó y se dispuso a cerrarla con las correas. Se afanaba en ello cuando entró en la sala el cochero.

—Haga el favor de ayudarme con esta hebilla, cochero —le rogó, enfrascado en su tarea y sin volver la cabeza.

El hombre se adelantó con aire algo hosco y desafiante y bajó las manos para ayudar. Se oyó al momento un chasquido agudo, un ruido metálico, y Sherlock Holmes se incorporó de nuevo de un salto.

—Caballeros —exclamó con la mirada brillante—, permítanme que les presente al señor Jefferson Hope, asesino de Enoch Drebber y de Joseph Stangerson.

Todo aquello había sucedido en un instante, con tal rapidez que ni reparé en ello. Recuerdo vivamente el momento, el gesto triunfal de Holmes y el timbre de su voz, la cara salvaje, de sorpresa, del cochero, al mirar las esposas relucientes que le habían aparecido en las muñecas como por arte de magia. Nos quedamos inmóviles por unos instantes, como un grupo escultórico. Después, el prisionero se soltó de las manos de Holmes profiriendo un rugido gutural y se arrojó de cabeza hacia la ventana. El vidrio y la madera cedieron a su ímpetu, pero antes de que consiguiese atravesar la ventana del todo, Gregson, Lestrade y Holmes saltaron sobre él como otros tantos mastines de caza. Lo introdujeron en la sala, y comenzó entonces una lucha terrible. Era tan fuerte y feroz que se nos quitaba de encima a los cuatro una y otra vez. Parecía tener la fuerza convulsiva de quien sufre un ataque epiléptico. Al pasar por los vidrios rotos de la ventana se había hecho unas heridas terribles en la cara y las manos, pero la pérdida de sangre no reducía su resistencia. Sólo comprendió que toda resistencia era fútil cuando Lestrade consiguió retorcerle el pañuelo que llevaba al cuello hasta casi estrangularlo. Ni aun entonces nos sentimos seguros hasta que le hubimos atado los pies, además de las manos. Una vez hecho aquello, nos pusimos de pie, jadeantes y sin aliento.

—Tenemos su coche de punto —dijo Sherlock Holmes—. Nos servirá para llevarlo a Scotland Yard. Y ahora, caballeros —prosiguió, con una sonrisa amable—, hemos llegado al final de nuestro pequeño misterio. Ya pueden hacerme ustedes todas las preguntas que gusten, sin miedo de que me niegue a responderlas.

Estudio en Escarlata

Segunda parte

El país de los Santos

I

En la gran llanura salada

En la región central del gran continente de América del Norte hay un desierto árido e inclemente que sirvió durante muchos años de obstáculo ante el avance de la civilización. Es una región desolada y silenciosa que transcurre desde la sierra Nevada hasta Nebraska, y desde el río Yellowstone, al norte, hasta el Colorado, al sur. Tampoco tiene un único temple la Naturaleza en esta adusta región. Comprende altas montañas cubiertas de nieve y valles oscuros y sombríos. Hay ríos de rápida corriente que recorren cañones agrestes, y llanuras inmensas, blancas de nieve en invierno y grises en verano del polvo alcalino salado. No obstante, todas sus partes tienen unos rasgos comunes: son estériles, inhóspitas y pobres.

Esta tierra de la desolación no tiene habitantes. De tanto en tanto las atraviesa un grupo de pawnees o de pies negros para desplazarse a otros cazaderos, pero hasta los guerreros más valientes se alegran de perder de vista esas llanuras temibles y volver a encontrarse en sus praderas. El coyote acecha con paso furtivo entre los matorrales, el águila ratonera surca el aire con aleteo pesado, y el torpe oso pardo camina pesadamente por los barrancos oscuros, encontrando el sustento que puede entre las rocas. Son los únicos habitantes del desierto.

No puede hallarse en el mundo un paisaje más desolado que el que se domina desde la ladera norte de la sierra Blanca. La gran llanura se extiende hasta donde alcanza la vista, cubierta de manchas de sal y salpicada de grupos de chaparrales raquíticos. Por el borde mismo del horizonte se extiende una larga cadena de picos montañosos, de cumbres escarpadas cubiertas de nieve. En esta amplia extensión de terreno no hay señales de vida ni de nada que tenga relación con ella. No hay aves en el cielo azul acerado, ni movimiento en la tierra gris mate; hay, sobre todo, un silencio absoluto. Por mucho que se afine el oído, no se percibe ni la sombra de un sonido en toda aquella amplia extensión desolada: no hay más que un silencio total que acalla el ánimo.

Hemos dicho que en la ancha llanura no hay nada que tenga relación con la vida. Eso no es del todo cierto. Desde la sierra Blanca se percibe un sendero que cruza el desierto, se aleja serpenteando y se pierde en la lejanía. Tiene los surcos de las ruedas y las huellas de los pies de muchos aventureros. Hay unos objetos blancos dispersos aquí y allá, que relucen al sol y destacan entre los sedimentos alcalinos de color apagado. ¡Acercaos a examinarlos! Son huesos; algunos, grandes y rudos, otros menores y más delicados. Los primeros eran de bueyes; los segundos, de hombres. La ruta espantosa de las caravanas se puede seguir durante dos mil trescientos kilómetros por estos restos dispersos de los que cayeron por el camino.

El día 4 de mayo de 1847 contemplaba este mismo paisaje un viajero solitario. Tenía un aspecto tal que podía tomársele por el espíritu o el genio de la región. Al observador le habría resultado difícil determinar si su edad se acercaba a los cuarenta o a los sesenta años. Tenía la cara enjuta y flaca, y la piel curtida y apergaminada, muy tensa sobre los huesos marcados; el cabello y la barba, largos y castaños, muy salpicados de blanco. Tenía los ojos muy hundidos en las cuencas, y le ardían con un brillo poco natural, mientras que la mano con que empuñaba su rifle apenas tenía más carne que la de un esqueleto. Estaba de pie apoyado en el arma; no obstante, su figura alta y de huesos sólidos hacía pensar que era hombre membrudo y vigoroso por naturaleza. Sin embargo, su rostro demacrado y la ropa que cubría con tanta holgura su cuerpo enflaquecido proclamaban la causa de aquel aspecto senil y decrépito. El hombre se estaba muriendo... Se estaba muriendo de hambre y de sed.

Había subido a ese punto algo elevado después de bajar trabajosamente el barranco con la esperanza vana de ver algún indicio de agua. Entonces se extendieron ante sus ojos la gran llanura salada y la cadena lejana de montañas agrestes, sin la menor señal de plantas ni árboles que pudieran indicar la presencia de humedad. No había ni un solo destello de esperanza en aquel ancho paisaje. Miró al norte, al este y al oeste con ojos desencajados e interrogadores, y comprendió entonces que sus viajes sin rumbo habían llegado a su fin y que iba a morir allí, en aquel pedregal desierto.

—Al fin y al cabo, qué más da aquí que en un lecho de plumas dentro de veinte años —murmuró, y se sentó a la sombra de una roca.

Antes de sentarse había dejado en tierra su rifle inútil, además de un bulto grande que había llevado terciado sobre el hombro derecho. El bulto parecía en exceso pesado para sus fuerzas, pues al soltarlo cayó al suelo con alguna violencia. Salió al instante del fardo gris un pequeño quejido, y asomó de dentro una carita asustada de ojos castaños muy brillantes, a la que acompañaron dos puñitos con hoyuelos y pecas.

—¡Me has hecho daño! —gritó una voz infantil en son de reproche.

—Vaya, lo siento. Ha sido sin querer —respondió el hombre, compungido. Mientras hablaba, desató aquel chal gris, del que sacó a una niña muy hermosa de unos cinco años de edad, cuyos zapatitos delicados y lindo vestido rosa con delantalito blanco hacían pensar que había recibido los cuidados de una madre. La niña estaba pálida y desmejorada, pero tenía los brazos y las piernas rollizos, que daban a entender que había sufrido menos que su compañero.

—¿Te duele aún? —preguntó el hombre, preocupado, pues la niña seguía frotándose los rizos dorados que le cubrían la nuca.

—Dame un besito para curarme —dijo la niña con toda seriedad, y le ofreció la parte dolorida—. Eso hacía mamá. ¿Dónde está mamá?

—Mamá se fue. Supongo que no tardarás en verla.

—Que se fue, ¿eh? —dijo la niña—. Qué raro que no se haya despedido. Siempre se despedía, aunque sólo fuera a casa de la tía a tomar el té, y ahora ya hace tres días que falta. Oye, qué seco está esto, ¿verdad? ¿No hay agua ni nada que comer?

—No, cariño, no hay nada. Deberás tener un poco de paciencia, y pronto estarás bien. Apoya la cabeza en mí así, y te sentirás mucho mejor. No es fácil hablar cuando tienes los labios como el cuero, pero supongo que será mejor que te diga cómo está la cosa. ¿Qué es eso que tienes?

—¡Cosas bonitas! ¡Cosas lindas! —exclamó la niña con entusiasmo, enseñando dos fragmentos relucientes de mica—. Cuando volvamos a casa se las daré a mi hermano Bob.

—Pronto verás cosas más bonitas que ésas —dijo el hombre con confianza—. Espera un poco. Pero te iba a contar... ¿Recuerdas cuando salimos del río?

—Claro que sí.

—Bueno, pues creíamos que daríamos con otro río pronto. Pero falló algo: las brújulas, o el mapa, o lo que fuera, y no apareció el río. Se nos acabó el agua. Sólo quedaba una gota para ti y... y...

—Y no te podías lavar —lo interrumpió su compañera con seriedad, mirándole la cara mugrienta.

—No; ni beber. Y el señor Bender fue el primero que cayó, y después el indio Pete, y después la señora McGregor, y después Johnny Hones, y después, querida, tu madre.

—Entonces, mamá también está difunta —exclamó la niña, hundiendo la cara en el delantal y sollozando amargamente.

—Sí. Cayeron todos menos tú y yo. Y pensé que podría haber agua por aquí, de manera que te eché sobre mi hombro y hemos venido juntos. Pero no parece que las cosas hayan mejorado. ¡Ya nos queda bien poco que hacer!

—¿Quieres decir que nos vamos a morir también? —preguntó la niña, conteniendo los sollozos y levantando la cara manchada de lágrimas.

—Supongo que eso viene a ser lo que hay.

—¿Por qué no me lo habías dicho? —dijo la niña, riéndose alegremente—. ¡Qué susto me habías dado! Si nos morimos ahora, volveremos a estar con mamá, claro está.

—Sí, estarás con mamá, cariño.

—Y tú también. Le contaré lo bueno que has sido. Estoy segura de que nos estará esperando en la puerta del cielo con un cubo grande de agua y un montón de galletas de alforfón, recién hechas y tostadas por los dos lados, como nos gustaban a Bob y a mí. ¿Cuánto tardaremos?

—No lo sé... No mucho.

El hombre tenía los ojos clavados en el horizonte, hacia el norte. Habían aparecido por allí en la bóveda azul del cielo tres puntitos que se acercaban a tal velocidad que aumentaban de tamaño por momentos. Se convirtieron rápidamente en tres grandes aves pardas, que volaron en círculos sobre las cabezas de los dos viajeros y se posaron después en unas rocas que los dominaban. Eran águilas ratoneras, los buitres del Oeste, cuya llegada anuncia la muerte.

—¡Gallos y gallinas! —exclamó la pequeña alegremente, señalando sus formas de mal agüero y dando palmadas para hacerlos volar—. Oye, ¿esta tierra la hizo Dios?

—Claro que sí —dijo su compañero, algo sobresaltado por aquella pregunta inesperada.

—Dios hizo la tierra de Illinois, e hizo el Misuri —prosiguió la niña—. Supongo que sería otro quien hizo estas partes. No están tan bien hechas, ni mucho menos. Se olvidaron del agua y de los árboles.

—¿Qué te parece si rezas tus oraciones? —preguntó el hombre con timidez.

—Todavía no es de noche —respondió ella.

—Es igual. Aunque no es lo acostumbrado, puedes estar segura de que a Él no le importará. Reza las que rezabas todas las noches en el carromato cuando estábamos en las llanuras.

—¿Por qué no rezas tú también? —preguntó la niña con ojos de extrañeza.

—No las recuerdo —respondió el hombre—. No he rezado ninguna desde que era la mitad de alto que ese rifle. Supongo que nunca es demasiado tarde. Rézalas tú y yo diré las respuestas.

—Entonces, tendrás que arrodillarte, y yo también —dijo ella, tendiendo en el suelo el chal con ese fin—. Tienes que poner las manos así. Se siente uno muy bien.

Si hubiera habido presente algún otro espectador, aparte de las águilas ratoneras, habría contemplado un espectáculo extraño. Los dos viajeros, la

niña parlanchina y el aventurero endurecido y temerario, se arrodillaron juntos sobre el chal estrecho. La cara regordeta de la niña y el semblante demacrado y anguloso del hombre se levantaban juntos hacia el cielo sin nubes suplicándole de todo corazón a ese ser temido con quien se encontraban cara a cara, mientras las dos voces (fina y clara una, áspera y profunda la otra) entonaban juntas la súplica de misericordia y perdón. Concluida la oración, volvieron a tomar asiento a la sombra de la peña hasta que la niña se quedó dormida, amparada en el ancho pecho de su protector. Éste contempló su sueño durante algún rato, pero la Naturaleza acabó siendo más fuerte que él. Llevaba tres días y tres noches sin concederse descanso ni reposo alguno. Los párpados cayeron poco a poco sobre los ojos cansados, y la cabeza se hundió cada vez más hasta que la barba encanecida del hombre se entremezcló con los bucles dorados de su compañera, y ambos durmieron el mismo sueño profundo y sin sueños.

Si el viajero hubiera seguido despierto media hora más, habría contemplado un espectáculo extraño. A lo lejos, al borde mismo de la llanura salada, se levantó una leve vaharada de polvo, muy leve al principio, casi imposible de distinguir de la calima de la lejanía, pero que fue creciendo cada vez más hasta formar una nube cerrada y bien definida. La nube aumentó de tamaño hasta que fue evidente que sólo podía levantarla una gran multitud de seres en movimiento. Si se hubiera tratado de una región más fértil, el observador habría llegado a la conclusión de que acudía hacia él uno de los grandes rebaños de bisontes que pastan en las grandes praderas. Era imposible que se tratara de aquello, evidentemente, en aquellas desolaciones áridas. Al acercarse el torbellino de polvo al barranco solitario donde reposaban los dos viajeros perdidos, empezaron a distinguirse entre la neblina los carromatos con toldos de lona y las figuras de jinetes armados, y quedó de manifiesto que la aparición era una gran caravana que viajaba al Oeste. Pero ¡qué caravana! Cuando su cabeza alcanzaba el pie de las montañas, todavía no se veía su final en el horizonte. El gentío desordenado cubría la inmensa llanura: carros y carromatos, hombres a caballo y hombres a pie; mujeres incontables hundidas bajo las cargas que llevaban a cuestas, y niños pequeños que andaban vacilantes junto a los carromatos o se asomaban bajo los toldos blancos. Saltaba a la vista que no se trataba de un grupo corriente de emigrantes, sino, más bien, de todo un pueblo nómada al que las circunstancias habían obligado a salir a buscarse un país nuevo. De esta gran masa de humanidad se levantaban por el aire límpido un fragor y un estrépito confuso, con crujidos de ruedas y relinchos de caballos. El ruido, a pesar de su intensidad, no bastó para despertar a los dos viajeros cansados que los dominaban desde el barranco.

Cabalgaban en cabeza de la columna una veintena holgada de hombres serios de rostro de acero, vestidos con ropa sombría de corte casero y armados con rifles. Al llegar al pie del barranco se detuvieron y mantuvieron un breve debate entre ellos.

—Los pozos están hacia la derecha, hermanos míos —dijo uno, un hombre afeitado, de labios duros y pelo gris.

—Hacia la derecha de la sierra Blanca... Así llegaremos al río Grande —repuso otro.

—No temáis por el agua —exclamó un tercero—. El que la pudo sacar de las rocas no abandonará ahora a Su pueblo elegido.

—¡Amén! ¡Amén! —respondió todo el grupo.

Se disponían a reanudar el viaje cuando uno de los más jóvenes y de mejor vista soltó una exclamación y señaló el barranco escarpado que tenían sobre las cabezas. Flotaba en lo alto un leve mechón rosado que destacaba entre las rocas grises. Al ver aquello, todos tiraron de las riendas a los caballos y aprestaron los fusiles, mientras llegaban al galope nuevos jinetes para reforzar la vanguardia. Todas las bocas repetían: «Pieles rojas».

—Aquí no puede haber muchos indios —dijo el hombre de edad que parecía ejercer el mando—. Hemos dejado atrás a los pawnees, y no hay otras tribus hasta más allá de las grandes montañas.

—¿Me adelanto a ver, hermano Stangerson? —preguntó uno del grupo.

«Yo también», «yo también», exclamaron una docena de voces.

—Dejad los caballos y os esperaremos aquí abajo —respondió el anciano. Al cabo de un momento, los jóvenes habían desmontado y atado sus caballos y subían ya por la empinada ladera que conducía hasta el objeto que les había llamado la atención. Avanzaban aprisa y sin ruido, con la confianza y destreza de los exploradores avezados. Los observadores los vieron saltar de peña en peña desde la llanura hasta que sus figuras se recortaron sobre el cielo. Iba en cabeza de ellos el joven que había dado la primera alarma. De pronto, sus seguidores vieron que alzaba los brazos al cielo como dominado por el asombro; y, cuando lo alcanzaron, el espectáculo que descubrieron sus ojos les produjo el mismo efecto.

En la pequeña meseta que remataba la colina estéril había una única roca gigantesca, y apoyado en esta roca estaba un hombre alto, de barba larga y rasgos duros, pero de delgadez exagerada. La placidez de su rostro y su respiración regular daban a entender que dormía profundamente. A su lado estaba una niña pequeña, que rodeaba con sus brazos el cuello moreno y recio del hombre, y que recostaba la cabeza, de rizos dorados, en el pecho de su chaqueta de pana. La niña tenía entreabiertos los labios rosados, mostrando una hilera regular de dientes blancos como la nieve, y en sus rasgos infantiles danzaba una sonrisa juguetona. Las piernecillas blancas y regordetas, terminadas en calcetines blancos y zapatos limpios con hebillas relucientes, producían un contraste extraño con los miembros largos y enflaquecidos de su compañero. En la repisa de roca que dominaba a esta pareja extraña estaban posadas tres águilas ratoneras solemnes que, al ver a los recién llegados, soltaron graznidos roncos de desilusión y se echaron a volar, malhumoradas.

Los chillidos de las viles aves despertaron a los dos durmientes, que miraron a su alrededor desconcertados. El hombre se puso de pie con dificultad y contempló la llanura que tan desolada estaba cuando los había dominado el sueño, y que ahora surcaba aquella multitud enorme de hombres y bestias. Su cara adoptó una expresión de incredulidad, y se pasó por los ojos la mano huesuda.

—Supongo que esto es lo que llaman delirio —murmuró. La niña estaba a su lado, asida del faldón de su chaqueta, y no decía nada, pero miraba a su alrededor con los ojos de asombro y curiosidad de la infancia.

Sus salvadores pudieron convencer enseguida a los dos de que su aparición no era ninguna ilusión de los sentidos. Uno se echó al hombro a la niña y otros dos sujetaron a su flaco compañero y lo ayudaron a ponerse en camino hacia los carromatos.

—Me llamo John Ferrier —explicó el viajero—. Esa pequeña y yo somos los únicos supervivientes de un grupo de veintiuna personas. Los demás murieron de hambre y sed, al sur.

—¿Es hija tuya? —le preguntó alguien.

—Supongo que ahora lo es —exclamó el otro en son de desafío—: es mía, porque la he salvado. Nadie me la quitará. Desde hoy, se llama Lucy Ferrier. Pero ¿quiénes sois vosotros? —añadió, mirando con curiosidad a sus salvadores, robustos y tostados por el sol—. Parece que sois muchísimos.

—Casi diez mil —respondió uno de los jóvenes—. Somos los hijos de Dios perseguidos; los elegidos del ángel Merona.

—No había oído hablar de él —dijo el viajero—. Parece que ha elegido a un montón.

—No te burles de las cosas sagradas —lo reprendió el otro con severidad—. Somos los que creemos en las escrituras sagradas, trazadas en letras egipcias sobre planchas de oro batido, que le fueron entregadas al santo Joseph Smith en Palmira. Venimos de Nauvoo, en el estado de Illinois, donde habíamos fundado nuestro templo. Hemos venido a buscar un refugio para huir de los violentos y de los sin Dios, aunque sea en el corazón del desierto.

Evidentemente, el nombre de Nauvoo le recordó algo a John Ferrier.

—Ya veo —dijo—. Sois los mormones.

—Somos los mormones —respondieron sus compañeros al unísono.

—Y ¿adónde os dirigís?

—No lo sabemos. Nos guía la mano de Dios, en la persona de nuestro Profeta. Debéis presentaros ante él. Él dirá lo que se ha de hacer con vosotros.

Ya habían llegado por entonces al pie del barranco, y los rodearon una multitud de peregrinos: mujeres pálidas de aspecto manso, niños fuertes y alegres y hombres de mirada preocupada e impaciente. Surgieron muchos gritos de asombro y lástima ante la juventud de uno de los desconocidos y el estado miserable del otro. Sin embargo, sus acompañantes no se detuvieron sino que siguieron adelante, escoltados por una gran muchedumbre

de mormones, hasta que llegaron a un carromato que destacaba por su tamaño y por la riqueza y elegancia de su aspecto. Lo arrastraban seis caballos, mientras que los demás carromatos tenían dos, o cuatro como mucho. Junto al conductor iba sentado un hombre que no podía tener más de treinta años, pero cuya amplia frente y expresión decidida le daban claro aspecto de jefe. Iba leyendo un libro de tapas pardas, pero al acercarse la multitud lo dejó a un lado y escuchó atentamente la relación de lo sucedido. Después, se dirigió a los dos viajeros perdidos.

—Si os aceptamos con nosotros, sólo puede ser como creyentes de nuestra fe —dijo con tono solemne—. No queremos lobos en nuestro rebaño. Sería preferible, con mucho, que vuestros huesos se blanquearan al sol en este desierto, a que fueseis la pequeña mancha de podredumbre que acaba por corromper toda la fruta. ¿Vendréis con nosotros bajo estas condiciones?

—Supongo que iría con vosotros bajo cualquier condición —reconoció Ferrier, con tal énfasis que hasta a los serios ancianos se les escapó una sonrisa. Sólo el jefe mantuvo el gesto severo e imponente.

—Llévatelo, hermano Stangerson —dispuso—. Dale de comer y de beber, y también a la niña. Encárgate asimismo de enseñarle nuestra santa religión. Ya nos hemos entretenido bastante. ¡Adelante! ¡Vamos, vamos, a Sión!

—¡Vamos, vamos, a Sión! —gritó la multitud de mormones, y las palabras se repitieron de boca en boca por la larga caravana hasta que se convirtieron en un murmullo apagado que se perdió a lo lejos. Los grandes carromatos se pusieron en marcha con restallidos de látigos y crujidos de ruedas, y toda la caravana volvió a avanzar de nuevo. El anciano a cuyo cuidado se había encomendado a los dos extraviados los acompañó hasta su carromato, donde ya les habían preparado de comer.

—Permaneceréis aquí —expuso—. Dentro de algunos días os habréis recuperado de vuestras fatigas. Mientras tanto, recordad que pertenecéis ya y para siempre a nuestra religión. Lo ha dicho Brigham Young, que habla con la voz de Joseph Smith, que es la voz de Dios.

II

LA FLOR DE UTAH

No vamos a rememorar aquí las penalidades y privaciones que sufrieron los mormones emigrantes hasta que llegaron a su lugar de refugio final. Siguieron adelante desde las orillas del río Misisipi hasta las laderas orientales de las montañas Rocosas con un tesón sin apenas precedentes en toda la historia. Superaron con tenacidad de anglosajones a los hombres y a las bestias salvajes, el hambre, la sed, la fatiga y las enfermedades: todos los obstáculos, en suma, que les pudo poner en su camino la Naturaleza. Pero el largo viaje y el cúmulo de horrores hicieron vacilar incluso el corazón de los más valientes. Ni uno solo dejó de caer de rodillas en oración sincera cuando vio ante sí el ancho valle de Utah, bañado por el sol. Todos oyeron de labios de su jefe que aquélla era la tierra prometida, y que aquellos campos vírgenes serían suyos para siempre.

Young no tardó en dar muestras de ser tan hábil administrador como jefe atrevido había sido. Se prepararon mapas y planos de la futura ciudad. Todos los terrenos circundantes se repartieron en fincas proporcionadas a la categoría de cada individuo. Los que sabían artes y oficios volvieron a ejercerlos. En la ciudad, aparecían calles y plazas como por arte de magia. En el campo, se delimitaron y desaguaron las tierras, que luego se roturaron y sembraron, hasta que en el verano siguiente toda la comarca se vistió del oro de la mies granada. Todo prosperaba en aquel asentamiento extraño. Se alzaba más y más; sobre todo, el gran templo que levantaron en el centro de la ciudad.

Desde la primera luz del alba hasta el último crepúsculo, no se dejaba de oír el golpe del martillo y el chirrido de la sierra en el monumento que erigían los inmigrantes a aquél que los había salvado de tantos peligros.

Los dos viajeros perdidos, John Ferrier y la niña que había compartido sus peripecias y a la que había prohijado, acompañaron a los mormones hasta el final de su gran peregrinación. La pequeña Lucy Ferrier hizo el viaje con bastante comodidad en el carromato del anciano Stangerson, refugio que compartía con las tres esposas del mormón y con su hijo, un muchacho atrevido y terco de doce años. Después de haberse recuperado, con la elasticidad propia de la infancia, de la impresión que le había causado la muerte de su madre, no tardó en convertirse en la niña mimada de las mujeres y en acostumbrarse a su nuevo hogar móvil con techo de lona. Mientras tanto, Ferrier, repuesto de sus privaciones, se distinguía como guía útil y cazador incansable. Se ganó con tanta rapidez la estima de sus nuevos compañeros que, cuando llegaron al fin de sus peregrinaciones, se acordó por unanimidad que se le asignaría una extensión de terreno tan grande y fértil como la mejor de cualquier otro colono, a excepción de las del propio Young y las de Stangerson, Kemball, Johnston y Drebber, que eran los cuatro ancianos principales.

John Ferrier se construyó en la finca así obtenida una casa de troncos de buenas dimensiones, a la que añadió tantas habitaciones y dependencias en años sucesivos que de hecho era una amplia casa de campo. Era hombre de espíritu práctico, astuto en los tratos comerciales y hábil en el trabajo manual. Su complexión férrea le permitía trabajar mañana y tarde en sus tierras. De ese modo, tanto su finca como todo lo suyo prosperaron a las mil maravillas. A los tres años estaba en mejor situación que sus vecinos, a los seis era acomodado, a los nueve era rico, y a los doce no había una docena de hombres en toda Salt Lake City que pudieran compararse con él. Desde el gran mar interior hasta los lejanos montes Wahsatch no había nombre más conocido que el de John Ferrier.

En un sentido, y sólo en uno, ofendía la susceptibilidad de sus correligionarios. Todos los argumentos e insistencias fueron inútiles para convencerlo de que contrajera matrimonio a la manera de sus compañeros.

No explicó nunca el motivo de su negativa insistente. Se limitó a persistir en su propósito con resolución inquebrantable. Algunos lo acusaron de tibieza en la religión que había adoptado, mientras que otros lo achacaban al ansia de riqueza y a los pocos deseos de incurrir en gastos. Había algunos, por fin, que hablaban de un antiguo amor y de una muchacha de cabellos rubios que se había consumido esperándolo en la costa del Atlántico. Fuera cual fuese el motivo, Ferrier mantuvo un celibato estricto. Se ceñía en todos los demás sentidos a la religión del nuevo asentamiento, y se ganó fama de hombre ortodoxo y recto.

Lucy Ferrier se crio en la casa de troncos y ayudó a su padre adoptivo en todas sus empresas. El aire fresco de las montañas y el olor balsámico de los pinos le sirvieron a la muchacha de madre y niñera. Cada año que pasaba se volvía más alta y más fuerte, tenía las mejillas más coloradas y el paso más grácil. Muchos viajeros que pasaban por la carretera principal que transcurría ante la finca de Ferrier sintieron despertarse recuerdos olvidados al ver correr aquella figura de muchacha por los trigales, o al encontrársela montada en el caballo mesteño de su padre, que manejaba con la soltura y gracia de una verdadera hija del Oeste. Y así, el capullo floreció, y el año en que su padre se convirtió en el más rico de los granjeros, ella se convirtió a su vez en una muestra de la belleza juvenil americana tan hermosa como la que más en toda la vertiente del Pacífico.

Sin embargo, no fue el padre el primero en descubrir que la niña se había hecho mujer. No suele suceder en tales casos. Ese cambio misterioso es demasiado sutil y gradual como para medirlo por fechas. Menos todavía lo sabe la propia doncella, hasta que un tono de voz o el contacto de una mano le estremecen el corazón y nota, con una mezcla de orgullo y temor, que se ha despertado en ella una naturaleza más amplia. Son pocas las que no se acuerdan de ese día y recuerdan el pequeño incidente que anunció el albor de una nueva vida. En el caso de Lucy Ferrier, la ocasión ya fue bastante notoria de por sí, con independencia de cómo influiría más adelante sobre su destino y el de otros muchos.

Era una mañana calurosa de junio, y los Santos de los Últimos Días se afanaban como las abejas, cuya colmena han tomado como emblema. Sonaba en los campos y en las calles un mismo zumbido de trabajo humano. Por las polvorientas carreteras principales desfilaban largas reatas de mulas muy cargadas, todas hacia el oeste, pues en California había estallado la fiebre del oro, y la ruta terrestre pasaba por la Ciudad de los Elegidos. También llegaban rebaños de ovejas y vacas de los pastos próximos, y caravanas de emigrantes cansados, fatigados del viaje interminable tanto los hombres como los caballos. Lucy Ferrier galopaba entre esta multitud variopinta, abriéndose camino con habilidad de amazona consumada, con la cara de piel clara enrojecida por el ejercicio y la larga cabellera castaña flotando a su espalda. Tenía que ir a la ciudad a cumplir un encargo de su padre, e iba a toda velocidad, como tantas otras veces, con la intrepidez de la juventud, sin pensar más que en su misión y en el modo de llevarla a cabo. Los aventureros cubiertos del polvo del viaje la miraban con asombro, y hasta los indios impasibles, que habían ido a vender pieles, salían de su estoicismo habitual, admirados de la belleza de la doncella de rostro pálido.

Ya estaba en las afueras de la ciudad cuando se encontró la carretera cortada por un gran rebaño de ganado vacuno, dirigido por media docena de vaqueros de las llanuras, de aspecto violento. Impaciente, intentó cruzar el obstáculo haciendo entrar a su caballo por lo que parecía ser una vía libre. Sin embargo, apenas había entrado del todo su caballo por allí cuando los animales le cerraron el paso y se encontró completamente rodeada por la corriente móvil de reses de ojos fieros y largos cuernos. Estaba acostumbrada a manejar el ganado y su situación no la alarmó; siguió animando a su caballo a seguir adelante en cuanto podía para abrirse camino entre la vacada. Por desgracia, uno de los animales le dio una cornada al mesteño en el costado, o bien por casualidad o bien a propósito, y lo excitó hasta la locura. El caballo se encabritó al instante soltando un bufido de rabia, y empezó a dar saltos y a tirar coces de un modo que habría desmontado a cualquier jinete que no fuera muy hábil. La situación era peligrosa. Cada salto que daba el caballo nervioso lo ponía en contacto de nuevo con los cuernos, y exacerbaba su locura. La muchacha tan sólo podía estar pendiente de mantenerse en la silla, pues una caída equivaldría a una muerte terrible bajo las pezuñas de los animales incontrolables y aterrorizados. No estaba acostumbrada a

las situaciones de emergencia repentinas, y empezó a darle vueltas la cabeza y a aflojar las manos con que sujetaba las riendas. Ahogada por la nube de polvo y el vapor que despedían los animales agitados, podría haber dejado de resistir, desesperada, de no haber sido porque oyó a su lado una voz amable que le aseguraba que venía a ayudarla. Al mismo tiempo, una mano morena y fuerte cogió del cabezal al caballo asustado y, tras abrirse camino entre la vacada, la sacó al poco tiempo de allí.

—Espero que no se haya hecho daño, señorita —le dijo a ésta su salvador, con respeto.

Ella miró su rostro oscuro y torvo y se rio con descaro.

—Estoy la mar de asustada —respondió con ingenuidad—. ¿Quién se habría figurado que Poncho se asustaría tanto de un montón de vacas?

—Gracias a Dios que no se cayó usted de la silla —dijo el otro con ardor. Era un joven alto, de aspecto salvaje, montado en un caballo roano vigoroso y vestido con la ropa ruda del cazador, con un largo rifle en bandolera—. Supongo que será usted la hija de John Ferrier —observó—. La vi salir a caballo de su casa. Cuando vea usted a su padre, pregúntele si se acuerda de la familia de Jefferson Hope de San Luis. Si es el mismo Ferrier, mi padre y él eran amigos íntimos.

—¿No sería mejor que fuera a preguntárselo usted mismo? —preguntó ella con recato.

Al joven pareció agradarle la propuesta, y los ojos oscuros le brillaron de placer.

—Eso haré —dijo—. Llevamos dos meses en las montañas y no estamos muy presentables para ir de visita. Deberá aceptarnos tal como estamos.

—Tiene mucho que agradecerle a usted, y yo también —respondió ella—: me quiere mucho. Si me hubieran pisoteado esas vacas, no lo habría superado jamás.

—Ni yo tampoco —replicó su compañero.

—¡Usted! Bueno, no sé qué habría podido importarle a usted. Ni siquiera es amigo nuestro.

Este comentario oscureció tanto el rostro moreno del joven cazador que Lucy Ferrier se rio en voz alta.

—Vamos, no lo digo por eso —se explicó Lucy—. Usted ya es amigo nuestro, claro está. Debe venir a visitarnos. Ahora, he de seguir adelante, o de lo contrario mi padre dejará de confiarme sus recados. ¡Adiós!

—Adiós —respondió él, levantándose el ancho sombrero e inclinando la cabeza sobre la manita de ella. Lucy hizo volverse a su mesteño, le dio un trallazo con la fusta y salió al galope por la ancha carretera, entre una espesa nube de polvo.

El joven Jefferson Hope siguió su camino con sus compañeros, triste y taciturno. Venían de buscar plata en la sierra Nevada, y regresaban a Salt Lake City con la esperanza de encontrar capital suficiente para explotar algunas vetas que habían descubierto. Aquel negocio le había interesado tanto como al resto de sus compañeros hasta que sobrevino aquel incidente repentino que le hizo volver sus pensamientos hacia otros cauces. La visión de aquella muchacha hermosa, natural y sana como el aire de la sierra lo había agitado hasta lo más hondo de su corazón volcánico e indómito. Cuando la perdió de vista, comprendió que había llegado un momento decisivo de su vida y que ni las minas de plata ni ninguna otra cuestión podrían tener jamás tanta importancia para él como aquélla otra nueva que lo absorbía por completo. El amor que había brotado en su corazón no era un capricho repentino y mudable de muchacho sino, más bien, la pasión desenfrenada y violenta de un hombre de gran fuerza de voluntad y temperamento imperioso. Estaba acostumbrado a conseguir todo lo que se proponía. Se juró a sí mismo que no fracasaría en aquel empeño, si es que estaba al alcance del esfuerzo y la constancia humana.

Visitó a John Ferrier aquella noche, y otras muchas, hasta que su cara fue familiar en la finca. John, que había vivido encerrado en el valle y sumido en su trabajo, apenas había tenido ocasión de estar al tanto de las novedades del mundo exterior en los doce últimos años. Jefferson Hope lo puso al día, y de un modo que interesó a Lucy tanto como a su padre. Había sido pionero en California y se sabía muchos relatos extraños de fortunas ganadas y perdidas en aquellos tiempos salvajes y gloriosos. También había sido explorador, y trampero, buscador de plata y ranchero. Jefferson Hope había buscado la aventura en todos los lugares donde había posibilidad de vivirlas. No tardó en ganarse el afecto del viejo granjero, quien cantaba con elocuencia sus virtudes. Lucy guardaba silencio en tales ocasiones, pero el rubor de sus mejillas y el brillo de sus ojos alegres mostraban con gran claridad que ya no era la dueña de su joven corazón. Tal vez su honrado padre no observara los síntomas, pero es seguro que al hombre que se había ganado su amor no le pasaban desapercibidos.

Una tarde de verano llegó al galope por la carretera y se detuvo ante el portón. Ella estaba en la puerta de la casa y salió a recibirlo. Él tiró las riendas sobre la cerca y subió por el sendero.

—Me voy, Lucy —dijo, tomando sus dos manos entre las de él y mirándola con ternura—. No te pediré que te vengas conmigo ahora, pero ¿estarás dispuesta a venirte conmigo cuando regrese?

—Y ¿cuándo será eso? —preguntó ella, sonrojándose y riendo.

—Dentro de un par de meses, como mucho. Entonces vendré a reclamarte, querida. Nadie podrá interponerse entre nosotros.

—¿Y mi padre? —preguntó ella.

—Ha dado su consentimiento, con tal de que pongamos en producción esas minas. No tengo nada que temer en ese sentido.

—Ah, bueno; si papá y tú lo habéis arreglado todo, entonces no tengo nada que añadir, claro está —susurró, con la mejilla apoyada en el ancho pecho de él.

—¡Gracias a Dios! —dijo él con voz ronca, bajando la cabeza para besarla—. Entonces, está acordado. Cuanto más tiempo me quede, más difícil me resultará marcharme. Me esperan en el cañón. Adiós, querida mía... Adiós. Me verás dentro de dos meses.

Le costó apartarse de ella mientras decía esto y, saltando en su caballo, se alejó al galope sin volver la vista ni una sola vez, como temiendo flaquear en su resolución si echaba una sola mirada a lo que dejaba atrás. Ella se quedó ante el portón mirándolo hasta que lo perdió de vista. Después volvió a entrar en la casa: era la muchacha más feliz de toda Utah.

III

John Ferrier habla con el Profeta

Hacía tres semanas que Jefferson Hope y sus camaradas habían salido de Salt Lake City. A John Ferrier le dolía el corazón cuando pensaba que el regreso del joven significaría para él la pérdida de su hija adoptiva. Sin embargo, la cara luminosa y feliz de ésta lo alentaba a aceptar el trato más que cualquier otro argumento. Siempre había albergado en el fondo de su corazón audaz la determinación de no consentir por nada del mundo que su hija se casara con un mormón. Un matrimonio así no le parecía tal matrimonio, sino un baldón y un oprobio. Fuera cual fuese su criterio sobre el resto de las doctrinas mormonas, en ese punto era inflexible. Sin embargo, debía tener la boca cerrada, pues en aquellos tiempos era peligroso expresar una opinión heterodoxa en el País de los Santos.

Sí, era peligroso; hasta tal punto, que hasta los más santos sólo osaban manifestar sus opiniones religiosas en voz baja, por miedo a que se interpretara mal alguna palabra de sus labios que pudiera acarrearles el castigo inmediato. Los antaño perseguidos se habían convertido en perseguidores por derecho propio, y de los más terribles. Ni la Inquisición de Sevilla, ni la Santa Vehme alemana, ni las sociedades secretas de Italia fueron capaces de poner en marcha una maquinaria tan terrible como la que empañaba el estado de Utah.

La organización era doblemente terrible debido a su invisibilidad y al misterio que la caracterizaba. Parecía omnisciente y omnipotente, aunque nadie la veía ni oía. El hombre que se enfrentaba a la Iglesia desaparecía sin que nadie supiera dónde había ido a parar ni qué había sido de él. Su mujer y sus hijos lo esperaban en su casa, pero el padre no regresaba nunca para contar cómo le había ido en manos de sus jueces secretos. Una palabra atrevida o un acto precipitado acarreaban la aniquilación. Sin embargo, nadie sabía en qué consistía aquel poder terrible que pendía sobre ellos. No es de extrañar que los hombres tuvieran miedo y temblaran, y que ni en la mitad del yermo se atrevieran a susurrar las dudas que los oprimían.

Este poder difuso y terrible sólo se ejercía al principio contra los relapsos que, tras haber abrazado la fe de Mormón, querían desvirtuarla o abandonarla. Sin embargo, pronto adquirió mayor alcance. Empezaban a faltar las mujeres adultas, y la poligamia era una doctrina absolutamente inútil si no había una población femenina que la alimentara. Empezaron a circular rumores extraños, rumores que hablaban de emigrantes asesinados y campamentos saqueados en regiones en las que no se habían visto nunca indios. Aparecían mujeres nuevas en los harenes de los Ancianos; mujeres que lloraban y se consumían, y que llevaban escrito en el rostro un horror inextinguible. Los viajeros a los que sorprendía la noche en las montañas hablaban de partidas de hombres armados y enmascarados que pasaban cerca de ellos en la oscuridad, furtivos y silenciosos. Estas habladurías y rumores cobraron forma y sustancia, se corroboraron una y otra vez, hasta que adquirieron un nombre concreto. Todavía en nuestros tiempos se pronuncia en los ranchos solitarios del Oeste el nombre siniestro y de mal agüero de la banda Danita, o los Ángeles Vengadores.

El conocimiento más pleno de la organización que producía resultados tan terribles no sirvió para reducir el horror que inspiraba en las imaginaciones de los hombres. Todo lo contrario: lo exacerbó. Nadie sabía quién pertenecía a esta sociedad despiadada. Los nombres de los que participaban en los actos de sangre y violencia en nombre de la religión eran un secreto bien guardado. El mismo amigo al que comunicabas tus dudas sobre el Profeta y su misión podía ser uno de los que salían de noche a consumar terribles venganzas a sangre y fuego. Por eso, todos temían a su prójimo y nadie hablaba de las cosas que más le henchían el corazón.

Un buen día, por la mañana, John Ferrier se disponía a salir para sus campos de trigo, cuando oyó el pestillo del portón y, mirando por la ventana, vio que se acercaba a la casa un hombre de mediana edad, grueso y de cabello rubio rojizo. El corazón le dio un vuelco, pues aquel hombre no era otro que el gran Brigham Young en persona. Ferrier, lleno de inquietud (pues sabía que tal visita no le deparaba nada bueno), corrió a la puerta a recibir al jefe de los mormones. Pero éste último recibió sus saludos con frialdad y lo siguió al cuarto de estar con expresión severa.

—Hermano Ferrier —dijo, tomando asiento y clavando en el granjero los ojos, de cejas rubias—, los verdaderos creyentes hemos sido buenos amigos tuyos. Te recogimos cuando te estabas muriendo de hambre en el desierto, compartimos nuestra comida contigo, te trajimos a salvo hasta el Valle Elegido, te dimos una buena porción de tierra y te hemos permitido que te hagas rico bajo nuestra protección. ¿No es así?

—Así es —respondió John Ferrier.

—A cambio de ello, sólo te impusimos una única condición: que abrazases la fe verdadera y siguieses sus usos en todo. Así lo prometiste y, si es verdad lo que se dice de ti, no lo has cumplido.

—¿Y en qué no lo he cumplido? —preguntó Ferrier, tendiendo las manos en ademán de súplica—. ¿No he contribuido al fondo común? ¿No he asistido al Templo? ¿No he...?

—¿Dónde están tus esposas? —preguntó Young, mirando a su alrededor—. Hazlas pasar para que las salude.

—Es verdad que no me he casado —respondió Ferrier—. Pero había pocas mujeres, y muchos hombres con más derecho que yo. No estaba solo: mi hija cuidaba de mí.

—De esa hija quería hablarte —dijo el jefe de los mormones—. Se ha convertido en la flor de Utah, y muchos hombres importantes del país la ven con buenos ojos.

John Ferrier suspiró para sus adentros.

—Se cuentan de ella cosas que no quiero creer... que está comprometida con un gentil. Deben de ser habladurías de lenguas ociosas. ¿Cuál es la regla decimotercera del código del santo Joseph Smith? «Que toda doncella

de la fe verdadera se despose con uno de los elegidos; pues si se casa con un gentil, comete un grave pecado.» Siendo así, es imposible que tú, que profesas la fe sagrada, consientas que tu hija la quebrante.

John Ferrier no respondió, limitándose a juguetear nervioso con su fusta.

—Se pondrá a prueba toda tu fe en este único punto: así lo ha decidido el Consejo Sagrado de los Cuatro. La muchacha es joven, y no vamos a casarla con un viejo cano ni a impedirle toda posibilidad de elección. Nosotros los ancianos tenemos muchas vaquillas, pero también debemos dejar algo para nuestros hijos. Stangerson tiene un hijo, y Drebber tiene otro, y cualquiera de los dos recibiría de buena gana a tu hija en su casa. Que elija entre los dos. Son jóvenes y ricos, y siguen la fe verdadera. ¿Qué me dices?

Ferrier guardó silencio un breve rato, y frunció el ceño.

—Debéis darnos tiempo —dijo por fin—. Mi hija es muy joven... apenas tiene edad para casarse.

—Tendrá un mes para elegir —dijo Young, levantándose de su asiento—. Dará su respuesta al cabo de este plazo.

Cuando salía por la puerta, se volvió, con la cara enrojecida y echando chispas por los ojos.

—¡Más os valdría a vuestra hija y a ti, John Ferrier, ser ahora dos esqueletos calcinados por el sol en la sierra Blanca que oponer vuestras débiles fuerzas a las órdenes de los Cuatro Santos! —bramó.

Se retiró de la puerta con un ademán amenazador, y Ferrier oyó sus pasos pesados que hacían crujir la gravilla del camino.

Estaba sentado con los codos apoyados en las rodillas, pensando cómo expondría la cuestión a su hija, cuando sintió una mano suave sobre la suya y, al alzar la vista, la vio de pie junto a él. Una sola ojeada a su cara pálida y atemorizada le bastó para comprender que la muchacha había oído la conversación.

—No he podido evitarlo —dijo, en respuesta a la mirada que le dirigió su padre—. Su voz resonaba por toda la casa. Ay, padre, padre, ¿qué haremos?

—No te asustes —respondió él, atrayéndola hacia sí y acariciándole el pelo castaño con la mano ancha y áspera—. Ya lo arreglaremos de una manera u otra. No se te va ese joven de la cabeza, ¿verdad?

Ella no respondió más que con un sollozo y un apretón de la mano.

—No, claro que no. No me gustaría que me dijeras eso. Es un buen mozo, y es cristiano, lo que no son estos de aquí, a pesar de tantos rezos y sermones. Mañana sale un viajero para Nevada, y me las arreglaré para que le lleve el recado y le haga saber el apuro en que estamos. Si ese joven es como yo creo, volverá con una velocidad que dejaría chiquito al telégrafo eléctrico.

Esta descripción de su padre hizo reír a Lucy, a pesar de sus lágrimas.

—Cuando llegue, nos recomendará lo que conviene hacer. Pero tengo miedo por ti, padre querido. Se oyen... se oyen cosas espantosas sobre los que se oponen al Profeta: siempre les sucede algo terrible.

—Pero nosotros no nos hemos opuesto a él todavía —respondió su padre—. Cuando lo hagamos, sí que habrá que andar con la barba sobre el hombro. Tenemos un mes entero por delante; cuando termine, supongo que más nos vale largarnos de Utah.

—¡Marcharnos de Utah!

—Así vienen a estar las cosas.

—Pero ¿y la granja?

—Sacaremos el dinero que podamos y dejaremos perder el resto. A decir verdad, Lucy, no es la primera vez que lo pienso. No me gusta nada hincar la rodilla ante hombre alguno, como hacen estas gentes ante su condenado profeta. Soy un americano nacido libre, y esto es nuevo para mí. Supongo que soy demasiado viejo para aprender. Si viene a husmear en esta granja, puede que se tope con un disparo de postas.

—Pero no nos dejarán marchar —repuso su hija.

—Espera a que llegue Jefferson, y ya lo arreglaremos entonces. Mientras tanto, tú no te apures, querida, y no tengas ojos de haber llorado, no sea que me quiera pedir cuentas a mí cuando te vea. No hay nada que temer, ni ningún peligro.

John Ferrier hizo estos comentarios tranquilizadores en tono de gran confianza, pero aquella noche su hija no pudo por menos que observar la precaución poco habitual con que echó los pestillos de las puertas, y que limpiaba y cargaba cuidadosamente la vieja escopeta herrumbrosa que tenía colgada en la pared de su dormitorio.

IV

LA SALVACIÓN EN LA FUGA

A la mañana siguiente a su entrevista con el Profeta mormón, John Ferrier fue a Salt Lake City y, tras encontrar a su conocido, que salía camino de la sierra Nevada, le entregó su mensaje para Jefferson Hope. En él explicaba al joven el peligro inminente que los amenazaba y lo importante que era que regresara. Hecho esto, se sintió más tranquilo, y volvió a su casa con el corazón más aliviado.

Cuando llegó a su granja, le sorprendió ver un caballo atado a cada uno de los postes del portón de entrada. Al entrar en su casa, le sorprendió más todavía encontrarse a dos jóvenes instalados en su cuarto de estar. Uno, de cara larga y pálida, estaba repantigado en la mecedora con los pies sobre la estufa. El otro, un joven de cuello de toro y rasgos bastos e hinchados, estaba de pie ante la ventana, con las manos en los bolsillos, silbando un himno religioso popular. Ambos dirigieron a Ferrier un gesto de la cabeza a modo de saludo cuando entró, y el que estaba en la mecedora abrió la conversación.

—Puede que no nos conozcas —dijo—. Éste es el hijo del anciano Drebber, y yo soy Joseph Stangerson, que viajé contigo por el desierto cuando el Señor extendió su mano y te trajo al verdadero redil.

—Como hará con todas las naciones a su debido tiempo —dijo el otro con voz nasal—. Muele despacio, pero hace muy buena harina.

John Ferrier hizo una fría inclinación de cabeza. Ya había adivinado quiénes eran sus visitantes.

—Hemos venido, por consejo de nuestros padres —prosiguió Stangerson— a pedir la mano de tu hija para cualquiera de los dos, el que os parezca conveniente a ella y a ti. En vista de que yo sólo tengo cuatro esposas, mientras que el hermano Drebber, aquí presente, tiene siete, me parece que mi solicitud es la mejor fundada.

—No, no, hermano Stangerson —exclamó el otro—. No es cuestión de cuántas esposas tenemos, sino de cuántas podemos mantener. Ahora que mi padre me ha cedido sus serrerías, yo soy el más rico de los dos.

—Pero yo tengo mejores perspectivas —opuso el otro con calor—. Cuando el Señor se lleve a mi padre, tendré su curtiduría y su fábrica de artículos de cuero. Además, soy mayor que tú y con mayor categoría en la Iglesia.

—Que lo decida la doncella —repuso el joven Drebber, contemplándose al espejo con una sonrisita—. Dejaremos la decisión en sus manos.

John Ferrier había oído este diálogo lleno de cólera desde la puerta, conteniendo a duras penas el impulso de azotar con su fusta las espaldas de sus dos visitantes.

—Miren ustedes —dijo por fin, mientras se acercaba a ellos—; podrán venir cuando los llame mi hija, pero hasta entonces no quiero volver a verles las caras.

Los dos jóvenes mormones lo miraron asombrados. A ellos les parecía que al disputarse de aquella manera la mano de la doncella estaban haciendo un honor incomparable tanto a ella como a su padre.

—De esta habitación se puede salir de dos maneras —exclamó Ferrier—: por la puerta o por la ventana. ¿Por cuál prefieren salir ustedes?

Su cara morena parecía tan salvaje, y sus manos flacas tan amenazadoras, que sus visitantes se pusieron de pie de un salto y se retiraron con precipitación. El viejo granjero los siguió hasta la puerta.

—Cuando hayan decidido cuál de los dos ha de ser, ya me lo dirán —dijo con sarcasmo.

—¡Tendrás tu merecido! —exclamó Stangerson, lívido—. Has desafiado al Profeta y al Consejo de los Cuatro. Lo lamentarás hasta el fin de tus días.

—La mano del Señor te caerá encima con fuerza —gritó el joven Drebber—. ¡Se alzará y te golpeará!

—Entonces, daré yo el primer golpe —exclamó Ferrier con furia, y habría subido las escaleras corriendo a buscar su escopeta si Lucy no se lo hubiera impedido sujetándolo del brazo. Antes de que pudiera liberarse de ella, oyó cascos de caballos y comprendió que ya no podía alcanzarlos.

—¡Los muy granujas e hipócritas! —dijo, secándose el sudor de la frente—. Antes prefiero verte en la tumba, muchacha, que esposa de cualquiera de los dos.

—Lo mismo prefiero yo, padre —respondió ella con ánimo—; pero Jefferson no tardará en venir.

—Sí. Falta poco para que llegue. Cuanto antes, mejor, pues no sabemos qué harán ahora.

En efecto, al recio granjero anciano y a su hija adoptiva les hacía buena falta que acudiera alguien para brindarles ayuda y consejos. En toda la historia de aquel asentamiento no se había producido ningún caso como aquél de desobediencia abierta a los Ancianos. Si las faltas menores se castigaban con tal severidad, ¿qué iba a ser de aquel rebelde empedernido? Ferrier sabía que su riqueza y su posición no le servirían de nada. Otros tan conocidos y ricos como él habían desaparecido antes que él, y sus bienes se habían entregado a la Iglesia. Aunque era hombre valiente, los horrores difusos y tenebrosos que lo amenazaban le hacían temblar. Era capaz de hacer frente con paso firme a cualquier peligro conocido, pero aquella incertidumbre era turbadora. A pesar de todo, le ocultaba sus temores a su hija y fingía tomarse a broma todo el asunto. Pero ella, con la visión penetrante que da el amor, veía con claridad que estaba intranquilo.

Esperaba recibir algún mensaje o reprensión de Young por su conducta, y así fue, aunque le llegó de una manera inesperada. A la mañana siguiente, al despertarse, encontró con sorpresa un cuadradito de papel sujeto con un alfiler a la colcha de su cama, a la altura del pecho. En él estaba escrito con grandes letras mayúsculas:

SE TE CONCEDEN VEINTINUEVE DÍAS PARA QUE TE ENMIENDES, Y DESPUÉS...

Los puntos suspensivos eran más temibles que cualquier amenaza. John Ferrier era incapaz de comprender cómo había aparecido en su cuarto aquella nota de advertencia, pues sus criados dormían en otro edificio y había dejado bien cerradas todas las puertas y ventanas. Arrugó el papel y no le dijo nada a su hija, pero el incidente le dejó helado el corazón. Los veintinueve días eran, evidentemente, lo que quedaba del mes que le había otorgado Young. ¿Qué fuerza o qué valor podía bastar ante un enemigo dotado de poderes tan misteriosos? La mano que había clavado aquel alfiler podía haberle asestado una puñalada en el corazón, y él no habría sabido quién lo había matado.

A la mañana siguiente se llevó un susto todavía mayor. Se habían sentado a desayunar cuando Lucy soltó un grito de sorpresa y señaló hacia arriba. En el centro del techo estaba escrito, con un palo quemado al parecer, el número 28. Era incomprensible para su hija, y él no le explicó su significado. Aquella noche se quedó sentado con su escopeta, velando y montando guardia. No vio ni oyó nada. Sin embargo, a la mañana siguiente habían pintado un gran 27 en el exterior de su puerta.

Así transcurrió un día tras otro, y descubría a cada mañana que sus enemigos ocultos llevaban la cuenta, con tanta precisión como el sol cuando sale a diario, y señalaban en algún lugar visible los días que le quedaban del mes de plazo. Los números fatales aparecían unas veces en las paredes; otras, en los suelos; a veces, en letreritos clavados en el portillo o la verja del jardín. John Ferrier, a pesar de toda su vigilancia, no podía descubrir de dónde procedían aquellas advertencias diarias. Al verlas lo dominaba un terror casi supersticioso. Estaba inquieto y consumido, y tenía los ojos agitados de un animal acorralado. Sólo le quedaba una esperanza en la vida: la llegada del joven cazador de Nevada.

Del 20 se había pasado al 15, y del 15 al 10, sin que hubiera noticias del ausente. Los números se reducían de uno en uno y no había indicios de su llegada. Cada vez que pasaba un jinete por la carretera o que un carretero les gritaba a sus animales, el viejo granjero salía corriendo a la puerta pensando que había llegado por fin la ayuda. Por fin, cuando vio que el 5 dejaba paso al 4 y éste al 3, perdió el ánimo y renunció a toda esperanza de huir.

Sabía que él solo, con su conocimiento limitado de las montañas que rodeaban el asentamiento, no podía hacer nada. Los caminos más frecuentados estaban vigilados y guardados estrictamente, y nadie podía circular por ellos sin una orden del Consejo. Parecía imposible evitar por ningún medio el golpe que se cernía sobre él. Sin embargo, el anciano no flaqueaba en su decisión de perder la vida misma antes de consentir lo que consideraba la deshonra de su hija.

Una noche estaba sentado a solas reflexionando profundamente sobre sus problemas y buscando en vano el modo de evitarlos. Aquella mañana había aparecido el número 2 en la pared de su casa, y el día siguiente sería el último del plazo otorgado. ¿Qué ocurriría entonces? La imaginación se le llenaba de todo tipo de fantasías confusas y terribles. Y su hija... ¿qué iba a ser de ella cuando faltara él? ¿No había modo de escapar de la red invisible que los rodeaba por todas partes? Hundió la cabeza en la mesa y sollozó pensando en su impotencia.

¿Qué era aquello? Oyó un suave rasgueo, leve pero muy perceptible en el silencio de la noche. Procedía de la puerta de la casa. Ferrier salió sigiloso al zaguán y escuchó con atención. Hubo una breve pausa, y se repitió después el leve sonido constante. Evidentemente, alguien daba golpecitos muy suaves en uno de los paneles de la puerta. ¿Sería algún asesino nocturno que había acudido a llevar a cabo las órdenes mortales del tribunal secreto? ¿O tal vez algún agente suyo que señalaba que había llegado el último día del plazo? A John Ferrier le pareció que sería mejor una muerte rápida que aquella incertidumbre que le destrozaba los nervios y le helaba el corazón. Se adelantó de un salto, tiró del pestillo y abrió la puerta con brusquedad.

En el exterior todo estaba en calma y en silencio. Hacía buena noche, y las estrellas titilaban brillantes en el cielo. El granjero tenía ante sus ojos el jardincillo delantero, limitado por la cerca y el portón, pero no se veía a ningún ser humano, ni allí ni en la carretera. Ferrier miró a derecha e izquierda, y soltó un suspiro de alivio. Pero cuando bajó la vista por casualidad hacia sus pies vio con asombro a un hombre tendido en el suelo bocabajo, con los brazos y las piernas extendidos.

Aquel espectáculo lo desconcertó hasta el punto de apoyarse en la pared y llevarse la mano a la garganta para contener su impulso de soltar un grito. Lo primero que pensó fue que la figura postrada era la de un hombre herido o incluso moribundo; pero vio entonces que reptaba por el suelo y pasaba al zaguán con rapidez y silencio de serpiente. Cuando el hombre estuvo dentro de la casa, se incorporó de un salto, cerró la puerta y desveló al granjero atónito la cara feroz y la expresión decidida de Jefferson Hope.

—¡Santo Dios! —exclamó John Ferrier, boquiabierto—. ¡Qué susto me has dado! ¿Por qué se te ha ocurrido entrar de esta manera?

—Deme de comer —lo apremió el otro con voz ronca—. No he tenido tiempo de comer ni de probar bocado desde hace cuarenta y ocho horas.

Se abalanzó sobre la carne fría y el pan que quedaban en la mesa tras la cena de su anfitrión y los devoró vorazmente.

—¿Aguanta bien Lucy? —preguntó una vez hubo saciado su hambre.

—Sí. No es consciente del peligro —respondió el padre de la muchacha.

—Tanto mejor. La casa está vigilada por todas partes. Por eso he llegado arrastrándome. Serán muy listos, pero no lo bastante como para atrapar a un cazador washoe.

John Ferrier se sintió un hombre distinto al comprender que ya tenía un aliado fiel. Tomó la mano curtida del joven y la estrechó con cordialidad.

—Eres hombre de quien se puede sentir uno orgulloso —observó—. Pocos habrían acudido a compartir nuestro peligro y nuestros problemas.

—Dice bien, amigo —respondió el joven cazador—. Le tengo respeto, pero si usted fuera el único afectado en este asunto, me lo habría pensado dos veces antes de meter la cabeza en este avispero. Si he venido ha sido por Lucy, y creo que antes de que le pasara algo malo tendría que haber una baja en la familia Hope de Utah.

—¿Qué haremos?

—Mañana es el último día, y si no actúan esta noche, estarán perdidos. Tengo una mula y dos caballos esperando en el barranco del Águila. ¿Cuánto dinero tiene usted?

—Dos mil dólares en oro y cinco mil en billetes.

—Bastará. Yo tengo otro tanto. Debemos dirigirnos a Carson City a marchas forzadas; cruzaremos por las montañas. Más vale que despierte usted a Lucy. Es una suerte que los criados no duerman en la casa.

Mientras Ferrier se disponía a preparar a su hija para el viaje inminente, Jefferson Hope preparó un paquete pequeño con todos los víveres que pudo encontrar y llenó de agua un cántaro, pues sabía por experiencia que en las montañas los pozos eran pocos y distantes entre sí. Apenas había terminado estos preparativos cuando el granjero regresó con su hija vestida y preparada para partir. El saludo de los enamorados fue caluroso, aunque breve, pues los minutos eran preciosos y había mucho que hacer.

—Debemos partir enseguida —los apremió Jefferson Hope, hablando en voz baja pero decidida, como quien comprende la magnitud del peligro pero ha endurecido el corazón para afrontarlo—. La puerta principal y la trasera están vigiladas, pero si obramos con cuidado podemos salir por la ventana del lado y por los campos. Cuando lleguemos a la carretera estaremos a sólo dos millas del barranco donde esperan los caballos. Al amanecer ya habremos cruzado la mitad de las montañas.

—¿Y si nos detienen? —preguntó Ferrier.

Hope dio una palmada en la empuñadura del revólver que le asomaba por delante de la chaqueta.

—Si son demasiados, nos llevaremos por delante a dos o tres —dijo con una sonrisa siniestra.

Se habían apagado todas las luces del interior de la casa, y Ferrier atisbó desde la ventana a oscuras los campos que habían sido suyos y que ahora se disponía a abandonar para siempre. Pero llevaba mucho tiempo preparándose para efectuar aquel sacrificio, y la honra y la felicidad de su hija pesaban para él mucho más que su fortuna. Todo parecía tan feliz y en calma, con los árboles agitados por la brisa y la ancha extensión silenciosa de campos de cereal, que resultaba difícil de creer que acechara allí una intención homicida. Pero la palidez y la expresión tensa del joven cazador mostraban que al llegar a la casa había visto lo suficiente como para convencerse en ese sentido.

Ferrier llevaba la bolsa de oro y billetes de banco; Jefferson Hope, las exiguas provisiones de comida y agua, mientras que Lucy portaba un bulto pequeño con sus posesiones más preciosas. Abrieron la ventana muy despacio y, con gran cuidado, esperaron a que una nube espesa oscureciera en parte la noche. Después salieron al jardincillo de uno en uno. Lo cruzaron a tientas, agachados y conteniendo la respiración, hasta alcanzar el refugio del seto, que siguieron hasta la abertura que daba a los trigales. Acababan de llegar a este punto cuando el joven asió a sus dos compañeros y los arrastró hasta las sombras, donde se quedaron tendidos en silencio y temblorosos.

Afortunadamente, Jefferson Hope había adquirido en su vida en las praderas oído de lince. Apenas se habían tendido sus amigos y él cuando sonó a pocos pasos el canto lúgubre de un mochuelo, al que respondió al momento otro mochuelo a lo lejos. Justo en ese instante se asomó por la misma abertura a la que se habían dirigido una figura fosca y confusa que repitió de nuevo el canto quejumbroso que servía de señal, al oír el cual salió de la oscuridad un segundo hombre.

—Mañana a medianoche —dijo el primero, que parecía ser el jefe—. Cuando el chotacabras cante tres veces.

—Bien está —respondió el otro—. ¿Se lo digo al hermano Drebber?

—Comunícaselo a él, y que él se lo transmita a los demás. ¡Nueve a siete!

—¡Siete a cinco! —respondió el otro. Las dos figuras se alejaron en direcciones distintas. Sus últimas palabras habían sido, evidentemente, una especie de santo y seña. En cuanto se hubieron perdido sus pasos a lo lejos, Jefferson Hope se levantó de un salto y, tras ayudar a sus amigos a pasar por la apertura, los guio por los campos a toda carrera, sosteniendo a la muchacha y llevándola casi a cuestas cuando parecían faltarle las fuerzas.

—¡Deprisa, deprisa! —decía de cuando en cuando, jadeante—. ¡Hemos cruzado la línea de centinelas! Todo depende de la velocidad. ¡Deprisa!

Cuando llegaron a la carretera principal les resultó más fácil avanzar. Sólo se cruzaron con alguien en una ocasión, y consiguieron esconderse en un campo para que no los reconocieran. Antes de llegar a la ciudad, el cazador tomó una senda secundaria, tortuosa y estrecha, que conducía a las montañas. Dos cumbres oscuras y escarpadas se cernían sobre ellos en la oscuridad, y el desfiladero que transcurría entre las dos era el cañón del Águila, donde los esperaban los caballos. Jefferson Hope seguía el camino con infalible sentido de la orientación, entre las grandes peñas y por el lecho de un arroyo, hasta que llegó a un rincón apartado, oculto entre rocas, donde había atado a unas estacas a los fieles animales. Subieron a la muchacha a la mula y al viejo Ferrier con su saco de dinero en uno de los caballos, mientras Jefferson Hope, a pie, conducía al otro de las riendas por el camino empinado y peligroso.

Aquel camino habría desconcertado a cualquiera que no estuviese acostumbrado a los caprichos más desenfrenados de la Naturaleza. A un lado se alzaba un gran risco de unos trescientos metros de altura, negro, severo y amenazador, con largas columnas basálticas en la superficie, como las costillas de un monstruo petrificado. Al otro lado, una confusión desordenada de rocas y piedras sueltas por la que era imposible adentrarse. La senda irregular transcurría entre los dos accidentes, y era tan estrecha en algunas partes que los viajeros tenían que avanzar en fila india, y tan escarpada que sólo los jinetes avezados podían seguirla. A pesar de tantos peligros, los fugitivos tenían alegres los corazones, pues a cada paso que daban se alejaban un poco más del despotismo terrible del que huían.

Sin embargo, no tardaron en encontrar una prueba de que no habían salido todavía de la jurisdicción de los Santos. Habían llegado a la parte más agreste y desolada de la cañada cuando la muchacha soltó una exclamación de sobresalto y señaló hacia arriba. En una peña que dominaba el camino se recortaba sobre el cielo la silueta de un centinela solitario. Los vio al mismo tiempo que ellos a él, y su «¿Quién vive?» militar resonó por el barranco silencioso.

—Viajeros para Nevada —respondió Jefferson Hope, con la mano en el rifle que llevaba colgado junto a la silla de montar.

Vieron que el vigilante solitario acercaba el dedo al gatillo de su arma y los miraba con atención como si no hubiera quedado satisfecho por la respuesta recibida.

—¿Con permiso de quién? —preguntó.

—De los Cuatro Santos —respondió Ferrier. Sabía por su experiencia del trato con los mormones que aquélla era la autoridad más elevada que podía invocar.

—Nueve a siete —exclamó el centinela.

—Siete a cinco —replicó Jefferson Hope al momento, recordando el santo y seña que había oído en el jardín.

—Pasad, y que el Señor esté con vosotros —dijo la voz desde lo alto. Más allá del puesto de éste, el camino se ensanchaba y los caballos pudieron ponerse al trote. Volviendo la vista atrás, vieron al vigía solitario apoyado en su rifle y comprendieron que habían dejado atrás el último puesto del pueblo elegido y que tenían por delante la libertad.

V

LOS ÁNGELES VENGADORES

Viajaron toda la noche por desfiladeros intrincados y trochas irregulares llenas de piedras.

Se perdieron más de una vez, pero el conocimiento profundo que tenía Hope de las montañas les permitía volver a hallar el camino. Cuando amaneció, se encontraron con un paisaje de belleza maravillosa, aunque agreste. Los rodeaban por todas partes los grandes picos cubiertos de nieve, que se asomaban unos sobre los hombros de otros hasta el horizonte más lejano. Las laderas rocosas a ambos lados del camino parecían tan empinadas que daba la impresión de que los alerces y los pinos pendían sobre sus cabezas y la menor ráfaga de viento podía hacerlos caer encima. Y el temor tampoco era completamente ilusorio, pues el valle desnudo estaba cubierto de una espesa capa de árboles y rocas que habían caído del mismo modo. Hasta vieron caer a su paso una gran peña desprendida que rodó con un estrépito ronco que despertaba los ecos de las gargantas silenciosas y sobresaltó a los caballos cansados, que se pusieron a galopar.

El sol ascendió poco a poco sobre el horizonte oriental, y las cumbres de las enormes montañas se encendieron una a una, como los farolillos de una verbena, hasta que todas estuvieron rojizas y relucientes. Aquel magnífico espectáculo enardeció los corazones de los tres fugitivos y les insufló nuevos ánimos. Hicieron alto junto a un torrente impetuoso que salía de un barranco, y abrevaron a sus caballos mientras ellos desayunaban sin demorarse. Lucy y su padre habrían preferido descansar más tiempo, pero Jefferson Hope era inflexible.

—Ya nos irán siguiendo la pista —dijo—. Es indispensable que nos demos prisa. Cuando estemos a salvo en Carson City, podremos descansar para el resto de nuestras vidas.

Pasaron todo aquel día avanzando penosamente entre desfiladeros. Al caer la tarde calcularon que ya estaban a más de cincuenta kilómetros de sus enemigos. Cuando se hizo de noche eligieron la base de un risco saliente cuyas peñas los protegerían un poco del viento helado, y allí durmieron unas horas, acurrucados juntos para darse calor. No obstante, se levantaron antes del amanecer, y prosiguieron su camino. No habían visto indicios de sus perseguidores, y Jefferson Hope empezó a creer que habían salido del alcance de aquella organización terrible cuya enemistad se habían ganado. Poco sabía él hasta dónde podía llegar aquella mano de hierro, ni lo poco que tardaría en cerrarse sobre ellos y aplastarlos.

Hacia el mediodía del segundo día de su fuga empezaron a agotárseles las exiguas provisiones. Sin embargo, el cazador no se apuró mucho por ello, pues había caza en las montañas y él había tenido que mantenerse muchas veces de lo que cazaba con el rifle. Eligió un refugio abrigado, reunió unas cuantas ramas secas y encendió una hoguera para que se calentaran sus compañeros, pues estaban por entonces a casi mil quinientos metros sobre el nivel del mar y el aire era frío y cortante. Después de atar los caballos y de despedirse de Lucy, se echó el rifle al hombro y salió en busca de alguna pieza que pudiera depararle el azar. Miró atrás y vio al anciano y a la joven agachados ante el fuego, y las tres caballerías inmóviles al fondo. Por fin, las rocas los ocultaron de su vista.

Caminó tres kilómetros por un barranco tras otro, sin éxito, aunque por las señales que veía en las cortezas de los árboles y otras indicaciones juzgó que debía de haber muchos osos por los alrededores. Por fin, tras dos o tres horas de búsqueda baldía, cuando empezaba a pensar en volverse de vacío, vio al levantar la vista un espectáculo que le alegró el corazón. En el borde de un risco saliente, a noventa o cien metros por encima de él, había un animal algo parecido a una oveja pero armado de un par de cuernos gigantescos.

El borrego cimarrón (que así los llaman) hacía, probablemente, de guardián de un rebaño invisible para el cazador, pero por fortuna se dirigía en sentido contrario y no lo había visto. Se tendió en el suelo, apoyó el rifle en una roca y apuntó larga y cuidadosamente antes de apretar el gatillo. El animal dio un salto, vaciló un instante al borde del precipicio y se despeñó por fin al valle.

La criatura era demasiado pesada como para levantarla entera, y el cazador se conformó con cortarle una pata trasera y parte del costado. Con este trofeo al hombro, se apresuró a deshacer el camino, pues ya caía la noche. Pero advirtió enseguida la dificultad que tenía por delante. Su ansia de cazador lo había llevado mucho más allá de los barrancos que conocía, y no le resultaba nada fácil encontrar el camino que había seguido. Se encontraba en un valle dividido en muchas gargantas principales y secundarias, tan semejantes unas a otras que era imposible distinguirlas entre sí. Siguió una durante un kilómetro y medio o más, hasta que llegó a un torrente de montaña que estaba seguro de no haber visto antes. Convencido de que había errado el camino, probó otra garganta, con el mismo resultado. Se avecinaba la noche, y casi había oscurecido del todo cuando se encontró por fin en un desfiladero que le resultaba familiar. Aun así, no le resultaba nada fácil seguir el camino, pues no había salido todavía la luna y los altos riscos a ambos lados aumentaban la oscuridad. Siguió adelante trabajosamente, cansado y soportando el peso de su carga, animándose al pensar que cada paso que daba lo acercaba más a Lucy y que llevaba comida suficiente para el resto del viaje.

Ya había llegado a la entrada del mismo desfiladero en que los había dejado. Pudo reconocer, aun en la oscuridad, las formas de los riscos que lo ceñían. Pensó que debían de estarle esperando angustiados, pues hacía casi cinco horas que faltaba. Con la alegría de su corazón, se llevó las manos a la boca e hizo resonar la cañada con el eco de un sonoro «hola» que gritó para anunciar su llegada. Se detuvo y esperó una respuesta. No oyó ninguna, salvo su propio grito, que reverberaba en los barrancos silenciosos y desolados y regresaba a sus oídos en repeticiones incontables. Gritó de nuevo, con más fuerza que antes, y tampoco le llegó el menor susurro de los seres queridos que había dejado hacía tan poco tiempo. Lo invadió un temor confuso, sin nombre, y siguió adelante corriendo, frenético, dejando caer en su agitación la comida preciosa.

Cuando dobló el recodo se encontró a la vista del lugar donde habían encendido la hoguera. Aún quedaban allí algunas ascuas, pero era evidente que no se había alimentado el fuego desde su partida. Allí reinaba el mismo silencio mortal. Siguió adelante, con sus temores convertidos en certezas. No había ser vivo alguno cerca de los restos del fuego: las bestias, el hombre y la doncella habían desaparecido. Saltaba a la vista que durante su ausencia se había producido algún desastre repentino y terrible; un desastre que los había afectado a todos, aunque sin dejar rastro.

A Jefferson Hope, turbado y aturdido por el golpe, le pareció que le daba vueltas la cabeza, y tuvo que apoyarse en su rifle para no caer redondo. No obstante, era por encima de todo un hombre de acción y se recuperó enseguida de su estado pasajero de impotencia. Tomó de las brasas una rama a medio consumir, avivó su llama soplándola y examinó a su luz el campamento abandonado. El suelo estaba pisoteado de cascos de caballos, lo que indicaba que una partida numerosa de jinetes había alcanzado a los fugitivos, y su rastro posterior demostraba que habían tomado después el camino de Salt Lake City. ¿Se habrían llevado a sus dos compañeros? Cuando Jefferson Hope estaba ya casi convencido de que así había sido, percibió algo que le produjo un escalofrío que le recorrió todos los nervios del cuerpo. A poca distancia del campamento había un pequeño montículo de tierra roja que sin duda no estaba allí antes. Era una tumba recién excavada. No había confusión posible. Al acercarse el joven cazador, vio que habían clavado en ella un palito en cuya horquilla había una hoja de papel. El texto que había escrito en el papel era breve pero iba al grano:

JOHN FERRIER
VECINO QUE FUE DE SALT LAKE CITY
MURIÓ EL 4 DE AGOSTO DE 1860

Por tanto, el recio anciano, del que se había despedido hacía tan poco tiempo, había muerto, y aquél era su único epitafio. Jefferson Hope buscó frenéticamente una segunda tumba, pero no había señales de ninguna. A Lucy se la habían llevado sus terribles perseguidores para que se cumpliera el destino que le habían designado: ingresar en el harén de uno de los hijos de los ancianos. Cuando el joven comprendió que aquél era su sino con toda seguridad, y que él no podía impedirlo de ningún modo, deseó yacer él también con el viejo ranchero en el lugar silencioso de su último descanso.

Sin embargo, su espíritu activo volvió a quitarle de encima el letargo de la desesperación. Si no le quedaba otra cosa que hacer, podía al menos dedicar su vida a la venganza. Además de su paciencia y constancia incansables, Jefferson Hope tenía también un carácter vengativo inflexible, que quizá hubiera aprendido de los indios entre los que había vivido. Allí de pie, junto a los restos de la hoguera, le pareció que lo único que podría mitigar su dolor sería una represalia completa y absoluta, ejercida sobre sus enemigos por su propia mano. Tomó la determinación de dedicar su voluntad y energía incansables a ese único fin. Pálido y adusto, volvió hasta donde había tirado la carne y, tras avivar la lumbre, asó la suficiente para varios días. La lio en un fardo y, a pesar de su cansancio, emprendió el camino de vuelta por las montañas siguiendo la pista de los ángeles vengadores.

Viajó durante cinco días, fatigado y con los pies doloridos, por los mismos desfiladeros que había recorrido ya a caballo. Por las noches se dejaba caer entre las peñas y dormía unas pocas horas; pero cuando amanecía siempre llevaba ya mucho camino andado. El sexto día llegó al cañón del Águila, de donde había partido su fuga desdichada. Desde allí podía contemplar la capital de los Santos. Agotado y consumido, se apoyó en su rifle y amenazó con un gesto feroz de la mano enjuta a la ciudad silenciosa que se extendía a sus pies. Al mirarla, observó que había banderas en algunas calles principales y otras señales de fiesta. Mientras especulaba sobre lo que podía significar aquello, oyó los cascos de un caballo y vio venir hacia él un jinete. Al acercarse, reconoció en él a un mormón apellidado Cowper a quien había hecho varios favores. En vista de ello, lo abordó cuando llegó hasta él, con intención de enterarse de la suerte que había corrido Lucy Ferrier.

—Soy Jefferson Hope —dijo—. Te acordarás de mí.

El mormón lo miró sin disimular su asombro; de hecho, resultaba difícil reconocer en aquel aventurero andrajoso desaliñado, de palidez espectral y ojos feroces y enloquecidos al cazador joven y aseado de otros tiempos. No obstante, cuando se hubo cerciorado de su identidad, la sorpresa del hombre dejó paso a la consternación.

—Has hecho una locura al venir aquí —exclamó—. Me juego la vida si me ven hablar contigo. Los Cuatro Santos han dado orden de detenerte por haber colaborado en la fuga de los Ferrier.

—No los temo ni a ellos ni a sus órdenes —repuso Hope con ardor—. Debes saber algo de este asunto, Cowper. Te pido por lo que más quieras que me respondas a unas preguntas. Siempre hemos sido amigos. Por Dios, no te niegues a responderme.

—¿De qué se trata? —preguntó el mormón, inquieto—. Date prisa. Hasta las piedras oyen y los árboles ven.

—¿Qué ha sido de Lucy Ferrier?

—Se casó ayer con Drebber hijo. Aguanta, hombre, aguanta; estás desfallecido.

—No te preocupes por mí —dijo Hope con un hilo de voz. Le habían palidecido hasta los labios, y se había dejado caer junto a la roca en la que había estado apoyado—. ¿Que se casó, dices?

—Se casó ayer... Por eso están puestas esas banderas en la Casa de la Fundación. Drebber hijo y Stangerson hijo tuvieron palabras sobre cuál se quedaría con ella. Los dos habían estado en la partida que los siguió, y Stangerson mató al padre de la muchacha, por lo que parecía tener más derecho; pero cuando lo debatieron en el consejo, los partidarios de Drebber fueron más poderosos y el Profeta se la entregó a él. Pero no será de nadie durante mucho tiempo, pues ayer vi en su cara la muerte. Más parece un fantasma que una mujer. ¿Te marchas, entonces?

—Sí, me marcho —dijo Jefferson Hope, que se había levantado de su asiento. Tenía la expresión tan dura y rígida que su cara parecía un busto de mármol, y en los ojos le brillaba una luz siniestra.

—¿Adónde vas?

—No te importa —respondió. Y, colgándose el fusil al hombro, se puso en camino por el desfiladero y se adentró en el corazón de las montañas, donde tenían sus guaridas las bestias feroces. Y ninguna había tan feroz ni tan peligrosa como aquel hombre.

El mormón estaba en lo cierto. Ya fuera por la muerte terrible de su padre o por las consecuencias de aquel matrimonio odioso que le habían impuesto, el caso fue que la pobre Lucy no levantó cabeza, y se fue consumiendo y murió antes de que hubiera transcurrido un mes. El zafio de su marido, que se había casado con ella sobre todo por apoderarse de las propiedades de John Ferrier, no dio grandes muestras de dolor por su pérdida; pero sus otras esposas la lloraron y se quedaron a velarla la noche anterior al entierro, según la costumbre mormona. Estaban reunidas alrededor del ataúd, de madrugada, cuando vieron, con espanto y asombro indescriptibles, que se abría la puerta de pronto y entraba en la habitación un hombre de aspecto salvaje, curtido por la intemperie y con la ropa destrozada. Sin dirigir una sola mirada ni una palabra a las mujeres asustadas, se acercó a la figura blanca y silenciosa que había contenido el alma pura de Lucy Ferrier. Se inclinó sobre ella, apoyó los labios respetuosamente en su frente fría, y después, tomando su mano, le quitó del dedo la alianza.

—No la enterrarán con esto —dijo con un gruñido feroz, y bajó corriendo las escaleras y se marchó antes de que se pudiera dar la alarma. Aquel episodio había sido tan extraño y tan breve que a las que velaban a la difunta les habría costado trabajo creerlo o hacérselo creer a otros de no haber sido por el hecho incuestionable de que el anillo de oro que había llevado como mujer casada había desaparecido.

Jefferson Hope pasó varios meses entre las montañas, llevando una vida extraña y salvaje y alimentando en su corazón el feroz deseo de venganza que lo poseía. En la ciudad corrían rumores sobre la figura extraña que se veía rondar por las afueras y que acechaba en las cañadas solitarias de las montañas. Una vez entró silbando por la ventana de Stangerson una bala que se incrustó en la pared, a dos palmos de él. En otra ocasión, cuando Drebber pasaba bajo un barranco le cayó encima una peña enorme, y sólo consiguió salvarse de una muerte terrible arrojándose al suelo. Los dos jóvenes mormones no tardaron en descubrir de dónde procedían esos atentados contra sus vidas, y encabezaron varias expediciones a las montañas con la esperanza de capturar a su enemigo o matarlo, pero siempre sin éxito. Después adoptaron la precaución de no salir nunca solos ni de noche, y de poner guardias en sus casas. Pudieron relajar estas medidas al cabo de cierto tiempo, pues no se oía ni se veía a su adversario por ninguna parte, y confiaban en que su ansia de venganza se hubiera mitigado con el tiempo.

Antes bien, ésta había aumentado, si cabe. El cazador tenía un carácter duro e inflexible, y la idea dominante de la venganza se había apoderado de él de tal modo que no le dejaba lugar a ninguna otra emoción. Era, sin embargo, y por encima de todo, hombre práctico. Pronto comprendió que ni siquiera su constitución férrea podría soportar la carga a que la sometía sin cesar. La vida a la intemperie y la falta de comida sana lo estaban agotando. ¿Qué sería de su venganza si moría como un perro entre las montañas? Sin embargo, aquella muerte le llegaría sin falta si se empecinaba en llevar aquella vida. Le pareció que aquello sería hacerles el juego a sus enemigos, y se volvió a disgusto a sus antiguas minas de Nevada, para recobrar allí la salud y acumular el dinero que le permitiera perseguir su objetivo sin privaciones.

Se había propuesto no estar ausente más de un año, pero surgieron imprevistos que le impidieron dejar las minas durante casi cinco. No obstante, al cabo de aquel tiempo el recuerdo de su afrenta y su ansia de venganza seguían tan vivos en él como en aquella noche memorable ante la tumba de John Ferrier. Regresó a Salt Lake City disfrazado y con nombre supuesto, sin que le importara lo que fuera de su vida, con tal de conseguir lo que él sabía que era un acto de justicia. Allí se encontró con malas noticias. Pocos meses antes se había producido un cisma entre el Pueblo Elegido, cuando algunos miembros más jóvenes de la Iglesia se rebelaron contra la autoridad de los ancianos, y la consecuencia había sido la secesión de algunos descontentos, que se habían ido de Utah y se habían vuelto gentiles. Entre ellos se contaban Drebber y Stangerson. Nadie sabía qué había sido de ellos. Se rumoreaba que Drebber había conseguido reducir a dinero buena parte de sus propiedades y que se había marchado rico, mientras que su compañero,

Stangerson, era relativamente pobre. Sin embargo, no había el menor indicio del paradero de ambos.

Muchos hombres, por vengativos que fueran, habrían abandonado toda idea de venganza ante tales dificultades; pero Jefferson Hope no vaciló ni un instante. Con sus pocos bienes, que iba estirando trabajando aquí y allá, viajó de una ciudad a otra de los Estados Unidos en busca de sus enemigos. Pasaron los años. El cabello negro se le volvió gris. Pero él seguía vagando, hecho un sabueso humano, con la mente puesta por completo en el objetivo único al que había dedicado su vida. Su perseverancia se vio recompensada por fin. No fue más que un atisbo de una cara en una ventana, pero ese atisbo le hizo saber que los hombres que perseguía estaban en Cleveland, en el estado de Ohio. Cuando regresó a su alojamiento miserable, ya tenía bien trazado su plan de venganza. Sucedió, no obstante, que Drebber, al mirar por su ventana, había reconocido al vagabundo de la calle y había leído la muerte en sus ojos. Acompañado de Stangerson, que ejercía de secretario privado suyo, se apresuró a presentarse ante un juez de paz, a quien le expuso que sus vidas corrían peligro por los celos y el odio de un antiguo rival. Detuvieron a Jefferson Hope aquella misma tarde. Éste, al no poder presentar una fianza, pasó varias semanas preso. Cuando lo liberaron por fin, descubrió que la casa de Drebber estaba desocupada y que su secretario y él habían partido para Europa.

Los planes del vengador se habían frustrado otra vez, y su odio reconcentrado lo impulsó de nuevo a proseguir la persecución. Pero le faltaba dinero, y tuvo que volver al trabajo algún tiempo, y ahorrar hasta el último dólar para su próximo viaje. Por fin, cuando hubo reunido lo justo para subsistir, salió para Europa y siguió a sus enemigos de ciudad en ciudad, ejerciendo cualquier trabajo manual que encontrara pero sin alcanzar nunca a los fugitivos. Cuando llegó a San Petersburgo, habían partido para París, y cuando llegó allí se enteró de que acababan de salir para Copenhague. También llegó a la capital danesa con unos días de retraso, pues habían seguido viaje hacia Londres, donde consiguió atraparlos por fin. En cuanto a lo que sucedió allí, nada mejor que reproducir la relación que dio el propio viejo cazador, que ha quedado recogida en el diario del doctor Watson, a quien tanto debíamos ya.

VI

CONTINUACIÓN DE LAS MEMORIAS DEL DOCTOR JOHN WATSON

La resistencia furiosa que había ofrecido nuestro prisionero no indicaba, al parecer, ningún odio por su parte hacia nosotros, pues al verse dominado sonrió con afabilidad y afirmó que esperaba no habernos hecho daño a ninguno en la pelea.

—Supongo que me van a llevar a la comisaría —le comentó a Sherlock Holmes—. Tengo mi coche de punto en la puerta. Si me desatan las piernas, bajaré andando. Estoy más pesado que en mis años mozos, y les costaría trabajo llevarme a cuestas.

Gregson y Lestrade se intercambiaron miradas como diciéndose que ese plan les parecía bastante arriesgado; pero Holmes aceptó al instante la promesa del prisionero y le soltó la toalla con que le habíamos atado los tobillos. Se levantó y estiró las piernas, como para asegurarse de que volvía a tenerlas libres. Recuerdo que pensé para mí, al verlo, que rara vez había visto un hombre tan fornido. Su cara oscura y morena tenía una expresión decidida y llena de energía tan imponente como su fuerza física.

—Si hay un puesto libre de jefe de policía, me parece que se lo ha ganado usted —observó, mirando a mi compañero de apartamento sin disimular su admiración—. El modo en que me ha seguido la pista raya en lo asombroso.

—Será mejor que vengan ustedes conmigo —les dijo Holmes a los dos detectives.

—Yo puedo llevar el coche —se ofreció Lestrade.

—¡Bien! Y Gregson podrá venir dentro conmigo. Venga usted también, doctor: ya que se ha interesado por el caso, acompáñenos hasta el final.

Accedí de buena gana, y bajamos todos juntos. Nuestro prisionero no intentó escapar. Subió con calma al coche de punto que había sido suyo, y nosotros subimos tras él. Lestrade subió al pescante, arreó al caballo y nos llevó en muy poco tiempo a nuestro destino. Nos hicieron pasar a una sala pequeña donde un inspector de policía anotó el nombre del prisionero y los nombres de los sujetos de cuyo asesinato se le acusaba. El inspector era un hombre pálido y flemático que ejercía sus funciones de manera fría y mecánica.

—El preso aparecerá ante los magistrados en el transcurso de esta semana —nos informó—. Mientras tanto, ¿tiene usted algo que decir, señor Jefferson Hope? Debo advertirle que se tomará nota de sus palabras, y que podrán usarse en su contra.

—Tengo mucho que decir —replicó nuestro prisionero, con calma—. Quiero contárselo todo a ustedes, caballeros.

—¿No sería mejor que se lo reservara para el juicio? —preguntó el inspector.

—Puede que no lleguen a juzgarme —respondió—. No se sorprendan. No estoy pensando en suicidarme. ¿Es usted médico? —preguntó, volviendo hacia mí sus ojos oscuros y feroces.

—Sí, lo soy —respondí.

—Entonces, ponga aquí la mano —dijo con una sonrisa, señalándose el pecho con las manos esposadas. Así lo hice, y percibí al instante unas palpitaciones y un tumulto extraordinario dentro de su pecho. Las paredes del tórax le temblaban y vibraban como las de un edificio poco sólido en cuyo interior se hiciera funcionar una máquina potente. Oí en el silencio de la sala un zumbido y un murmullo que procedían del mismo lugar.

—¡Cómo! —exclamé—. ¡Tiene usted un aneurisma en la aorta!

—Así lo llaman —respondió con placidez—. La semana pasada fui a que me lo viera un médico, y me informó de que lo más probable es que reviente antes de que pasen muchos días. Lleva años yendo a peor. Lo contraje con las penalidades y la pésima alimentación cuando estaba en las montañas de Salt Lake. Ahora que ya he cumplido mi misión, no me importa lo que dure aquí, pero me gustaría dejar una relación del asunto. No quisiera que me recordaran como a un vulgar asesino.

El inspector y los dos detectives discutieron brevemente la conveniencia de permitirle contar su historia.

—¿Considera usted, doctor, que su vida corre un peligro inminente? —preguntó el primero.

—Desde luego que sí —respondí.

—En tal caso, está claro que tenemos el deber, en nombre de la justicia, de tomarle declaración —resolvió el inspector—. Es usted libre de contar su caso, señor, y vuelvo a recordarle que se tomará nota de sus palabras.

—Me sentaré, con permiso de ustedes —dijo el prisionero, y así lo hizo—. Con este aneurisma mío me canso con facilidad, y la pelea que hemos tenido hace media hora tampoco me ha sentado nada bien. Estoy al borde de la tumba, y no tengo por qué mentirles. Todas y cada una de mis palabras serán absolutamente verdaderas, y el uso que hagan de ellas no tendrá importancia para mí.

Dicho esto, Jefferson Hope se acomodó en su silla y empezó a hacer la notable declaración siguiente. Hablaba de manera tranquila y ordenada, como si estuviera narrando unos hechos completamente vulgares. Puedo dar fe de la exactitud de la transcripción que sigue, pues he tenido acceso al cuaderno de notas de Lestrade, donde se anotaron todas las palabras del prisionero tal como las pronunció.

—Por qué odiaba yo a aquellos hombres carece de importancia para ustedes —comenzó—. Baste decir que eran culpables de la muerte de dos seres humanos, un padre y una hija, y que, por tanto, habían perdido a su vez el derecho a la vida. Con todo el tiempo que ha pasado desde su crimen, me resultaba imposible conseguir que ningún tribunal los condenara. Pero yo conocía bien su culpa y decidí ser juez, jurado y verdugo, todo en uno. Ustedes habrían hecho lo mismo en mi lugar, si tienen algo de hombría.

»Esa muchacha de la que he hablado se iba a casar conmigo hace veinte años. La obligaron a casarse con ese Drebber, y se murió de pena. Cuando yacía muerta, le quité del dedo el anillo y juré que Drebber debía ver ese mismo anillo al morir, y que debía morir pensando en el crimen cuyo castigo recibía. Lo he llevado siempre, y los he seguido a él y a su cómplice por dos continentes hasta alcanzarlos. Habían pensado cansarme, pero no pudieron. Si me muero mañana, como bien puede pasar, moriré sabiendo que he cumplido mi misión en este mundo, y bien cumplida. Han perecido, y por mi mano. Ya no me queda nada que esperar ni desear.

»Ellos eran ricos, y yo pobre; por eso no me resultaba nada fácil seguirlos. Cuando llegué a Londres, estaba con los bolsillos casi vacíos y comprendí que debía dedicarme a algún oficio para ganarme la vida. He conducido carruajes y montado a caballo desde que eché los primeros pasos, de modo que solicité trabajo en las oficinas de un propietario de coches de punto, y no tardé en conseguir un puesto. Debía entregarle al propietario una cantidad fija por semana, y el sobrante era para mí. No solía sobrar mucho, pero me las arreglé para ir tirando. Lo más difícil fue aprender a orientarme, pues me parece que esta ciudad es el laberinto más embrollado que se ha inventado jamás. Pero llevaba un plano, y cuando me hube aprendido dónde estaban los hoteles principales y las estaciones, me las fui arreglando bien.

»Tardé algún tiempo en enterarme de dónde vivían los dos caballeros; pero a fuerza de preguntar acabé por dar con ellos. Estaban en una pensión de Camberwell, al otro lado del río. Cuando los hube encontrado, supe que los tenía a mi merced. Me había dejado barba, y no era posible que me reconocieran. Les seguiría los pasos hasta que viera mi oportunidad. Estaba decidido a que no se me volverían a escapar.

»Poco les faltó, sin embargo. Por dondequiera que fueran en Londres, yo iba siempre pisándoles los talones. Unas veces los seguía en mi coche de punto y otras a pie, pero lo primero era lo mejor, pues entonces no podían darme esquinazo. Sólo podía hacer algunas carreras a primera hora de la mañana o bien entrada la noche, por lo que empecé a deberle dinero a mi patrón. Aunque no me importaba, con tal de poder ponerles la mano encima a los hombres que perseguía.

»Pero eran muy astutos. Debían de pensar en la posibilidad de que los siguieran, pues nunca salían solos, ni tampoco de noche. Pasé dos semanas siguiéndolos cada día sin verlos separados ni una sola vez. Drebber se pasaba la mitad del tiempo borracho, pero Stangerson no bajaba la guardia. Los vigilé a primera hora y a última sin encontrar ninguna ocasión ni por asomo; pero no me desanimé, porque algo me decía que casi había llegado la hora. Lo único que temía era que esto que tengo en el pecho me reventara un poco antes de tiempo y mi misión quedara sin cumplirse.

»Por fin, una tarde en que iba subiendo y bajando con mi coche por Torquay Terrace, como se llamaba la calle donde vivían, vi que un carruaje llegaba hasta su puerta. Sacaron algo de equipaje y después salieron Drebber y Stangerson, que subieron al coche y se pusieron en camino. Arreé mi caballo y los seguí sin perderlos de vista, muy preocupado, pues me temía que fueran a mudarse. Se apearon en la estación de Euston y dejé a un chico a cargo de mi caballo y los seguí hasta el andén. Oí que preguntaban por el tren de Liverpool, y el guardia les dijo que acababa de partir uno y que el siguiente aún tardaría unas horas en salir. Ello pareció disgustar a Stangerson, pero a Drebber más bien le agradó. Me acerqué tanto a ellos entre el bullicio que oí toda su conversación. Drebber dijo que tenía un asuntillo privado del que encargarse, y que si el otro lo esperaba, se reuniría con él al poco tiempo. Su compañero protestó y le recordó que habían acordado no separarse. Drebber respondió que se trataba de un asunto delicado y que debía ir solo. No capté la respuesta de Stangerson, pero el otro empezó a proferir palabrotas y le recordó que no era más que un empleado suyo a sueldo y que no debía atreverse a darle órdenes. El secretario, ante esto, lo dejó por imposible y se limitó a acordar con él que, en caso de perder el último tren, lo esperaría en el Hotel Residencia Halliday. Drebber repuso que estaría de vuelta en el andén antes de las once, y salió de la estación.

»Había llegado por fin el momento tan esperado. Tenía a mis enemigos en mi poder. Juntos, podían protegerse el uno al otro; pero por separado estaban a mi merced. Sin embargo, no me precipité. Ya tenía preparados mis planes. La venganza no satisface a menos que el ofensor haya tenido tiempo de saber quién lo hiere y cuál es la causa de su castigo. Había trazado un plan que me daría la ocasión de hacerle comprender a mi enemigo que iba a expiar su antiguo pecado. Unos días antes, dio la casualidad de que a un caballero que había estado viendo unas casas en Brixton Road se le había caído la llave de una en mi coche. Vinieron a pedirla esa misma tarde, y se devolvió, pero yo ya había tomado un molde y había hecho sacar una copia. Aquello me daba acceso, al menos, a un lugar de esta gran ciudad donde podía estar a solas sin que me interrumpieran. La dificultad que se me presentaba entonces era el modo de llevar a Drebber a esa casa.

»Tomó calle abajo y entró en un par de bares. En el último se pasó al menos media hora. Cuando salió, vacilaba al andar, y saltaba a la vista que iba bastante templado. Había otro coche de punto delante del mío, y lo llamó. Lo seguí tan de cerca que mi caballo hizo todo el camino con el morro a una yarda del cochero de delante. Pasamos el puente de Waterloo y millas enteras de calles hasta que vi con asombro que habíamos regresado a Torquay Terrace, donde se había alojado. No se me ocurría con qué propósito podía haber regresado allí, pero seguí adelante y detuve el coche a cosa de cien yardas de la casa. Entró, y su coche se marchó. Hagan el favor de darme un vaso de agua. Se me seca la boca de tanto hablar.

Le di el vaso, y él se lo bebió.

—Así está mejor —dijo—. Y bien, llevaba esperando un cuarto de hora o más cuando se oyó de pronto dentro de la casa un ruido como de pelea. Al cabo de un instante se abrió la puerta de golpe y aparecieron dos hombres: uno era Drebber, y el otro, un joven a quien yo no había visto nunca. El hombre sujetaba a Drebber del cuello de la camisa, y cuando llegaron a lo alto de los escalones le dio un empujón y una patada que lo envió hasta la mitad de la calzada. «¡Perro! —le gritó, amenazándolo con su bastón—. ¡Yo te enseñaré a ofender a una muchacha honrada!» Estaba tan acalorado que me pareció que iba a apalear a Drebber con el garrote, pero el canalla huyó calle abajo corriendo todo lo que podía. Llegó hasta la esquina, y allí vio mi coche, me llamó y se subió de un salto.

»—Lléveme al Hotel Residencia Halliday —dijo.

»Cuando lo tuve a buen recaudo en mi coche, el corazón me daba tales saltos de alegría que temí que el aneurisma me fuese a reventar en cualquier momento. Seguí adelante despacio, trazando el plan más conveniente. Podía llevarlo al campo y mantener allí mi última entrevista con él en algún camino solitario. Casi había optado por esto último cuando fue él quien me resolvió el problema. Le habían entrado de nuevo las ganas de beber y me mandó parar delante de un bar. Entró, dejándome dicho que lo esperara. Siguió allí dentro hasta que cerraron, y cuando salió estaba tan borracho que comprendí que tenía ganada la partida.

»No crean ustedes que pensaba matarlo a sangre fría. Habría sido un acto de mera justicia, pero yo no era capaz de hacer tal cosa. Había decidido hace mucho tiempo que le daría una oportunidad de vivir si quería aprovecharla. Entre los muchos trabajos que he realizado en América en mi vida errante, fui una vez conserje y encargado de la limpieza del laboratorio de la Universidad de York. Un día, el catedrático impartía una lección sobre los venenos y les enseñó a sus alumnos un alcaloide, como lo llamó él, que había extraído de un veneno para flechas procedente de América del Sur, y que era tan potente que la menor pizca producía la muerte instantánea. Me fijé en la botella en que se guardaba ese preparado, y cuando se hubieron marchado todos me guardé un poco. Yo entendía bastante de farmacia, y preparé con este alcaloide unas píldoras pequeñas y solubles. Guardé cada píldora en una cajita con otra píldora igual, ésta sin veneno. Decidí entonces que, cuando se me presentara la oportunidad, los dos caballeros podrían tomar cada uno una píldora de una de las cajas, y yo me tomaría la que quedara. Sería igual de mortal y mucho menos ruidoso que disparar un tiro poniendo un pañuelo en la boca de la pistola. Desde entonces llevé siempre encima mis pastilleros, y por fin había llegado el momento de usarlos.

»Pasaban de las doce y media y hacía una noche pésima, desapacible, con viento fuerte y lluvia a raudales. Con todo lo triste que estaba el tiempo, yo estaba contento en mi fuero interno, tan contento que me daban ganas de gritar de júbilo. Si alguno de ustedes, caballeros, ha deseado fervientemente una cosa y la ha esperado durante veinte largos años, y la ha encontrado de pronto a su alcance, comprenderá mis sentimientos. Encendí un puro y fumé para tranquilizarme los nervios, pero me temblaban las manos y me palpitaban las sienes de emoción. Por el camino, veía al viejo John Ferrier y a la dulce Lucy mirándome desde la oscuridad y sonriéndome, los veía como los veo a todos ustedes en esta habitación.

Hicieron todo el camino por delante de mí, uno a cada lado del caballo, hasta que me detuve ante la casa de Brixton Road.

»No se veía un alma ni se oía más ruido que el de la lluvia. Cuando miré por la ventanilla, vi que Drebber estaba hecho un ovillo, durmiendo la borrachera. Lo sacudí de un brazo.

»—Hora de apearse —dije.

»—Está bien, cochero —replicó él.

»Supongo que pensaría que habíamos llegado al hotel que había dicho él, pues se apeó sin decir otra palabra y me siguió por el sendero del jardín. Tuve que ir a su lado para sostenerlo, pues seguía algo cargado. Cuando llegamos a la puerta, la abrí y lo hice pasar al salón. Les doy a ustedes mi palabra de que el padre y la hija iban caminando por delante de nosotros durante todo el camino.

»—Esto está más oscuro que el infierno —observó, dando pisotones.

»—Tendremos luz enseguida —respondí, encendiendo una cerilla y prendiendo una bujía que había traído—. Ahora, Enoch Drebber —proseguí, volviéndome hacia él y acercándome la luz a la cara—, ¿quién soy yo?

»Me miró un momento con ojos turbios de borracho, y vi después que brotaba en ellos el horror, y una convulsión de todos sus rasgos que me hacía saber que me había conocido. Retrocedió con la cara lívida, y vi que se le llenaba la frente de sudor y le castañeteaban los dientes. Ante aquel espectáculo, me recosté en la puerta y solté una carcajada larga y sonora. Siempre había sabido que la venganza sería dulce, pero no había soñado jamás con una satisfacción de espíritu como la que me invadía entonces.

«—¡Perro! —le dije—. Te he perseguido desde Salt Lake City a San Petersburgo, y siempre te has escapado de mí. Ahora terminan por fin tus viajes, pues o tú o yo no veremos salir el sol mañana. —Se apartó todavía más de mí mientras hablaba, y vi en su rostro que me tomaba por loco. Y, en esos momentos, lo estaba. Las palpitaciones de mis sienes eran como martillos de fragua, y creo que me habría dado un ataque de alguna especie de no haber sido porque empecé a sangrar por la nariz, lo que me alivió.

»—¿Qué piensas ahora de Lucy Ferrier? —exclamé, cerrando la puerta con llave y agitando la llave ante sus ojos—. El castigo ha tardado, pero te ha alcanzado por fin. —Vi que le temblaban los labios de cobarde mientras yo hablaba. Me habría suplicado que le perdonase la vida de no haber sido porque sabía que era inútil.

»—¿Eres capaz de asesinarme? —balbució.

»—Aquí no hay asesinato que valga —respondí—. ¿Acaso se asesina a un perro rabioso? ¿Tuviste tú compasión con mi pobre muchacha querida cuando la arrastraste del lado de su padre, al que acababais de sacrificar, y te la llevaste a tu harén maldito y desvergonzado?

»—No fui yo quien dio muerte a su padre —exclamó.

»—Pero sí fuiste tú quien mató de pena a la pobre inocente —bramé, y le planté delante la cajita—. Que el alto Dios juzgue entre tú y yo. Escoge, y come. En una está la muerte; en la otra, la vida. Me tomaré la que dejes. Veremos si hay justicia en el mundo, o si nos rige el azar.

»Se apartó de mí soltando gritos desenfrenados y suplicando que tuviera compasión; pero saqué el cuchillo y se lo puse al cuello hasta que me hubo obedecido. Después, me tragué la otra píldora y nos quedamos frente a frente en silencio durante un minuto o algo más, esperando saber cuál viviría y cuál moriría. ¿Podré olvidar la cara que puso cuando sintió las primeras punzadas que le daban a entender que tenía el veneno en el cuerpo? Me reí al verlo, y le puse ante los ojos la alianza de Lucy. Fue sólo un momento, pues el efecto del alcaloide es rápido. Un espasmo de dolor le contrajo el semblante; extendió las manos, vaciló y por fin cayó al suelo soltando un grito ronco. Lo volví boca arriba empujándolo con el pie y le puse la mano en el corazón. No había ningún movimiento. ¡Estaba muerto!

»Me había estado manando la sangre de la nariz a raudales, aunque yo no le había prestado atención. No sé cómo se me ocurrió escribir en la pared con la sangre. Puede que fuera por la idea traviesa de despistar a la policía, pues me sentía alegre y optimista. Recordé que habían encontrado a un alemán en Nueva York con la palabra *RACHE* escrita encima, y que los periódicos aseguraban que debía de haber sido cosa de las sociedades secretas. Me figuré que lo que había desconcertado a los de Nueva York desconcertaría a los de Londres, de modo que me mojé el dedo en mi propia sangre y lo escribí con letras mayúsculas en un lugar conveniente de la pared. Después bajé caminando hasta mi coche y vi que no había nadie y que seguía haciendo muy mala noche. Me había alejado ya con el coche cuando me llevé la mano al bolsillo donde solía llevar el anillo de Lucy y descubrí que no lo tenía. Me quedé de una pieza, pues era el único recuerdo que conservaba de ella. Pensé que se me podía haber caído cuando me incliné sobre el cuerpo de Drebber. Volví atrás y, dejando el carruaje en una bocacalle, me dirigí con audacia a la casa, pues estaba dispuesto a correr cualquier peligro con tal de no perder el anillo. Cuando llegué, me di de bruces con un agente de policía que salía, y sólo conseguí evitar sus sospechas haciéndome pasar por borracho perdido.

»Así encontró su fin Enoch Drebber. Ya sólo me faltaba hacer otro tanto con Stangerson para vengar a John Ferrier. Sabía que se alojaba en el Hotel Residencia Halliday, y me pasé todo el día rondando por allí, pero no salió. Me figuro que, al no aparecer Drebber, debió de sospechar algo. Ese Stangerson era astuto y siempre estaba en guardia. Si se había creído que podía librarse de mí quedándose en casa, estaba muy equivocado. No tardé en enterarme de cuál era la ventana de su cuarto, y a la mañana siguiente aproveché unas escaleras de mano que estaban tendidas en el callejón de detrás del hotel y de ese modo llegué a su cuarto al romper el alba. Lo desperté y le dije que era hora de que diera cuentas de la vida que había segado tanto tiempo atrás. Le conté cómo había muerto Drebber y le di a elegir entre las píldoras envenenadas. En vez de aprovechar esa posibilidad de salvarse que le estaba ofreciendo, saltó de su cama y se me tiró al cuello. Le di una puñalada en el corazón. Fue en defensa propia. Habría sido lo mismo en cualquier caso, pues la Providencia no habría consentido que su mano culpable eligiera más que la píldora envenenada.

»Ya me queda poco que decir, y tanto mejor, pues estoy casi agotado. Seguí con el coche de punto un día más o cosa así, pues tenía la intención de seguir con ese trabajo hasta ahorrar lo suficiente para volver a América. Estaba en las cocheras cuando llegó un chico astroso y preguntó si había allí un cochero llamado Jefferson Hope, y dijo que un caballero esperaba su coche en el 221B de Baker Street. Fui allí sin sospechar nada y, cuando me quise dar cuenta, este joven me había puesto las pulseras y me había esposado con una limpieza que no había visto yo nunca en mi vida. Ésta es mi historia, caballeros. Puede que me tengan ustedes por un asesino; pero yo me considero un agente de la justicia, ni más ni menos que ustedes.

La narración de aquel hombre había sido tan emocionante, y tan imponente su actitud, que lo habíamos escuchado en silencio y absortos. Hasta los detectives profesionales, con todo lo acostumbrados que estaban a todo tipo de crímenes, parecían hondamente interesados por el relato del hombre. Cuando terminó de hablar, nos quedamos unos momentos sumidos en un silencio que sólo interrumpía el garrapatear del lápiz de Lestrade, que daba los últimos toques a sus anotaciones taquigráficas.

—Sólo hay un asunto sobre el que querría algo más de información —dijo Sherlock Holmes por fin—. ¿Quién era su cómplice, el que vino a recoger el anillo que anuncié?

El prisionero le hizo a mi amigo un guiño socarrón.

—Puedo contar mis secretos —respondió—, pero no voy a meter en líos a nadie más. Vi su anuncio, y pensé que o bien podía ser una trampa, o bien podía ser el anillo que me faltaba. Mi amigo se ofreció a ir a enterarse. Creo que tendrá que reconocer usted que estuvo muy listo.

—De eso no cabe la menor duda —admitió Holmes acalorado.

—Y bien, caballeros —observó el inspector con tono adusto—, es preciso seguir las formalidades que marca la ley. El preso comparecerá el jueves ante los magistrados, y tendrán que asistir ustedes también. Yo seré responsable de él hasta entonces.

Hizo sonar la campanilla mientras decía esto, y acudieron un par de guardias que se llevaron a Jefferson Hope, mientras mi amigo y yo salíamos de la comisaría y tomábamos un coche de punto para volvernos a Baker Street.

VII

LA CONCLUSIÓN

Nos habían convocado a todos ante los magistrados para el jueves; pero cuando llegó el jueves, no tuvimos que prestar declaración. Un juez supremo se había hecho cargo del caso, y Jefferson Hope había comparecido ante un tribunal donde se le haría justicia estricta. El aneurisma le reventó la noche misma que siguió a su detención, y se lo encontraron a la mañana siguiente, tendido en el suelo de la celda, con tal sonrisa de placidez en el rostro que parecía como si en sus últimos momentos hubiera podido recordar una vida útil y una misión cumplida.

—Su muerte volverá locos a Gregson y a Lestrade —observó Holmes, cuando comentábamos el asunto en la tarde siguiente—. ¿Adónde irá a parar ahora su gran promoción publicitaria?

—Yo no veo que hayan tenido nada que ver con su captura —repuse.

—Lo que haga uno en este mundo es lo de menos —replicó mi compañero con amargura—. Lo que importa es lo que es capaz de hacer creer a los demás que ha hecho. Da igual —añadió con más optimismo tras hacer una pausa—. No me habría perdido esta investigación por nada del mundo. Es el mejor caso que recuerdo. Con todo lo sencillo que era, tenía algunos puntos instructivos.

—¡Sencillo! —exclamé.

—Y bien, la verdad es que no se puede calificar de otra manera —dijo Sherlock Holmes, sonriéndose al ver mi sorpresa—. Su sencillez intrínseca

queda demostrada por el hecho de que, sin más ayuda que unas cuantas deducciones muy corrientes, he sido capaz de poner las manos encima al criminal en el plazo de tres días.

—Eso es cierto —admití.

—Ya le había explicado a usted que lo que se sale de lo ordinario suele servir de ayuda, más que de obstáculo. Al resolver un problema de esta especie, lo notable es ser capaces de razonar hacia atrás. Es una disciplina muy útil y muy sencilla, pero la gente no la practica mucho. Resulta mucho más útil para los asuntos corrientes de la vida razonar hacia delante, y por eso se descuida el otro modo de razonamiento. Por cada cincuenta personas capaces de efectuar un razonamiento sintético, sólo hay una que sepa efectuar un razonamiento analítico.

—Confieso que no lo sigo del todo —dije.

—No esperaba que me siguiera. Intentaré explicarme con más claridad. La mayoría de las personas son capaces de decir cuál sería la consecuencia de una serie de hechos que se les exponen. Saben reunir esos hechos en sus mentes y deducir de ellos que pasará algo. Sin embargo, son pocas las personas que, si se les dice una consecuencia, son capaces de extraer de su propia conciencia interior cuáles fueron los pasos que condujeron a esa consecuencia. A esta capacidad me refiero cuando hablo de razonar hacia atrás, o de manera analítica.

—Ya comprendo —dije.

—Y bien, éste era un caso en que nos daban la consecuencia y nosotros teníamos que descubrir todo lo demás. Intentaré ahora mostrarle a usted los diversos pasos de mi razonamiento. Empezaremos por el principio. Llegué a la casa, como usted sabe, a pie, y con la mente completamente libre de toda impresión. Lo primero que hice fue, por supuesto, examinar la carretera. Allí vi con claridad, como ya le he explicado a usted, las huellas de un coche que, según comprobé con mis preguntas posteriores, debió de llegar la noche anterior. Supe que era un coche de punto y no un carruaje privado por la estrechez de las huellas. Los coches de punto corrientes de dos ruedas de Londres tienen las ruedas bastante más estrechas que los carruajes privados.

»Ya había aprendido algo. Bajé después despacio por el sendero del jardín, que era de una tierra arcillosa que recogía muy bien las huellas. Sin duda, a usted le parecería un simple barrizal pisoteado, pero para mis ojos adiestrados todas las marcas que había sobre su superficie significaban algo. Entre todas las ramas de la ciencia detectivesca, ninguna es tan importante y tan descuidada como la interpretación de las huellas. Por fortuna, yo siempre le he atribuido gran importancia, y ya es cosa instintiva en mí con la práctica. Vi las huellas pesadas de los agentes, pero también el rastro de los dos hombres que habían pasado por el jardín en primer lugar. Era fácil saber que habían pasado antes que los otros, pues en algunas partes sus huellas estaban completamente borradas por las otras que se habían imprimido encima. Tuve así un segundo eslabón que me hizo saber que los visitantes nocturnos habían sido dos, uno de ellos de notable estatura (que calculé por la longitud de su zancada) y el otro bien vestido, a juzgar por las huellas pequeñas y elegantes de sus botines.

»Vi confirmada esta segunda impresión cuando entré en la casa. Me encontré tendido ante mí al hombre de los buenos botines. Había sido, pues, el alto el que había cometido el asesinato, si es que se trataba de un asesinato. El muerto no presentaba ninguna herida, pero su expresión agitada me hizo saber que había previsto su fin antes de que le sobreviniera. Las personas que mueren de ataques al corazón o por alguna otra causa natural repentina no manifiestan nunca gesto de agitación. Cuando olí los labios del muerto, percibí un leve olor amargo y llegué a la conclusión de que se le había administrado a la fuerza algún veneno. Si deduje que se le había administrado a la fuerza fue por la expresión de odio y terror que tenía en el rostro. Había llegado a este resultado por el método de la exclusión, pues no había ninguna otra hipótesis que pudiera explicar los hechos. La administración forzosa de venenos no es nueva ni mucho menos en los anales del crimen. El toxicólogo recordará de inmediato los casos de Dolsky, en Odesa, y de Leturier, en Montpellier.

»Y llegué entonces al asunto más relevante de todos. El móvil del asesinato no había sido el robo, pues no se había despojado de nada a la víctima. ¿Era entonces un asunto político, o se trataba de una mujer? Ésa era la

cuestión. Me decanté desde el primer momento por esta segunda hipótesis. Los asesinos políticos huyen de buena gana en cuanto han realizado su labor. Por el contrario, este asesinato se había cometido de una manera muy pausada, y su autor había dejado sus huellas por toda la habitación, lo que demostraba que había estado allí todo el tiempo. Una venganza tan deliberada debía de corresponder a una injuria privada, y no política. Me reafirmé todavía más en mi opinión cuando se descubrió la inscripción en la pared. Saltaba demasiado a la vista que era una pista falsa. Pero cuando se halló la alianza, la cuestión quedó establecida. Estaba claro que el asesino se había servido de ella para recordarle a su víctima a alguna mujer ausente o fallecida. Fue entonces cuando le pregunté a Gregson si en el telegrama que había enviado a Cleveland había solicitado algún dato concreto sobre los antecedentes del señor Drebber. Recordará usted que me respondió que no.

»Realicé entonces un examen cuidadoso de la sala, que me confirmó en mi opinión sobre la estatura del asesino y me aportó datos añadidos sobre el puro de Trichinopoly y la longitud de sus uñas. En vista de que no había señales de lucha, ya había llegado a la conclusión de que la sangre del suelo había salido de la nariz del asesino, a causa de la emoción. Vi que el rastro de sangre coincidía con el rastro de sus pies. Es raro que un hombre tenga una hemorragia nasal de esta clase por una emoción, a no ser que se trate de un hombre muy sanguíneo, y aventuré por ello la hipótesis de que el asesino sería hombre robusto y de cara rojiza. Los hechos me dieron la razón.

»Cuando salimos de la casa, hice lo que no había hecho Gregson. Le puse un telegrama al jefe de policía de Cleveland, preguntándole tan sólo por las circunstancias relacionadas con el matrimonio de Enoch Drebber. La respuesta fue concluyente. Me comunicaron que Drebber ya había solicitado la protección de la ley contra un antiguo rival amoroso llamado Jefferson Hope, y que el tal Hope estaba ahora en Europa. Supe entonces que tenía en las manos la clave del misterio y que sólo me faltaba atrapar al asesino.

»Ya había llegado a la conclusión de que el hombre que había entrado en la casa con Drebber no era otro que el cochero del coche de punto. Las huellas de la calle me mostraban que el caballo había vagado suelto de una manera que habría sido imposible de haber habido alguien cuidándolo. ¿Y dónde podía estar el cochero sino dentro de la casa? Por otra parte, es absurdo suponer que un hombre en su sano juicio hubiera cometido un crimen premeditado ante los ojos, por así decirlo, de un tercero que lo descubriría con toda seguridad. Por último, suponiendo que un hombre quisiera seguir los pasos de otro por Londres, ¿qué mejor recurso que hacerse cochero de punto? Todas estas consideraciones me llevaron a la conclusión inevitable de que Jefferson Hope figuraba entre los simones de la capital.

»Si lo había sido, no había por qué suponer que dejaría de serlo. Antes bien, desde su punto de vista, no querría hacer ningún cambio repentino para no llamar la atención. Seguiría ejerciendo su trabajo; al menos, durante algún tiempo. No había ningún motivo para suponer que hubiera adoptado un nombre falso. ¿Por qué iba a cambiar de nombre en un país donde nadie lo conocía? Organicé, por tanto, a mi cuerpo detectivesco de golfillos y los hice visitar de manera sistemática todas las empresas de coches de punto de Londres, hasta que dieran con el hombre que buscaba yo. Todavía recordará usted bien su éxito y la rapidez con que lo aproveché. El asesinato de Stangerson fue un incidente inesperado por completo, pero que tampoco se habría podido evitar. Por este hecho, como sabe usted, llegaron a mis manos las píldoras, cuya existencia ya había deducido. Verá usted que todo es una cadena de secuencias lógicas sin interrupciones ni fisuras.

—¡Es maravilloso! —exclamé—. Es preciso que se reconozca públicamente el mérito de usted. Debería publicar una relación del caso. Si no quiere hacerlo, lo haré yo por usted.

—Puede hacer usted lo que quiera, doctor —respondió—. ¡Mire! —añadió, mientras me entregaba un periódico—. ¡Lea esto!

Era el *Echo* de aquel día, y el párrafo que me indicaba trataba del caso en cuestión.

El público —decía— ha perdido unas revelaciones apasionantes con la muerte repentina del llamado Hope, sospechoso de los asesinatos del señor Enoch Drebber y del señor Joseph Stangerson. Es probable que ya no se lleguen a conocer los detalles del caso, aunque sabemos de fuentes bien informadas que los crímenes se debieron a antiguas rencillas

por razones sentimentales, en un asunto en el que intervenían el amor y el mormonismo. Parece ser que las dos víctimas habían pertenecido en su juventud a la Iglesia de los Santos de los Últimos Días, y Hope, el prisionero fallecido, también procede de Salt Lake City. Aunque el caso no haya tenido otro efecto, al menos ha servido para demostrar del modo más contundente la eficiencia de nuestra policía, y los extranjeros tomarán buena nota de la conveniencia de resolver sus rencillas en su país en vez de traérselas a territorio británico. Es un secreto a voces que el mérito de esta hábil detención corresponde a los señores Lestrade y Gregson, célebres oficiales de Scotland Yard. Al parecer, el sospechoso fue detenido en el domicilio de un tal señor Sherlock Holmes, quien también ha dado muestras de cierto talento como detective en calidad de *amateur*, y del que cabe esperar que, con el tiempo, adquiera una parte de la habilidad de tales maestros. Se espera que se ofrecerá a los dos oficiales algún homenaje en justo premio a sus servicios.

—¿No se lo dije desde el principio? —exclamó Sherlock Holmes, riéndose—. Para eso ha servido nuestro *Estudio en escarlata*: ¡para que les hagan un homenaje a ellos!

—No importa —respondí—. Tengo todos los datos en mi diario, y el público los conocerá. Hasta entonces, deberá conformarse usted con ser consciente de su éxito, como el avaro romano:

Populus me sibilat, at mihi plaudo
Ipse domi simul ac nummos contemplar in arca.[6]

---

6   «Aunque el pueblo me silba, yo me aplaudo a mí mismo cuando contemplo a solas, en mi casa, las monedas de mi cofre.» Horacio, *Serm.* 1.1. (N. del T.)

El Signo de
LOS CUATRO

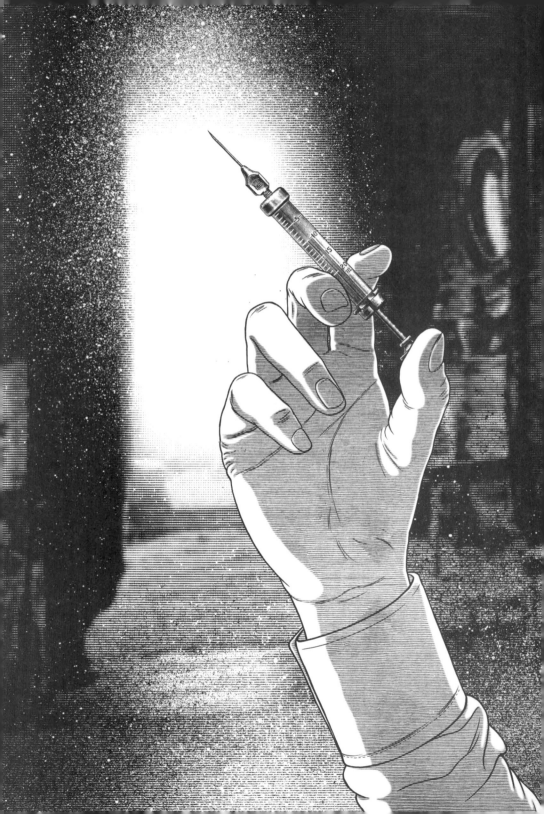

I

LA CIENCIA DE LA DEDUCCIÓN

Sherlock Holmes tomó el frasco de la esquina de la repisa y sacó la jeringuilla de su elegante estuche de tafilete. Colocó la aguja delicada con sus dedos largos, blancos, nerviosos, y se recogió la manga izquierda de la camisa. Se pasó algún tiempo estudiando, pensativo, el antebrazo nervudo y la muñeca, que estaban cubiertos y marcados por las huellas de innumerables pinchazos. Por fin, se clavó la punta aguda, presionó el émbolo y se hundió en el sillón tapizado de terciopelo soltando un largo suspiro de satisfacción.

Aunque yo llevaba muchos meses presenciando esta operación tres veces al día, no había llegado a acostumbrarme a ella ni a tolerarla. Muy al contrario: el espectáculo me irritaba cada vez más, y me remordía la conciencia todas las noches cuando pensaba que no había tenido el valor de protestar. Me había prometido a mí mismo decirle unas cuantas verdades sobre el asunto, pero mi compañero de apartamento tenía unos modales fríos y despreocupados que lo convertían en el último hombre con quien podría tomarme tal libertad ni por lo más remoto. Sus grandes dotes, su carácter dominante y la experiencia que tenía yo de sus muchas cualidades extraordinarias me retraían y me disuadían de la intención de contrariarlo.

Sin embargo, aquella tarde, ya fuera por el vino de Beaune que me había tomado con el almuerzo, o tal vez por la exasperación añadida que me produjo la lentitud parsimoniosa de su proceder, me sentí de pronto incapaz de aguantar más.

—¿Qué ha sido hoy? —pregunté—: ¿morfina o cocaína?

Levantó los ojos con languidez del viejo volumen impreso en letras góticas que había abierto.

—Es cocaína —respondió—. Una solución al siete por ciento. ¿Quiere usted probarla?

—No, de ninguna manera —respondí con brusquedad—. Mi constitución no se ha recuperado aún de la campaña de Afganistán. No me puedo permitir el lujo de forzarla todavía más.

Mi vehemencia le hizo sonreír.

—Puede que tenga usted razón, Watson —concedió—. Supongo que esta influencia es mala en el aspecto físico. Sin embargo, me resulta tan estimulante y me aclara la mente de un modo tan trascendente que sus efectos secundarios me parecen casi irrelevantes.

—Pero ¡dese usted cuenta! —dije con pasión—. ¡Considere usted los costes! Puede que así se despierte y se excite su cerebro, pero se trata de un proceso patológico y morboso, con mayor desgaste de los tejidos, y que puede conducir por fin a una debilidad permanente. También sabe usted la reacción tan funesta que lo invade después. No vale la pena, sin duda. ¿Por qué se arriesga usted a perder esos grandes poderes con que ha sido dotado por mor de obtener un simple placer pasajero? Recuerde que no le hablo sólo como camarada, sino también como médico responsable hasta cierto punto de su salud.

No pareció ofenderse. Antes bien, unió las puntas de los dedos y apoyó los codos en los brazos del sillón, como persona con ganas de conversación.

—Mi mente se rebela contra el adocenamiento —replicó—. Deme usted problemas, deme tareas, deme a descifrar la clave secreta más oscura o el análisis más intrincado, y estaré en mi ambiente. Podré prescindir de los estimulantes artificiales. Pero aborrezco la rutina monótona de la existencia. Anhelo la exaltación mental. Por eso he elegido mi profesión; o, más bien, la he creado, pues soy el único que la ejerce en el mundo.

—¿El único detective privado? —pregunté, con un arqueo de cejas.

—El único detective consultor privado —respondió—. Soy el tribunal de apelación último y más elevado en el mundo de la investigación. Cuando

Gregson, o Lestrade, o Athelney Jones se encuentran perdidos (como suele ser lo habitual, dicho sea de paso), me exponen la cuestión. Examino los datos, como hace un perito, y doy una opinión especializada. En esos casos no me atribuyo ningún mérito. Mi nombre no sale en los periódicos. Mi mayor recompensa es el trabajo mismo, el gusto de encontrar un campo donde aplicar mis poderes especiales. Pero usted pudo conocer mis métodos en el caso de Jefferson Hope.

—Sí, en efecto —admití con efusión—. Me impresionó como nada lo había hecho con anterioridad. Hasta llegué a publicar una breve crónica con el título, algo fantasioso, de *Estudio en escarlata*.

—La leí por encima —replicó, sacudiendo la cabeza con tristeza—. A decir verdad, no puedo felicitarlo por el resultado. La detección es una ciencia exacta, o debería serlo, y hay que tratarla de una manera fría y no emocional. Usted ha intentado teñirla de carácter novelesco, y es lo mismo que si relacionara el quinto postulado de Euclides con una historia de amor o una fuga de amantes.

—Pero lo novelesco estaba allí —protesté—. Yo no podía manipular los hechos.

—Algunos hechos debían suprimirse, o al menos tratarse con cierto sentido de la proporción. El único aspecto del caso digno de mención era el curioso razonamiento analítico, de efectos a causas, por el que conseguí resolverlo.

Me molestó esa crítica de un trabajo que yo había escrito con intención de agradarle. Reconozco también que me irritó aquel egocentrismo suyo que parecía exigir que cada línea de mi obrita estuviera dedicada especialmente a sus actos. Durante los años que había vivido con él en Baker Street había observado que bajo el carácter reservado y didáctico de mi compañero subyacía cierto fondo de vanidad. No obstante, me abstuve de hacer comentarios, y me quedé sentado acariciándome la pierna herida. Me la había atravesado una bala jezail hacía algún tiempo, y aunque no me impedía caminar, me producía grandes dolores cuando cambiaba el tiempo.

—He ampliado hace poco mis actividades a la Europa continental —dijo Holmes al cabo de un rato, cargando su vieja pipa de brezo—. La semana pasada me consultó François Le Villard, quien, como usted seguramente sabe, ha llegado a destacar de un tiempo a esta parte entre los detectives oficiales franceses. Posee la intuición viva de los celtas, pero tiene lagunas en la amplia gama de conocimientos precisos que son esenciales para alcanzar las cotas más altas de su arte. El caso estaba relacionado con un testamento y tenía algunos rasgos de interés. Pude señalarle dos casos semejantes: el de Riga en 1857 y el de San Luis en 1871, que le han indicado la solución verdadera. He aquí la carta que he recibido esta mañana, en la que me agradece mi ayuda.

Al decir esto, me acercó una hoja arrugada de papel de cartas extranjero. Le eché una ojeada y advertí una profusión de signos de admiración, con algunos *magnifiques, coup-de-maîtres* y *tours-de-force*[1] que daban fe de la admiración ardiente del francés.

—Habla como un discípulo a su maestro —dije.

—Ah, valora demasiado mi colaboración —replicó Sherlock Holmes sin darle importancia—. Él mismo posee dos de las tres cualidades indispensables del detective ideal. Tiene los dones de la observación y de la deducción. Lo único que le faltan son los conocimientos, y éstos pueden venirle con el tiempo. Ahora está traduciendo al francés mis obritas.

—¿Sus obras?

—Ah, ¿no lo sabía? —exclamó, riendo—. Sí: me acuso de haber perpetrado algunas monografías. Todas tratan acerca de asuntos técnicos. Aquí tiene una, por ejemplo: «Las diferencias entre las cenizas de los diversos tabacos». Enumero en ella ciento cuarenta clases de puros, cigarrillos y tabaco de pipa, con ilustraciones a colores que muestran las diferencias de las cenizas. La cuestión sale a relucir constantemente en los juicios criminales, y a veces tiene una importancia capital como pista. Si se puede afirmar con toda seguridad, por ejemplo, que un asesinato lo cometió un hombre que se estaba fumando un *lunkah* de la India, es evidente que la búsqueda se simplifica. Para el ojo adiestrado, la ceniza oscura de un puro

---

1 *Magníficos, golpes maestros, hazañas.* La carta está en francés, por supuesto. Conan Doyle suele aplicar los tópicos sobre los caracteres nacionales, y el detective francés refleja en su carta su personalidad efusiva y arrebatada que choca con la flema inglesa. (N. del T.)

de Trichinopoly es tan distinta del polvillo blanco del ojo de pájaro como una col de una patata.

—Tiene usted un genio extraordinario para las cuestiones de detalle —observé.

—Advierto su importancia. Aquí tiene mi monografía sobre el arte de seguir huellas de pisadas, con algunos comentarios sobre el empleo de la escayola para tomar moldes. He aquí, también, una obrita curiosa sobre cómo influye el oficio en la forma de la mano, con ilustraciones fotográficas de las manos de retejadores, marineros, corchotaponeros, cajistas, tejedores y abrillantadores. Es una ciencia de gran interés práctico para el detective científico, sobre todo para identificar cadáveres o para descubrir los antecedentes de los criminales. Pero lo estoy aburriendo con mi afición...

—De ninguna manera —respondí con toda sinceridad—. Me interesa enormemente, sobre todo después de haber tenido ocasión de observar la aplicación práctica que le da usted. Pero acaba de hablar de observación y deducción. Sin duda, la una implica la otra hasta cierto punto.

—Vaya, en absoluto —respondió, recostándose con aire indolente en su sillón y haciendo salir de su pipa densas volutas de humo azulado—. Por ejemplo, la observación me indica que usted ha ido esta mañana a la oficina de correos de Wigmore Street, pero es la deducción la que me hace saber que usted puso allí un telegrama.

—¡Correcto! —exclamé—. ¡Correcto en ambas cosas! Pero reconozco que no comprendo cómo lo ha descubierto usted. Lo hice movido por un impulso repentino, y no le he hablado del asunto a nadie.

—Es la sencillez misma —comentó, riéndose entre dientes de mi sorpresa—. Es de tal sencillez que la explicación está de más; aunque puede servirnos para definir los límites respectivos de la observación y la deducción. La observación me hace ver que lleva usted pegado al borde del talón del zapato un poco de barro rojizo. Ante la oficina de correos de Wigmore Street han levantado la calle y han dejado algo de tierra, de modo que es difícil entrar sin pisarla. Esa tierra tiene ese tono rojizo peculiar que no se encuentra en ninguna otra parte de los alrededores, que yo sepa. Hasta aquí llega la observación. El resto es deducción.

—¿Cómo dedujo usted, entonces, lo del telegrama?

—Pues muy sencillo; me había pasado toda la mañana sentado delante de usted y sabía, claro está, que no había escrito ninguna carta. Veo también en su escritorio abierto que tiene una hoja entera de sellos de correos y un grueso fajo de tarjetas postales. ¿Para qué iba a ir a la oficina de correos, entonces, salvo a enviar un telegrama? Eliminando todos los demás factores, el que queda debe ser la verdad.

—En este caso lo es, desde luego —respondí tras meditar al respecto—. Sin embargo, la cuestión es bien sencilla, como dice usted. ¿Me consideraría usted impertinente si someto sus teorías a una prueba más rigurosa?

—Al contrario —respondió—: servirá para que no me tome una segunda dosis de cocaína. Estudiaré con mucho gusto cualquier problema que me proponga usted.

—Le he oído decir que es difícil que un hombre tenga un objeto de uso diario en el que no deje impresas las huellas de su personalidad de un modo que pueda interpretar el observador preparado. Tengo aquí un reloj de bolsillo que acaba de llegar a mi poder. ¿Tendría usted la bondad de darme su opinión sobre el carácter o las costumbres de su propietario anterior?

Le entregué el reloj, no sin cierto regocijo interior por mi parte, pues me pareció que la prueba era imposible y pensaba darle con ella un escarmiento contra el tono algo dogmático que adoptaba a veces. Sostuvo el reloj en la palma de la mano, miró la esfera con atención, abrió la tapa posterior y examinó la maquinaria, a simple vista primero y después con una lupa potente. No pude por menos que sonreírme ante la cara de abatimiento que puso cuando cerró por fin la tapa del reloj y me lo devolvió.

—Apenas hay información —comentó—. El reloj ha sido limpiado recientemente, lo que me despoja de los datos más interesantes.

—Tiene razón. Lo limpiaron antes de enviármelo —respondí, acusando para mis adentros a mi compañero de alegar una excusa muy floja y poco válida para disimular su fracaso. ¿Qué datos esperaba encontrar en un reloj, aunque no estuviera recién limpiado?

—Aunque mi estudio no ha sido satisfactorio, tampoco ha sido estéril del todo —observó, mirando al techo con ojos soñadores y apagados—. Me corregirá usted si me equivoco, pero yo diría que el reloj ha sido de su hermano mayor, quien lo había heredado a su vez del padre de ustedes.

—¿Lo deduce usted, sin duda, de las iniciales H. W., grabadas en la tapa?

—En efecto. La *W* hace pensar en el apellido de usted. El reloj lleva una fecha de hace casi cincuenta años, y las iniciales son tan antiguas como el reloj; así pues, se hizo para la generación anterior. Las joyas suelen pasar al hijo mayor, y lo más probable es que sea éste el que tiene el mismo nombre de pila del padre. Si no recuerdo mal, hace muchos años que murió su padre. Por tanto, ha estado en manos de su hermano mayor.

—Está en lo cierto, de momento —dije—. ¿Algo más?

—Era un hombre de costumbres desordenadas... tremendamente caótico y descuidado. Quedó en buena situación, pero dilapidó las oportunidades que tenía, vivió algún tiempo en la pobreza con breves intervalos de prosperidad, y por último se dio a la bebida y murió. Es lo único que puedo inferir.

Salté de mi asiento y me paseé por la sala cojeando con impaciencia, con bastante amargura en el corazón.

—Esto es indigno de usted, Holmes —dije—. Me parece increíble que haya caído tan bajo. Ha hecho averiguaciones sobre la vida de mi pobre hermano, y ahora finge que ha deducido esos datos de alguna manera fantástica. ¡No pretenderá usted que me crea que ha visto todo eso en su antiguo reloj! Es una desconsideración; y, para llamar a las cosas por su nombre, tiene algo de charlatanería.

—Mi querido doctor —repuso él con amabilidad—, le ruego que acepte mis disculpas. Había estudiado el asunto como un problema abstracto, olvidando lo personal y doloroso que podía resultar para usted. Le aseguro, no obstante, que no sabía que usted había tenido un hermano hasta el momento en que me dio el reloj.

—Entonces, y en nombre de todo lo maravilloso, ¿de dónde ha sacado usted esos datos? ¡Son absolutamente correctos en todos los sentidos!

—Ah, cuestión de buena suerte. Sólo podía aventurar lo que parecía más probable. No esperaba que todo fuera tan exacto.

—¿Pero no han sido simples conjeturas?

—No, no: jamás hago conjeturas al azar. Es una costumbre deplorable; destruye la capacidad lógica. Si todo esto le ha parecido extraño, ha sido sólo porque no ha seguido el hilo de mis pensamientos ni ha observado los datos pequeños en los que pueden basarse las grandes deducciones. Por ejemplo, afirmé en primer lugar que su hermano era descuidado. Si observa usted la parte inferior de la caja del reloj, observará que no sólo tiene dos abolladuras, sino que además está toda cubierta de rayas y señales, por la costumbre de guardar en el mismo bolsillo otros objetos duros, tales como monedas o llaves. No es una gran hazaña, sin duda, suponer que un hombre que trata con tal desprecio un reloj que vale cincuenta guineas debe ser un hombre descuidado. Ni tampoco está muy traído por los pelos suponer que el hombre que hereda un artículo de tal valor queda en buena situación en otros sentidos.

Asentí con la cabeza en muestra de que seguía su razonamiento.

—Cuando los prestamistas de Inglaterra toman en prenda un reloj, tienen la costumbre de grabar con un alfiler el número de la papeleta en la parte interior de la tapa. Es más práctico que una etiqueta, pues se evita el riesgo de que el número se pierda o se traspapele. Veo con mi lupa no menos de cuatro números de esta clase en el interior de la tapa. Deducción: que su hermano solía estar bajo de fondos. Deducción secundaria: que tenía a veces momentos de prosperidad, pues de lo contrario no podría haber recuperado la prenda. Por último, tenga la bondad de observar el guardapolvos, donde está la llave de dar cuerda al reloj. Observe los millares de rasguños que rodean el agujero de la cuerda, de donde se ha deslizado la llave. ¿Cómo podría haber dejado tantos rasguños la mano de un hombre sobrio? Pero nunca faltan en el reloj de un bebedor. Le da cuerda por la noche, dejando esas huellas de su mano insegura. ¿Dónde está el misterio?

—Está claro como la luz del día —respondí—. Lamento la injusticia con que lo juzgué. Debería haber tenido más fe en sus fabulosas dotes. ¿Le puedo preguntar si tiene usted alguna investigación profesional en marcha en estos momentos?

—Ninguna. De ahí la cocaína. No puedo vivir sin ejercitar el cerebro. ¿Qué otra cosa hace que valga la pena vivir? Mire usted por esta ventana.

¿Ha visto usted lo desolado, triste y estéril que es el mundo? Vea cómo flota la niebla amarilla calle abajo y entre las casas de color pardo. ¿Es posible que haya algo más irremediablemente prosaico y material? ¿De qué sirve tener poderes, doctor, si no hay dónde ejercerlos? La delincuencia es vulgar, la vida es vulgar, y en este mundo no hay lugar para más cualidades que las vulgares.

Había abierto la boca para responder a este discurso cuando se oyó un golpe seco en la puerta y entró nuestra patrona, con una tarjeta de visita en la bandejita de bronce.

—Una señorita quiere verlo, señor —le dijo a mi compañero.

—Señorita Mary Morstan —leyó—. ¡Hum! El apellido no me dice nada. Haga subir a la señorita, señora Hudson. No se vaya usted, doctor. Prefiero que se quede.

II

LA EXPOSICIÓN DEL CASO

La señorita Morstan entró en la sala con paso firme y porte sereno. Era una joven señorita rubia, pequeña y delicada; llevaba buenos guantes e iba vestida con un gusto perfecto. Su atuendo tenía, no obstante, una sencillez y austeridad que indicaban cierta falta de medios. El vestido era de un color beis grisáceo sombrío, sin adornos ni remates, y se tocaba con un turbante pequeño del mismo color apagado, alegrado tan sólo por una pizca de pluma blanca a un lado. Su rostro no tenía rasgos regulares ni belleza de tez, pero sí estaba dotada de una expresión dulce y amable, y sus ojos, grandes y azules, tenían una espiritualidad y una simpatía singulares. He conocido a mujeres de muchos países y tres continentes, y no he visto nunca una cara que anunciara con tal claridad un carácter refinado y sensible. No pude menos de observar que, mientras se sentaba en la silla que le acercó Sherlock Holmes, le temblaban los labios y las manos y daba todas las muestras de una agitación interior intensa.

—He venido a verlo a usted, señor Sherlock Holmes —dijo—, porque en cierta ocasión ayudó a la persona para la que trabajo, la señora de Cecil Forrester, a desentrañar un pequeño enredo doméstico. Su bondad y habilidad la dejaron muy impresionada.

—La señora de Cecil Forrester —repitió él, pensativo—. Me parece que pude prestarle un pequeño servicio. Sin embargo, se trató de un caso muy sencillo, si no recuerdo mal.

—A ella no se lo pareció. Pero, en cualquier caso, no podrá usted decir otro tanto del mío. No se me ocurre nada más extraño, más absolutamente inexplicable, que la situación en que me encuentro.

Holmes se frotó las manos y le brillaron los ojos. Se inclinó hacia delante en su asiento con una expresión de concentración extraordinaria en el semblante de rasgos marcados y aguileños.

—Exponga usted su caso —le rogó con seriedad y energía.

Me pareció que yo estaba fuera de lugar.

—Les ruego me disculpen —dije, levantándome de mi asiento.

Para mi sorpresa, la señorita alzó la mano enguantada para detenerme.

—Si su amigo tiene la bondad de quedarse, quizá pueda prestarme un servicio exquisito —dijo.

Volví a sentarme en mi silla.

—Los hechos, en resumen, son los siguientes —prosiguió—. Mi padre era oficial de un regimiento del ejército de la India y me envió a Inglaterra cuando era todavía niña. Mi madre había muerto y yo no tenía parientes en nuestro país; pero ingresé en un cómodo internado de Edimburgo, donde viví hasta los diecisiete años. El año 1878, mi padre, que era capitán mayor de su regimiento, obtuvo doce meses de permiso y se vino a Inglaterra. Me envió un telegrama desde Londres diciéndome que había llegado bien y encargándome que fuera a reunirme con él enseguida; me daba como dirección suya el hotel Langham. Recuerdo que su mensaje estaba lleno de bondad y cariño. Cuando llegué a Londres, fui en un carruaje al hotel Langham y allí me dijeron que el capitán Morstan se alojaba allí, en efecto, pero que había salido la noche anterior y no había regresado todavía. Pasé todo el día esperándolo sin tener noticias suyas. Aquella noche me puse en contacto con la policía por consejo del director del hotel, y a la mañana siguiente publicamos anuncios en todos los periódicos. Nuestras pesquisas fueron baldías; y desde aquel día no se ha sabido una palabra de mi desventurado padre. Había vuelto a su patria con el corazón lleno de esperanza, en busca de un poco de paz y de consuelo; y, en su lugar...

Se llevó la mano a la garganta, y un ahogo le impidió terminar la frase.

—¿La fecha? —preguntó Holmes, abriendo su libreta.

—Desapareció el 3 de diciembre de 1878, hace casi diez años.

—¿Y su equipaje?

—Se quedó en el hotel. No contenía nada que indicara una pista: algo de ropa, algunos libros y un número considerable de curiosidades del archipiélago de Andamán. Había sido uno de los oficiales al mando de los guardias del presidio que hay allí.

—¿Tenía amigos en Londres?

—Sólo uno, que nosotros supiésemos: el comandante Sholto, de su propio regimiento, el 34 de Infantería de Bombay. El comandante se había retirado hacía algún tiempo y vivía en Upper Norwood. Nos pusimos en contacto con él, por supuesto, pero no sabía siquiera que su compañero de armas estuviera en Inglaterra.

—El caso es singular —observó Holmes.

—Todavía no le he referido la parte más singular. Hace cosa de seis años (el 4 de mayo de 1882, para ser exactos) apareció publicado en el *Times* un anuncio donde se pedía la dirección de la señorita Mary Morstan y se aseguraba que sería conveniente para ella comunicarla. No se facilitaba ningún nombre ni dirección. Por entonces, yo acababa de entrar a trabajar en calidad de institutriz en casa de la señora de Cecil Forrester. Por consejo de ella, publiqué mi dirección en la columna de anuncios. El mismo día llegó en el correo una cajita de cartón dirigida a mí, que contenía una perla muy grande y brillante. No había el menor mensaje escrito. Desde entonces he recibido todos los años, en esa misma fecha, una cajita igual que contiene una perla igual, sin la menor indicación de quién es el remitente. Un experto ha afirmado que son perlas de una variedad rara y de valor considerable. Pueden ver ustedes mismos que son muy bonitas.

Al decir esto, abrió una cajita plana y me enseñó seis perlas de las más finas que había visto yo en mi vida.

—Su declaración es interesantísima —dijo Sherlock Holmes—. ¿Le ha sucedido a usted alguna otra cosa?

—Sí, y hoy mismo. Por eso he venido a verlo. He recibido esta mañana esta carta, que quizá quiera leer usted mismo.

—Gracias —dijo Holmes—. El sobre también, por favor. Matasellos de Londres, S.W. Fecha, 7 de julio. ¡Hum! Huella del pulgar de un hombre en la esquina... Del cartero, probablemente. Papel de clase superior. Sobres de a seis peniques el paquete. Un hombre de gustos exquisitos en cuanto a papelería. Sin remitente. «Esté junto a la tercera columna, contando desde la izquierda, del teatro Lyceum, esta noche a las siete. Si desconfía, hágase acompañar de dos amigos. Es usted una mujer agraviada, y se le hará justicia. No traiga a la policía. Si la trae, todo será en vano. Su amigo desconocido.» Bueno, la verdad es que se trata de un bonito misterio. ¿Qué piensa usted hacer, señorita Morstan?

—Es exactamente lo que quería preguntarle a usted.

—Entonces, iremos sin falta. Usted y yo, y... sí, vaya, el doctor Watson es el hombre ideal. El autor de la carta dice que se haga acompañar de dos amigos. El doctor Watson y yo ya hemos trabajado juntos.

—Pero ¿querrá venir? —preguntó ella, con un cierto matiz de súplica en la voz y en la expresión.

—Será para mí un placer y un orgullo poderle prestar algún servicio —dije con fervor.

—Son ustedes muy amables los dos —respondió—. Yo he hecho una vida retirada y no tengo amigos a quienes recurrir. Bastará con que llegue aquí a las seis, ¿no es así?

—No se retrase usted —la advirtió Holmes—. Pero quiero determinar aún otro punto. ¿La letra de esta carta es la misma que la de las direcciones de los envíos de las perlas?

—Las tengo aquí —respondió, y sacó media docena de papeles.

—Es usted una cliente modelo, ciertamente. Tiene la intuición adecuada. Ahora, veamos.

Extendió los papeles sobre la mesa y dirigió rápidas miradas a uno y otros.

—La letra está disimulada, salvo la de la carta —dijo al poco rato—, pero su autoría no deja lugar a dudas. Observe cómo sale a relucir esa *e* incontenible en forma de épsilon griega, y fíjese en el rasgo de las *s* de final de palabra. Es indudable que son obra de una misma persona. Aunque no quisiera inspirarle falsas esperanzas, señorita Morstan, ¿existe alguna semejanza entre esta letra y la de su padre?

—Nada podría ser más distinto.

—Eso me figuraba. La esperaremos a usted a las seis, entonces. Le ruego que me permita quedarme con los papeles; puede que repase el asunto antes de esa hora. Son sólo las tres y media. Hasta la vista, entonces.

—Hasta la vista —dijo nuestra visitante; y dirigiéndonos sendas miradas vivas y bondadosas a los dos, se guardó en el bolsillo la caja de las perlas y se marchó a toda prisa. Estuve viéndola bajar la calle a buen paso desde la ventana, hasta que el turbante gris y la pluma blanca no fueron más que una mota entre la multitud sombría.

—¡Qué mujer tan atractiva! —exclamé, volviéndome hacia mi compañero.

Éste había vuelto a encender la pipa y estaba recostado en su asiento entrecerrando los ojos.

—Ah, ¿sí? —dijo con languidez—. No me había fijado.

—Es usted un verdadero autómata. ¡Una máquina calculadora! —exclamé—. Para serle sincero, a veces tiene algo de inhumano.

Esbozó una sonrisa.

—Es fundamental no consentir que las características personales nos llenen de prejuicios —dijo—. Para mí, el cliente es una simple unidad, un factor de un problema. Las características emocionales se oponen al razonamiento claro. Le aseguro a usted que a la mujer más encantadora que he conocido en mi vida la ahorcaron por haber envenenado a tres niños para cobrar el seguro; y que el hombre más repelente que conozco es un filántropo que lleva gastadas casi un cuarto de millón de libras por el bien de los pobres de Londres.

—En este caso, no obstante...

—Yo no hago nunca excepciones. La excepción refuta la regla. ¿Ha tenido usted ocasión de estudiar el carácter por la letra? ¿Qué saca usted en limpio de la letra de este sujeto?

—Es legible y regular —respondí—. Un hombre formal y con cierta fuerza de carácter.

Holmes negó con la cabeza.

—Mire usted las letras altas —dijo—. Apenas se levantan por encima del rebaño. Esa *d* podía ser una *a*, y esa *l* una *e*. Los hombres de carácter distinguen siempre las letras altas, por muy poco legible que sea su escritura. En las *k* se aprecia vacilación, y en las mayúsculas, presunción. Ahora, voy a salir. Tengo que consultar algunos datos. Permítame que le recomiende este libro: es uno de los más notables que se han escrito nunca. Es *El martirio del hombre*, de Winwood Reade. Volveré dentro de una hora.

Me senté junto a la ventana con el volumen en las manos, pero mis pensamientos estaban muy alejados de las especulaciones atrevidas del autor. La imaginación me volaba pensando en nuestra reciente visitante... en sus sonrisas, en los matices ricos y profundos de su voz, en el misterio que se cernía sobre su vida. Si tenía diecisiete años cuando la desaparición de su padre, ahora debía de tener veintisiete... una hermosa edad en que la juventud ha perdido su arrogancia y está algo templada por la experiencia. Seguí dando vueltas a todas estas cosas allí sentado, hasta que me vinieron a la cabeza unas ideas tan peligrosas que corrí apresuradamente a mi escritorio y me sumergí con furia en el último tratado de patología. ¿Quién era yo, un médico militar con una pierna delicada y la cuenta corriente más delicada todavía, para pensar tales cosas? Ella era una unidad, un factor... nada más. Si mi futuro era negro, sin duda era mejor afrontarlo como un hombre que intentar iluminarlo con meros fuegos fatuos de la imaginación.

III

EN BUSCA DE UNA SOLUCIÓN

Holmes regresó a las cinco y media. Estaba contento, animado y de muy buen humor: un estado de ánimo que alternaba en él con los arrebatos de la depresión más oscura.

—No hay gran misterio en todo este asunto —dijo, tomando la taza de té que le había servido yo—. Parece que los hechos sólo aceptan una explicación posible.

—¡Cómo! ¿Es que ha resuelto usted ya el caso?

—Bueno, eso sería demasiado decir. He descubierto un hecho sugerente, nada más. Es *muy* sugerente, no obstante. Todavía hay que completar los detalles. Acabo de descubrir, consultando los archivos del *Times*, que el comandante Sholto, vecino de Upper Norwood, oficial que fue del 34 de Infantería de Bombay, murió el 28 de abril de 1882.

—Seré muy cerrado de mollera, Holmes, pero el caso es que no capto lo que se sigue de esto.

—¿No? Me sorprende usted. Mírelo de esta manera, entonces. El capitán Morstan desaparece. La única persona a la que podría haber visitado en Londres es el comandante Sholto. El comandante Sholto niega haberse enterado de que estaba en Londres. Sholto muere cuatro años más tarde. *Antes de que haya pasado una semana de su muerte*, la hija del capitán Morstan recibe un regalo valioso que se repite de año en año y que culmina ahora en una carta en la que se la califica de mujer agraviada. ¿A qué agravio se puede referir, más que al haber sido privada de su padre? ¿Y por qué habían de empezar los regalos justo después de la muerte de Sholto si no fuera porque el heredero de Sholto sabe algo del misterio y quiere hacer reparaciones? ¿Se le ocurre a usted alguna otra teoría que se pueda ajustar a los hechos?

—Pero ¡qué reparación tan extraña! ¡Y de qué forma tan extraña se ha realizado! ¿Y por qué ha escrito la carta ahora, y no hace seis años? Además, en la carta se habla de hacerle justicia. ¿Qué justicia se le puede hacer? Es excesivo suponer que su padre sigue vivo. Usted no conoce ninguna otra injusticia que se haya cometido con ella.

—Existen dificultades. Es cierto que existen dificultades —repuso Sherlock Holmes, pensativo—. Pero nuestra expedición de esta noche las resolverá todas. Ah: aquí llega un coche de cuatro ruedas, con la señorita Morstan dentro. ¿Está usted preparado? Entonces, será mejor que bajemos, pues pasa un poco de la hora.

Tomé mi sombrero y el más pesado de mis bastones, pero observé que Holmes sacaba de su cajón su revólver y se lo echaba al bolsillo. Estaba claro que consideraba que nuestra tarea de aquella noche podía ser comprometida.

La señorita Morstan venía embozada en una capa oscura, y su cara, tan sensible, estaba serena, aunque pálida. Tenía que haber sido algo más que una mujer si no hubiese experimentado una cierta intranquilidad ante la extraña misión que emprendíamos; sin embargo, tenía un perfecto dominio de sí misma y respondió con soltura a las pocas preguntas adicionales que le hizo Sherlock Holmes.

—El comandante Sholto era amigo íntimo de mi padre —explicó—. Siempre me hablaba mucho del comandante en sus cartas. Papá y él estaban al mando de los soldados del archipiélago de Andamán, y por eso tenían mucho trato. Por cierto, en el escritorio de mi padre apareció un papel curioso que nadie fue capaz de entender. No creo que tenga la menor importancia, pero me pareció que a usted podía interesarle verlo, y por eso lo he traído. Aquí está.

Holmes desplegó el papel con cuidado y lo extendió sobre sus rodillas. Después, lo examinó por entero con su lupa de lente doble.

—Es papel de fabricación nativa de la India —observó—. Ha estado clavado con chinchetas a un tablero en algún momento. Contiene un diagrama que parece ser el plano de una parte de un edificio grande, con muchos salones, pasillos y pasadizos. En un punto hay trazada con tinta roja una cruz pequeña, y encima de la cruz dice: «3,37 desde la izquierda» en letras desvaídas, escritas a lápiz. En el ángulo de la izquierda hay un curioso jeroglífico, como cuatro cruces en fila unidas por los brazos. Al lado está escrito en letra muy grosera y vulgar: «El signo de los cuatro; Jonathan Small, Mahomet Singh, Abdalá Khan, Dost Akbar». No, reconozco que no entiendo qué puede tener esto que ver con el caso. Sin embargo, es evidente que el documento es importante. Se ha guardado con cuidado en una agenda de notas, pues está tan limpio por un lado como por el otro.

—Lo encontramos en la agenda de notas de mi padre.

—Consérvelo usted con cuidado, entonces, señorita Morstan, pues podría sernos útil más adelante. Empiezo a sospechar que este asunto puede resultar mucho más hondo y sutil de lo que había supuesto en un principio. Debo replantearme mis ideas.

Se recostó en su asiento del coche, y comprendí por su ceño fruncido y su vista perdida que estaba meditando en profundidad. La señorita Morstan y yo charlamos por lo bajo sobre la aventura que emprendíamos y su posible resultado, pero nuestro compañero mantuvo su reserva impenetrable hasta el final de nuestro viaje.

Era una tarde de septiembre y todavía no habían dado las siete, pero había hecho un día gris y la gran ciudad estaba cubierta de una niebla densa y húmeda. Las nubes de color de barro se cernían tristes sobre las calles embarradas. Por el Strand, las farolas no eran más que borrones empañados de luz difusa que arrojaban un débil brillo circular sobre el pavimento resbaladizo. La luz amarilla de los escaparates se derramaba por el aire húmedo y vaporoso y arrojaba un resplandor lóbrego, movedizo, sobre la acera abarrotada. A mí me parecía que había algo de misterioso y espectral en aquella procesión interminable de caras que pasaban fugazmente por esos haces estrechos de luz (caras tristes y alegres, abatidas y felices). Eran como toda la humanidad: pasaban brevemente de la oscuridad a la luz, para volver después una vez más a la oscuridad. Aunque no soy dado a impresionarme, aquella tarde triste y cargada, sumada a la misión extraña que habíamos emprendido, acabaron por ponerme nervioso y deprimido. Advertí en la actitud de la señorita Morstan que ella también sufría estas sensaciones. Sólo Holmes era capaz de estar por encima de influencias tan secundarias. Tenía la libreta abierta sobre las rodillas y apuntaba de vez en cuando cifras y anotaciones a la luz de su linterna de bolsillo.

En el teatro Lyceum ya se agolpaba el público junto a las puertas laterales. Llegaba a la parte delantera una sucesión constante de coches de punto de dos y cuatro ruedas que soltaban su carga de hombres de esmoquin y mujeres con vestido de noche y joyas. En cuanto llegamos a la tercera columna, que era el lugar de nuestra cita, nos abordó un ágil hombrecillo moreno que iba vestido de cochero.

—¿Son ustedes los señores que acompañan a la señorita Morstan? —preguntó.

—Yo soy la señorita Morstan, y estos dos caballeros son amigos míos —dijo ella.

Nos miró con unos ojos sorprendentemente curiosos y penetrantes.

—Dispense usted, señorita —se disculpó, con cierto aire de insistencia—, pero me encargaron que le pidiese que me diera su palabra de que ninguno de sus compañeros es de la policía.

—Le doy a usted mi palabra —respondió ella. El hombre profirió un silbido agudo, al oír el cual un pillete trajo de las riendas un carruaje de cuatro ruedas que esperaba en la acera de enfrente, y abrió la portezuela. El hombre que había hablado con nosotros subió al pescante mientras nosotros entrábamos en el coche. Apenas habíamos terminado de acomodarnos cuando el cochero arreó al caballo y nos pusimos en marcha a un paso desenfrenado por las calles llenas de niebla.

Era una situación curiosa. Nos dirigíamos a un lugar desconocido, a realizar una misión desconocida. Sin embargo, a no ser que la invitación fuera una burla completa (hipótesis inconcebible), teníamos buenos motivos para creer que de aquel viaje podían depender cuestiones importantes. La señorita Morstan tenía el semblante tan resuelto y sosegado como acostumbraba. Yo intentaba animarla y entretenerla contándole recuerdos de mis aventuras en Afganistán; pero, a decir verdad, yo mismo estaba tan emocionado por nuestra situación y tan lleno de curiosidad sobre cuál sería nuestro destino, que mis anécdotas se embrollaban bastante. Aun hoy asegura que le conté un relato conmovedor, según el cual, una vez se asomó al interior de mi tienda de campaña en plena noche un mosquete, y yo le disparé con un cachorro de tigre de dos cañones. Yo tenía al principio alguna noción de hacia dónde íbamos; pero, al poco rato, entre la velocidad que llevábamos, la niebla, y lo limitado que es mi conocimiento de las calles de Londres, me desorienté y no tuve la menor idea de dónde estábamos, aparte de que parecía que íbamos muy lejos. Sin embargo, Sherlock Holmes no vaciló ni un instante, y mientras nuestro carruaje rodaba por plazas y calles secundarias tortuosas, él iba diciendo sus nombres en voz baja.

—Rochester Row —decía—. Ahora, la plaza Vincent. Ahora salimos a la carretera del puente de Vauxhall. Al parecer, vamos a cruzar a Surrey. Sí, en efecto, así es. Ahora estamos en el puente. Se puede vislumbrar el río.

Tuvimos, en efecto, una visión fugaz de un tramo del Támesis, en cuyas aguas anchas y silenciosas se reflejaban las farolas; pero nuestro coche siguió adelante deprisa y no tardó en adentrarse en un laberinto de calles del otro lado.

—Wordsworth Road —decía mi compañero—. Priory Road. Lark Hall Lane. Stockwell Place. Robert Street. Cold Harbour Lane. Parece que nuestra misión no nos lleva a esferas muy elegantes.

En efecto, habíamos llegado a un suburbio sospechoso e inhóspito. Sólo rompían la monotonía de las largas filas de casas de ladrillo la luz chillona y el brillo estridente de las tabernas de las esquinas. Había después hileras de hotelitos de dos pisos, cada uno con su jardín minúsculo delante, y después nuevas filas interminables de edificios nuevos y desapacibles de ladrillo, los tentáculos monstruosos que extendía por el campo la ciudad gigantesca. El carruaje se detuvo por fin ante la tercera casa de una calle de hotelitos nuevos. Ninguno de los demás edificios de la calle estaba habitado, y aquél ante el que nos habíamos detenido estaba tan oscuro como los vecinos, a excepción de una única luz en la ventana de la cocina. Cuando llamamos a la puerta, no obstante, la abrió al momento un criado hindú que llevaba un turbante amarillo, túnica blanca suelta y faja amarilla. Aquella figura oriental, vista en la puerta vulgar de una casa modesta de un suburbio de Londres, producía una extraña impresión de incongruencia.

—El *sahib*[2] los espera —nos informó. No había terminado de hablar cuando sonó una voz aguda y sonora en alguna habitación interior:

—Hazlos pasar, *khitmutgar*[3] —dijo la voz—. Hazlos pasar ahora mismo.

---

2 Señor, en hindi; pero veremos más adelante que los naturales solían llamar así a todos los hombres blancos. (N. del T.)
3 Mayordomo. (N. del T.)

IV

LO QUE CONTÓ EL HOMBRE CALVO

Seguimos al hindú por un pasillo sórdido y vulgar, mal iluminado y peor amueblado, hasta que llegamos a una puerta a mano derecha, que abrió. Cayó sobre nosotros un resplandor de luz amarilla. En el centro de la luz estaba de pie un hombre pequeño de cabeza muy alta, rodeada de una franja de pelo rojo y rematada por una calva reluciente que asomaba de entre el pelo como la cumbre de una montaña entre los abetos. Estaba de pie retorciéndose las manos, y su semblante estaba en movimiento continuo, ora sonriente, ora ceñudo, pero jamás en reposo ni por un momento. La naturaleza lo había dotado de un labio colgante y de una línea demasiado visible de dientes amarillos e irregulares que él intentaba vanamente ocultar pasándose constantemente la mano ante la parte inferior de la cara. A pesar de aquella calvicie llamativa, daba impresión de ser joven. En realidad, acababa de cumplir treinta años.

—A sus pies, señorita Morstan —repetía una y otra vez con voz sonora y aflautada—. A sus pies, caballeros. Tengan la bondad de pasar a mi pequeño sanctasanctórum. Es una casita pequeña, señorita, pero está amueblada a mi gusto. Un oasis de arte en el lúgubre desierto que es el sur de Londres.

El aspecto de la sala a la que nos invitó a pasar nos dejó atónitos a todos. Parecía tan fuera de lugar dentro de aquella casita modesta como un diamante perfecto que estuviera engastado en bronce. Las paredes estaban

cubiertas de cortinajes riquísimos y brillantes, recogidos aquí y allá para dejar al descubierto una pintura de hermoso marco o un jarrón oriental. La alfombra era de color ámbar y negro, tan suave y espesa que el pie se hundía en ella de manera tan agradable como en un lecho de musgo. Estaban tendidas sobre ella dos grandes pieles de tigre, que aumentaban la sensación de lujo oriental, lo mismo que un enorme narguile[4] que estaba en un rincón sobre una estera. En el centro de la sala había una lámpara en forma de paloma de plata, colgada de un alambre dorado casi invisible. Al arder, llenaba el aire de un olor sutil y aromático.

—Señor Thaddeus Sholto —dijo el hombrecillo, sin dejar de agitarse ni de sonreír—. Así me llamo. Usted es la señorita Morstan, claro está. Y estos caballeros...

—El señor Sherlock Holmes y el doctor Watson.

—Médico, ¿eh? —exclamó, muy excitado—. ¿Ha traído usted consigo su estetoscopio? ¿Podría pedirle a usted... si tuviera la bondad? Tengo serias dudas sobre el estado de mi válvula mitral... Si me hiciera usted el favor... Puedo confiar en la aórtica, pero le agradecería que me diera su opinión sobre la mitral.

Le ausculté el corazón tal como me pedía, pero no encontré síntoma adverso alguno, aparte de que el hombre estaba sumido en un arrebato de terror, pues temblaba de la cabeza a los pies.

—Parece que está normal —le informé—. No tiene usted nada que temer.

—Disculpará usted mi inquietud, señorita Morstan —observó, más animado—. Soy un enfermo, y hace mucho tiempo que desconfiaba del estado de esa válvula. Me alegro mucho de enterarme de que mi desconfianza era infundada. Si el padre de usted, señorita Morstan, no se hubiera forzado tanto el corazón, quizá viviera aún.

Estuve tentado de dar una bofetada a aquel hombre, tanto me acaloró la falta de sensibilidad y la ligereza con que había aludido a un asunto tan delicado. La señorita Morstan se sentó y palideció hasta los labios.

—Ya me decía el corazón que había muerto —dijo.

---

4   Pipa de agua. (N. del T.)

—Puedo darle a usted todos los detalles —repuso el hombre—; y, lo que es más, le puedo hacer justicia. Además, quiero hacérsela, diga lo que diga mi hermano Bartholomew. Me satisface mucho que hayan venido sus amigos, no sólo para escoltarla a usted, sino también para que sirvan de testigos de lo que me dispongo a hacer y decir. Podremos plantarle cara a mi hermano Bartholomew entre los tres. Pero no deberá intervenir nadie de fuera, ni policías ni funcionarios. Podremos arreglarlo todo entre nosotros de manera satisfactoria sin intromisiones. Nada molestaría más a mi hermano Bartholomew que la publicidad.

Se sentó en un diván bajo y nos dirigió una mirada interrogadora con sus ojos azules, débiles y llorosos.

—Por mi parte, lo que diga usted, sea lo que sea, no saldrá de aquí —declaró Holmes.

Asentí para indicar que estaba conforme.

—¡Está bien! ¡Está bien! —dijo—. ¿Puedo ofrecerle una copa de chianti, señorita Morstan? ¿O tal vez de tokay? No tengo otros vinos. ¿Abro una botella? ¿No? Bien, espero entonces que no le moleste a usted el humo del tabaco, el aroma suave y balsámico del tabaco oriental. Soy un poco nervioso, y mi narguile es un sedante precioso para mí.

Aplicó una vela a la gran cazoleta, y el humo burbujeó con alegría por el agua de rosas. Los tres nos quedamos sentados en semicírculo, con las cabezas adelantadas, mientras aquel sujeto extraño, inquieto, de cabeza alta y reluciente, fumaba en el centro, incómodo.

—Cuando tomé la determinación de comunicarle a usted todo esto —comenzó—, pensé darle mi dirección, pero me temí que pudiera usted desatender mi solicitud y traerse a gente desagradable. Por eso me he tomado la libertad de acordar una cita de tal modo que mi sirviente, Williams, pudiera verlos primero. Tengo plena confianza en su buen juicio, y le di orden de no seguir adelante si no quedaba satisfecho. Dispensarán ustedes estas precauciones, pero soy hombre algo apartado del mundo, e incluso podría decir que de gustos refinados, y no hay cosa menos estética que un policía. Tengo una aversión natural al rudo materialismo en todas sus formas. Rara vez entro en contacto con la ruda multitud. Como verán, vivo rodeado de cierto ambiente de elegancia. Puedo llamarme mecenas de las artes. Es mi debilidad. Ese paisaje es un Corot auténtico. Si bien un experto podría dudar quizá de ese Salvator Rosa, el Bouguereau no deja lugar a dudas. Soy aficionado a la escuela francesa moderna.

—Perdone usted, señor Sholto —lo interrumpió la señorita Morstan—, pero he venido aquí a petición suya para oír algo que quiere decirme usted. Es muy tarde, y quisiera que la entrevista fuese lo más breve posible.

—Tendrá que alargarse algún tiempo, en el mejor de los casos —respondió él—, pues será preciso que vayamos a Norwood a ver a mi hermano Bartholomew, ciertamente. Debemos ir todos, a ver si convencemos a mi hermano Bartholomew. Está muy enfadado conmigo porque he hecho lo que me parecía correcto. Tuve palabras mayores con él anoche. No se imaginan ustedes lo terrible que es cuando se enfada.

—Si tenemos que ir a Norwood, quizá sea conveniente que nos pongamos en camino enseguida —me atreví a observar.

Se rio hasta que las orejas se le pusieron rojas del todo.

—Eso no puede ser —exclamó—. No sé qué diría si me presentara allí con ustedes tan de repente. No: debo prepararlos a ustedes exponiéndoles antes nuestra situación respectiva. En primer lugar, debo decirles que existen varios puntos de la historia que yo mismo ignoro. No puedo hacer más que exponerles los hechos tal como los conozco yo mismo.

»Mi padre, como ya se habrán podido figurar, fue el comandante John Sholto, del ejército de la India. Se retiró hace unos once años y se vino a vivir a la casa llamada Pondicherry Lodge, en Upper Norwood. Había prosperado en la India, y se trajo una cantidad considerable de dinero, una colección de curiosidades valiosas y varios criados nativos. Con todos estos posibles se compró una casa y vivió con grandes lujos. No tenía más hijos que mi hermano gemelo Bartholomew y yo.

»Recuerdo muy bien la sensación que causó la desaparición del capitán Morstan. Leímos los detalles en los periódicos y, sabedores de que había sido amigo de nuestro padre, comentábamos abiertamente el caso en su presencia. Él solía intervenir en nuestros debates sobre lo que podría haberle sucedido. No sospechamos ni por un instante que guardaba todo el secreto en el pecho, que él era el único hombre que conocía la suerte que había corrido Arthur Morstan.

»Pero sí sabíamos que sobre nuestro padre se cernía algún misterio, un franco peligro. Tenía mucho miedo a salir solo, y siempre tenía contratados a dos boxeadores para que hicieran de porteros de Pondicherry Lodge. Williams, que los ha traído esta noche, era uno de ellos. Fue en sus tiempos campeón de Inglaterra de los pesos ligeros. Nuestro padre no nos dijo nunca qué era lo que temía, pero tuvo siempre una aversión aguda a los hombres con pata de palo. En cierta ocasión llegó a disparar con su revólver a un hombre con pata de palo que resultó ser un comerciante inofensivo que venía a preguntar si le queríamos hacer algún pedido. Tuvimos que pagarle una suma exorbitante para zanjar el asunto. Mi hermano y yo lo considerábamos una simple manía de mi padre, pero los hechos posteriores nos han hecho cambiar de opinión.

»A principios del año 1882, mi padre recibió una carta de la India que le produjo una gran impresión. Cuando la abrió, sentado a la mesa del desayuno, estuvo a punto de desmayarse, y a partir de ese día empezó a enfermar hasta morir. No pudimos enterarnos nunca de qué decía la carta, pero cuando la tenía en la mano vi que era corta y estaba escrita con mala letra. Mi padre sufría desde hacía años una dilatación del bazo, pero empeoró rápidamente desde ese momento, y a finales de abril nos dijeron que no tenía salvación y que quería comunicarnos algo.

»Cuando entramos en su habitación, estaba apoyado en un montón de almohadas y respiraba con dificultad. Nos pidió que cerrásemos la puerta con llave y que nos acercásemos a la cama, cada uno a un lado. Después, tomándonos de las manos, nos hizo una declaración notable, con voz quebrada tanto por la emoción como por el dolor. Intentaré repetírsela a ustedes con sus propias palabras.

»—En este instante supremo, sólo tengo una carga en la conciencia —dijo—. Se trata del modo en que he tratado a la pobre huérfana de Morstan. La avaricia maldita que ha sido mi mayor pecado durante toda mi vida la ha desposeído del tesoro, del que al menos la mitad debía haber sido suya. Sin embargo, yo mismo no lo he aprovechado: tan ciega y necia es la pasión de la avaricia. He valorado tanto el placer mismo de la posesión, que no estaba dispuesto a compartirlo con nadie. Mirad esa tiara de perlas que está junto al frasco de quinina. Ni siquiera he sido capaz de desprenderme de ella, aunque la había sacado con la intención de enviársela. Vosotros, hijos míos, le daréis una parte justa del tesoro de Agra. Pero no le enviéis nada... no, ni siquiera la tiara... hasta que yo falte. Al fin y al cabo, otros se han recuperado después de estar tan graves como yo.

»—Os contaré ahora cómo murió Morstan —prosiguió —. Estaba enfermo del corazón desde hacía años, aunque se lo ocultaba a todo el mundo. Sólo lo sabía yo. Cuando estuvimos juntos en la India, y debido a una serie extraordinaria de circunstancias, había llegado a nuestras manos un tesoro considerable. Yo lo traje a Inglaterra, y en cuanto llegó Morstan al país, vino a esta casa a reclamar su parte. Vino caminando desde la estación, la misma noche de su llegada a Inglaterra, y le abrió la puerta mi fiel Lal Chowdar, que ya ha muerto. Morstan y yo teníamos opiniones enfrentadas sobre el reparto del tesoro, y nos cruzamos palabras subidas de tono. Morstan había saltado de su silla en un arrebato de ira cuando, de pronto, se llevó la mano al costado, la cara se le puso cenicienta y cayó de espaldas, haciéndose un corte en la cabeza con el ángulo del cofre del tesoro. Cuando me incliné sobre él, descubrí, horrorizado, que había muerto.

»—Pasé un buen rato casi fuera de mis cabales, preguntándome qué haría. Mi primera intención fue pedir ayuda, por supuesto, pero no pude por menos que advertir que muy probablemente me acusaran de haberlo asesinado. Su muerte durante una disputa y el corte que tenía en la cabeza serían pruebas de cargo en mi contra. Y tampoco era posible que en una investigación oficial dejaran de salir a relucir ciertos hechos sobre el tesoro que yo tenía especial interés por mantener ocultos. Morstan me había dicho que no le había comentado a persona alguna adónde había ido aquella noche. Parecía innecesario que persona alguna se enterara jamás.

»—Mientras yo seguía reflexionando sobre ese particular, vi al levantar la vista a mi criado, Lal Chowdar, en la puerta. Entró sigilosamente y cerró la puerta con llave. "No temas, *sahib* —dijo—. Nadie ha de enterarse de que lo has matado. Lo esconderemos, y ¿quién ha de saber nada?" "No lo he matado", repuso. Lal Chowdar sacudió la cabeza y sonrió. "Lo he oído todo, *sahib* —prosiguió—. Os oí reñir, y oí el golpe. Pero seré mudo. En la casa todos duermen. Nos lo llevaremos entre los dos." Con esto me bastó para decidirme. Si mi propio criado no era capaz de creer en mi inocencia, ¿cómo podía esperar demostrarla ante un jurado de doce tenderos necios? Nos deshicimos del cuerpo aquella noche entre Lal Chowdar y yo, y al cabo de pocos días los periódicos de Londres no hablaban más que de la desaparición misteriosa del capitán Morstan. Veréis, por lo que os cuento, cuán poca parte tuve en el asunto. Mi culpa estribó en que no sólo ocultamos el cadáver, sino también el tesoro, y me quedé con la parte de Morstan, además de la mía. Por ello, quiero que hagáis la debida restitución. Acercad los oídos a mi boca. El tesoro está escondido en...

»En ese instante, su expresión sufrió un cambio horrible. Se le desencajaron los ojos, abrió mucho la boca y gritó con una voz que no olvidaré jamás: "¡No lo dejéis entrar! ¡En nombre de Cristo, no lo dejéis entrar!". Los dos volvimos la vista hacia la ventana que estaba a nuestra espalda, donde tenía clavada la mirada nuestro padre. Había en la oscuridad una cara que nos miraba. Vimos cómo le blanqueaba la nariz donde la tenía apoyada en el vidrio. Era una cara barbada, velluda, de ojos crueles y salvajes y gesto de maldad reconcentrada. Mi hermano y yo corrimos hacia la ventana, pero el hombre había desaparecido. Cuando volvimos al lado de mi padre, había inclinado la cabeza y ya no le latía el corazón.

»Registramos el jardín aquella noche sin encontrar ni rastro del intruso, a excepción de una única huella de un pie que se veía en el arriate. De no haber sido por ese único indicio, podríamos haber creído que aquella cara feroz y salvaje había sido fruto de nuestra imaginación. Sin embargo, no tardamos en encontrar una nueva prueba, más notable, de que estábamos rodeados de manos desconocidas. A la mañana siguiente se encontró abierta la ventana del cuarto de mi padre. Habían registrado sus armarios y sus cajas, y le habían dejado clavado en el pecho un papel que tenía escritas con mala letra las palabras "El signo de los cuatro". No averiguamos nunca qué significaban estas palabras ni quién podía haber sido nuestro visitante secreto. No se había robado ningún objeto de mi padre, que nosotros supiésemos, aunque lo habían revuelto todo. Como es natural, mi hermano y yo relacionamos este incidente tan extraño con el temor que había acosado a mi padre durante su vida. Sin embargo, sigue siendo un misterio absoluto para nosotros.

El hombrecito hizo una pausa para volver a encender su narguile y fumó durante unos instantes, sumido en sus pensamientos. Los demás habíamos escuchado absortos su narración extraordinaria. La señorita Morstan había adquirido una palidez mortal al oír la breve relación de la muerte de su padre, y temí por un momento que estuviera a punto de desmayarse; pero se recuperó al beber un vaso de agua que le serví discretamente de una jarra de vidrio veneciano que estaba en una mesa auxiliar. Sherlock Holmes estaba recostado en su butaca con expresión abstraída y los ojos relucientes entrecerrados. Al mirarlo, no pude por menos que recordar que aquel mismo día se había quejado amargamente de la vulgaridad de la vida. Allí tenía, por fin, un problema que pondría a prueba su sagacidad al máximo. El señor Thaddeus Sholto nos miró sucesivamente a los tres, sin duda orgulloso del efecto que había producido su relato, y prosiguió entre bocanada y bocanada de su pipa descomunal.

—Como bien pueden imaginarse, a mi hermano y a mí nos emocionó mucho lo que nos había dicho mi padre de aquel tesoro. Pasamos semanas y meses cavando y revolviendo el jardín sin descubrir su paradero. Resultaba enloquecedor pensar que había muerto en el momento mismo en que tenía en los labios el escondrijo. Nos hacíamos una idea de cómo sería el resto de las joyas por la tiara que había extraído mi padre del tesoro. Esta tiara fue motivo de algunas discusiones entre mi hermano Bartholomew y yo. Ni que decir tiene que las perlas eran de gran valor, y él no era partidario de desprenderse de ellas; pues, dicho sea entre nosotros, mi hermano también tendía un poco al defecto de mi padre. También pensaba que si nos desprendíamos de la tiara, podíamos dar pie a habladurías que acabaran por acarrearnos problemas. A duras penas pude convencerlo de que me permitiera averiguar la dirección de la señorita Morstan y enviarle una perla suelta a intervalos fijos, para que al menos no se sintiera nunca desvalida.

—Fue una idea muy amable —dijo nuestra compañera con pasión—. Fue un gesto de gran bondad por su parte.

El hombrecito agitó la mano como si quisiera restarle importancia a aquello.

—Éramos sus fideicomisarios. Así veía yo la cuestión, aunque mi hermano Bartholomew no acababa de verlo de esa manera. Ya teníamos bastante dinero por nuestra cuenta. Yo no deseaba más. Además, habría sido de muy mal gusto tratar con tanta ruindad a una señorita. *Le mauvais goût mène au crime.*[5] Los franceses saben expresar bien estas cosas. Nuestras discrepancias sobre este asunto llegaron hasta tal punto que me pareció más conveniente irme a vivir por mi cuenta, de modo que me marché de Pondicherry Lodge, y me llevé al viejo *khitmutgar* y a Williams. Pero ayer me enteré de que se había producido un hecho de importancia extraordinaria. Se ha descubierto el tesoro. Me puse en contacto de inmediato con la señorita Morstan, y ahora sólo nos falta ir a Norwood en el coche y exigir nuestra parte. Anoche le expuse mi punto de vista a mi hermano Bartholomew, de manera que esperará nuestra visita, aunque no le agrade.

El señor Thaddeus Sholto se quedó callado, sentado en su lujoso diván, todavía con su movimiento constante. Todos guardamos silencio, pensando en el nuevo giro que había dado aquel asunto misterioso. Holmes fue el primero en levantarse de un salto.

—Ha obrado usted bien, señor, de principio a fin —dijo—. Quizá podamos pagárselo hasta cierto punto aclarándole un poco los puntos sobre los que todavía alberga dudas. Pero, como ya observó la señorita Morstan, es tarde, y más vale que resolvamos la cuestión sin retrasos.

Nuestro nuevo conocido enrolló con mucho cuidado el tubo de su narguile y sacó de detrás de una cortina un abrigo cruzado muy largo con cuello y puños de astracán. Se lo abotonó hasta arriba, a pesar de que hacía una noche muy templada, y terminó de ataviarse poniéndose una gorra de piel de conejo con orejeras colgantes que no le dejaban visible más que la cara, gesticulante y pálida.

---

5   «El mal gusto conduce al crimen.» (N. del T.)

—Estoy algo delicado de salud —observó cuando pasaba ante nosotros por el pasillo—. Me veo obligado a hacer vida de enfermo.

El coche nos esperaba fuera. Era evidente que ya se había acordado nuestro recorrido de antemano, pues el cochero se puso en marcha una vez más a buena velocidad. Thaddeus Sholto hablaba sin cesar, con una voz aguda que se dejaba oír sobre el traqueteo de las ruedas.

—Bartholomew es hombre listo —dijo—. ¿No se figuran cómo descubrió el tesoro? Había llegado a la conclusión de que estaba dentro de la casa; de modo que calculó todo el volumen del edificio y tomó medidas por todas partes, hasta no dejar ni una sola pulgada sin cubrir. Descubrió, entre otras cosas, que el edificio tenía setenta y cuatro pies de altura, pero al añadir las alturas de los pisos, teniendo en cuenta las distancias verticales entre éstos, que determinó por medio de perforaciones, sólo hallaba un total de setenta pies. Faltaban cuatro pies. Sólo podían estar en la parte superior del edificio. Hizo una cala, por tanto, en el techo del piso superior, y encontró allí arriba, en efecto, otra pequeña buhardilla que se había condenado y cuya existencia no conocía nadie. En su centro, sobre dos vigas, estaba el cofre del tesoro. Lo bajó por el agujero, y allí está. Calcula que las joyas no valen menos de medio millón de libras esterlinas.

Todos nos miramos con ojos de asombro al oír esta cifra tan inmensa. Si conseguíamos defender con éxito los derechos de la señorita Morstan, ésta dejaría de ser una modesta institutriz para convertirse en la heredera más rica de Inglaterra. Sin duda, yo tenía el deber, como amigo leal, de regocijarme por la noticia; pero confieso con vergüenza que el egoísmo se apoderó de mi alma, y el corazón me pesó en el pecho como si fuera de plomo. Balbucí unas palabras vacilantes de felicitación y me quedé sentado, abatido, con la cabeza gacha, sin prestar oídos a la verborrea de nuestro nuevo conocido. Saltaba a la vista que era un hipocondríaco rematado, y yo era vagamente consciente de que me soltaba listas interminables de síntomas y me rogaba que lo informase de la composición y efectos de innumerables remedios de curanderos, algunos de los cuales llevaba en un estuche de cuero en el bolsillo. Confío que no recuerde ninguna de las respuestas que le di aquella noche. Holmes asegura que me oyó advertirle de lo peligroso que era tomar

más de dos gotas de aceite de ricino, mientras que le recomendé la estricnina a grandes dosis como sedante. Sea como fuere, no cabe duda de que me sentí aliviado cuando nuestro coche se detuvo con una sacudida y el cochero bajó a abrir la portezuela.

—Señorita Morstan, esta casa es Pondicherry Lodge —declaró el señor Thaddeus Sholto mientras le ofrecía la mano para ayudarla a bajar.

V

LA TRAGEDIA DE PONDICHERRY LODGE

Eran casi las once cuando llegamos a la última etapa de nuestras aventuras de aquella noche. Habíamos dejado atrás la niebla húmeda de la gran ciudad. Hacía una noche estupenda. Soplaba un viento templado desde el oeste, y por el cielo se desplazaban perezosas las nubes espesas, entre cuyos resquicios asomaba de vez en cuando la luna en cuarto creciente. La noche era lo suficientemente clara como para ver hasta cierta distancia, pero Thaddeus Sholto desmontó uno de los faroles del coche para que viésemos mejor el camino.

La casa de Pondicherry Lodge tenía finca propia, cercada por un muro de piedra muy alto rematado con vidrios rotos. La única vía de entrada era un portón estrecho con refuerzos de hierro. Nuestro guía llamó dando en el portón unos golpecitos peculiares, a la manera de los carteros.

—¿Quién va? —exclamó una voz hosca desde el interior.

—Soy yo, McMurdo. Ya debería conocer usted mi manera de llamar a estas alturas.

Se oyó un gruñido, y luego un ruido metálico y giro de llaves. La puerta se abrió pesadamente hacia dentro y apareció en el hueco un hombre de poca estatura, ancho de pecho, a quien la luz del farol le iluminaba el rostro que adelantaba hacia nosotros y los ojos brillantes y desconfiados.

—¿Es usted, señor Thaddeus? Pero ¿quiénes son los demás? El amo no me ha dado instrucciones sobre ellos.

—¿No, McMurdo? ¡Me sorprende usted! Ya le dije a mi hermano anoche que pensaba traer a unos amigos.

—No ha salido de su cuarto en todo el día, señor Thaddeus, y no tengo órdenes. Sabe usted muy bien que tengo que cumplir el reglamento. Puedo dejarlo pasar a usted, pero sus amigos tendrán que quedarse donde están.

Era un obstáculo inesperado. Thaddeus Sholto miró de un lado a otro con gesto de perplejidad e impotencia.

—¡Hace usted muy mal, McMurdo! —se lamentó—. Yo respondo de ellos, y eso debería bastarle. Y la señorita no se puede quedar en la vía pública a estas horas.

—Lo siento mucho, señor Thaddeus —replicó el portero, inflexible—. Esas personas pueden ser amigos suyos y no serlo del amo. El amo me paga bien para que cumpla mi deber, y yo lo cumplo. No conozco a sus amigos.

—Pero sí que los conoce, McMurdo —exclamó Sherlock Holmes con afabilidad—. No creo que se haya olvidado usted de mí. ¿No se acuerda del aficionado que luchó tres asaltos con usted en la sala de Alison hace cuatro años, la noche de su homenaje?

—¡No será el señor Sherlock Holmes! —rugió el boxeador—. ¡Por Dios! ¿Cómo no me habré dado cuenta? Si en vez de quedarse allí tan calladito se hubiera adelantado y me hubiera tirado ese gancho suyo a la mandíbula, lo habría conocido sin dudarlo. ¡Ay, usted sí que ha echado a perder sus dotes! ¡Si hubiera seguido con la afición, podía haber llegado lejos!

—Ya ve usted, Watson: si me falla todo lo demás, todavía tengo abierta ante mí una de las profesiones científicas —dijo Holmes, riéndose—. Estoy seguro de que nuestro amigo ya no nos hará esperar aquí fuera, pasando frío.

—Pase usted, señor, pasen usted y sus amigos —respondió—. Lo siento mucho, señor Thaddeus, pero las órdenes son muy estrictas. No podía dejar pasar a sus amigos sin saber quiénes eran.

Dentro, un camino de gravilla recorría los terrenos desolados hasta llegar a una casa enorme y maciza, severa y vulgar, sumida en las tinieblas por entero, salvo una esquina iluminada por un rayo de luna que relucía en la ventana de una buhardilla. Las grandes dimensiones del edificio, su

oscuridad y su silencio de muerte helaban el corazón. El propio Thaddeus Sholto parecía incómodo, y el farol le temblaba y le bailaba en la mano.

—No lo entiendo —dijo—. Debe de haber algún error. Le dije claramente a Bartholomew que vendría. Sin embargo, en su ventana no hay luz. No sé cómo interpretarlo.

—¿Tiene siempre la casa guardada de esta manera? —preguntó Holmes.

—Sí. Ha seguido la costumbre de mi padre. Era el hijo predilecto, ¿saben?, y a veces creo que mi padre pudo contarle más cosas que a mí. Ésa es la ventana de Bartholomew, la de ahí arriba, donde da la luna. Aunque brilla bastante, creo que dentro no hay luz.

—No. Aunque sí que se ve una luz en esa ventana pequeña, junto a la puerta.

—Ah, ése es el cuarto del ama de llaves, la anciana señora Bernstone. Ella nos lo contará todo. Pero espérense ustedes aquí un minuto o dos, si no les importa, pues podría sobresaltarse si entramos todos juntos sin haber sido anunciados. Pero ¡callen! ¿Qué es eso?

Levantó el farol, y le tembló la mano de tal modo que los haces circulares de luz saltaban y daban vueltas a nuestro alrededor. La señorita Morstan me agarró de la muñeca y todos nos quedamos inmóviles, con los corazones palpitantes, escuchando con atención. Llegaba de la gran casa oscura el más triste y lastimoso de los sonidos: los gemidos agudos y entrecortados de una mujer asustada.

—Es la señora Bernstone —dijo Sholto—. No hay otra mujer en la casa. Aguarden aquí. Volveré dentro de un momento.

Corrió a la puerta y llamó con sus golpecitos especiales. Vimos que una mujer alta de edad avanzada le abría la puerta y se estremecía de alegría sólo de verlo.

—¡Ay, señor Thaddeus, señor, cómo me alegro de que haya venido usted!

Seguimos oyendo una y otra vez sus expresiones de contento hasta que se cerró la puerta y de su voz no nos llegó más que un rumor amortiguado y monótono.

Nuestro guía nos había dejado el farol. Holmes hizo girar su luz poco a poco y observó con atención la casa y los grandes montones de tierra que

ocupaban el jardín por todas partes. La señorita Morstan y yo estábamos juntos, y su mano en la mía. El amor es una cosa maravillosamente sutil, pues allí estábamos dos personas que no nos habíamos visto jamás hasta ese día, sin habernos intercambiado una sola palabra de afecto, ni siquiera una sola mirada, pero entonces, en un momento de aflicción, nuestras manos se habían buscado de manera instintiva. Lo he recordado después con asombro, pero en aquel instante me pareció lo más natural acercarme a ella de ese modo, y ella también, según me ha contado muchas veces, tuvo el instinto de buscar en mí consuelo y protección. Así nos quedamos, con las manos entrelazadas como dos niños, y, a pesar de todas las cosas oscuras que nos rodeaban, había paz en nuestros corazones.

—¡Qué lugar tan extraño! —dijo, mirando a nuestro alrededor.

—Parece como si hubieran soltado aquí a todos los topos de Inglaterra. He visto algo parecido en la ladera de una colina cerca de Ballarat, donde habían estado trabajando los buscadores de oro.

—Y por el mismo motivo —dijo Holmes—. Éstas son las huellas de los buscadores del tesoro. No olviden que se pasaron seis años buscándolo. No es de extrañar que el jardín parezca una gravera.

En aquel momento se abrió de golpe la puerta de la casa, y Thaddeus Sholto salió corriendo con las manos extendidas hacia delante y el terror dibujado en sus ojos.

—¡A Bartholomew le pasa algo! —gritó—. ¡Tengo miedo! Mis nervios no lo soportan.

Estaba casi lloriqueando de miedo, en efecto, y su cara, débil y gesticulante que asomaba del grueso cuello de astracán, tenía la expresión desvalida y suplicante de un niño aterrorizado.

—Entremos en la casa —dispuso Holmes, con su voz firme y tajante.

—¡Sí, hagan el favor! —imploró Thaddeus Sholto—. La verdad es que no me siento en condiciones de organizar las cosas.

Lo seguimos todos hasta el cuarto de estar del ama de llaves, que estaba a mano izquierda del pasillo. La anciana se paseaba de un lado a otro con cara de temor y agitando nerviosamente los dedos; pero, al parecer, la tranquilizó ver a la señorita Morstan.

—¡Que Dios la bendiga, con esa cara tan linda y tranquila! —exclamó con un sollozo histérico—. Qué bien me produce verla a usted. ¡Ay, pero qué trago he tenido que pasar en este día!

Nuestra acompañante le dio unas palmaditas en la mano delgada, gastada por el trabajo, y le murmuró unas palabras bondadosas de consuelo, de mujer a mujer, que devolvieron el color a las mejillas pálidas de la otra.

—El amo se ha encerrado y no me responde —explicó—. He pasado todo el día esperando oírlo, pues suele gustarle quedarse solo; pero hace una hora empecé a temer que pasara algo malo y subí y miré por el ojo de la cerradura. Debe subir usted, señor Thaddeus... Debe subir y mirar usted mismo. Llevo viendo al señor Bartholomew Sholto diez años largos, en los momentos buenos y en los malos, pero no lo había visto nunca con una cara así.

Sherlock Holmes tomó la lámpara y avanzó en cabeza del grupo, pues a Thaddeus Sholto le castañeteaban los dientes. Estaba tan conmocionado que tuve que sujetarlo pasándole la mano bajo el brazo cuando subíamos las escaleras, pues le fallaban las rodillas. Mientras subíamos, Holmes se sacó la lupa del bolsillo en dos ocasiones y examinó con cuidado unas señales que me parecían simples motas de polvo en la estera de coco con la que estaba recubierta la escalera. Subía despacio de escalón en escalón, sujetando la lámpara y dirigiendo miradas penetrantes a derecha e izquierda. La señorita Morstan se había quedado atrás con el ama de llaves asustada.

El tercer tramo de escaleras terminaba en un pasillo recto de cierta longitud, con un gran tapiz hindú en la pared de la derecha y tres puertas a la izquierda. Holmes avanzó por el pasillo de la misma manera lenta y metódica mientras nosotros le seguíamos los pasos de cerca, arrojando largas sombras negras que retrocedían por el pasillo. La tercera puerta era la que buscábamos. Holmes llamó sin recibir respuesta e intentó después girar el picaporte y abrir a la fuerza. Pero estaba cerrada por dentro, y con un cerrojo grueso y sólido, como pudimos ver a la luz de la lámpara. Sin embargo, al estar girada la llave, el agujero no estaba bloqueado del todo. Sherlock Holmes se agachó a mirar y se levantó de nuevo al instante respirando hondo.

—Aquí hay algo diabólico, Watson —dijo. Nunca lo había visto tan emocionado como entonces—. ¿Y usted qué opina?

Me incliné a mirar por el agujero, y retrocedí lleno de horror. Entraba la luz de la luna en la habitación, que estaba iluminada con un resplandor difuso y movedizo. Una cara me miraba fijamente, suspendida en el aire al parecer, pues por debajo no había más que sombras: era la cara misma de nuestro compañero Thaddeus. Tenía el mismo cráneo alto y reluciente, el mismo cerco de pelillos rojos, la misma tez pálida. Sus rasgos, sin embargo, estaban paralizados en una expresión horrible, una sonrisa fija y antinatural que, en aquella habitación silenciosa, a la luz de la luna, resultaba más enervante que cualquier mueca o contorsión de ira. Aquella cara se parecía tanto a la de nuestro pequeño amigo que volví la vista para mirarlo y asegurarme de que seguía, en efecto, con nosotros. Después recordé que nos había dicho que su hermano y él eran gemelos.

—¡Esto es terrible! —le dije a Holmes—. ¿Qué haremos?

—Hay que tirar la puerta —respondió. Abalanzándose contra ella, cargó todo el peso de su cuerpo sobre la cerradura. Ésta crujió y gimió, pero no cedió. Nos arrojamos una vez más sobre la puerta los dos juntos, y esta vez cedió con un chasquido brusco y nos encontramos dentro del gabinete de Bartholomew Sholto.

Al parecer, había servido de laboratorio químico. En la pared opuesta a la puerta había una doble hilera de frascos con tapones de cristal, y la mesa estaba llena de mecheros Bunsen, tubos de ensayo y retortas. En los rincones había damajuanas de ácido revestidas de mimbre. Al parecer, una tenía una fuga o se había roto, pues de ella había brotado un charco de líquido de color oscuro, y el aire estaba cargado de un olor acre peculiar, como de alquitrán. A un lado de la habitación había una escalera de mano, entre escombros de yeso y escayola. En el techo se había practicado un orificio lo bastante grande como para que pasara un hombre. Al pie de la escalera vieron una soga larga, enroscada y dejada allí como al descuido.

Junto a la mesa, en un sillón de madera, se sentaba el señor de la casa, desmadejado, con la cabeza caída sobre el hombro izquierdo y esa sonrisa espantosa e inescrutable en el rostro. Estaba rígido y frío. Saltaba a la vista que llevaba muchas horas muerto. Me pareció que no sólo tenía la cara sino

también todos los miembros retorcidos y contorsionados de la manera más extravagante. En la mesa, junto a su mano, había un instrumento peculiar: un mango de madera marrón, densa, con una cabeza de piedra como de un mazo, sujeta toscamente con un cordel basto. Al lado se hallaba un papel arrancado de un bloc de notas donde había garrapateadas unas palabras. Holmes le echó una ojeada y me lo entregó.

—Vea usted —dijo, levantando las cejas de manera significativa.

A la luz de la linterna leí algo, con un estremecimiento de horror: «El signo de los cuatro».

—¿Qué significa todo esto, en nombre de Dios? —pregunté.

—Significa un asesinato —respondió, inclinándose sobre el muerto—. Ah, lo esperaba. ¡Mire esto!

Señaló algo que parecía una espina larga y oscura, que estaba clavada en la piel justo por encima de la oreja.

—Parece una espina —dije.

—Es una espina. Puede quitársela. Pero tenga cuidado, pues está envenenada.

La tomé con el índice y el pulgar. Se desprendió de la piel con tanta facilidad que apenas quedó marca alguna. Una gotita minúscula de sangre señalaba el lugar del pinchazo.

—Todo esto me parece un misterio insondable —medité—. Cada vez se oscurece más, en vez de aclararse.

—Muy al contrario: se aclara por momentos —respondió él—. Sólo me faltan algunos cabos sueltos para explicar el caso en su totalidad.

Desde que entramos en el gabinete nos habíamos olvidado casi por completo de la presencia de nuestro compañero. Seguía de pie en la puerta, la imagen viva del terror, retorciéndose las manos y gimiendo para sus adentros. Pero soltó de pronto un grito agudo y lloroso.

—¡El tesoro ha desaparecido! ¡Le han robado el tesoro! Ése es el agujero por donde lo bajamos. ¡Yo lo ayudé a hacerlo! ¡Fui la última persona que lo vio! Lo dejé aquí anoche y le oí cerrar la puerta con llave mientras yo bajaba las escaleras.

—¿A qué hora fue eso?

—A las diez. Y ahora ha muerto, y tendrá que venir la policía, y seré sospechoso de haber tenido parte en ello. Ay, sí, estoy seguro de que sí. Pero ¿no lo creerán ustedes, caballeros? ¿No creerán ustedes que he sido yo? ¿Acaso los habría hecho venir aquí de haber sido yo? ¡Ay de mí! ¡Ay de mí! ¡Estoy seguro de que voy a volverme loco!

Se puso a agitar los brazos y a dar pisotones, dominado por una especie de convulsiones frenéticas.

—No tiene usted nada que temer, señor Sholto —dijo Holmes con amabilidad, y le puso la mano en el hombro—. Acepte usted mi consejo y vaya en el coche a la comisaría a dar parte del caso a la policía. Ofrézcase a ayudarlos en todo lo necesario. Nosotros nos esperaremos aquí hasta su regreso.

El hombrecito obedeció, algo aturdido, y lo oímos bajar las escaleras a oscuras, dando tropezones.

VI

SHERLOCK HOLMES HACE UNA DEMOSTRACIÓN

—Ahora, Watson —dijo Holmes, frotándose las manos—, tenemos media hora a solas por delante. Vamos a aprovecharla bien. Tal como le he dicho, casi tengo explicado el caso por completo, pero no debemos pecar de exceso de confianza. Con todo lo sencillo que parece, puede que haya detrás algo más profundo.

—¡Sencillo! —exclamé.

—Desde luego —respondió, con cierto aire de profesor de medicina que imparte una lección a sus alumnos—. Quédese usted sentado en ese rincón para que sus huellas no compliquen las cosas. Ahora, ¡a trabajar! En primer lugar, ¿por dónde entraron esos sujetos, y cómo se marcharon? La puerta no se abrió desde anoche. ¿Qué hay de la ventana?

Llevó la lámpara hasta la ventana, sin dejar de hacer observaciones entre dientes, aunque dirigidas a sí mismo más que a mí.

—La ventana tiene el pestillo echado por dentro. Su marco es sólido. No tiene bisagras. Abrámosla. No hay ningún canalón ni desagüe cerca. El tejado está demasiado lejos como para alcanzarlo. Sin embargo, un hombre ha subido por la ventana. Anoche llovió un poco. Y aquí hay una huella de barro circular, y otra aquí, en el suelo, y otra más aquí, junto a la mesa. ¡Mire usted esto, Watson! Se trata, verdaderamente, de una hermosa demostración.

Miré los círculos de barro bien marcados.

—Esto no es la huella de un pie —observé.

—Es una cosa infinitamente más valiosa para nosotros. Es la huella de una pata de palo. Vea aquí, en el alféizar, la huella del pie, de una bota pesada con talón ancho metálico, y a su lado claramente tenemos la huella de la pata de palo.

—Es el hombre de la pata de palo.

—Así es. Pero aquí ha estado alguien más, un cómplice muy hábil y eficiente. ¿Sería usted capaz de escalar esa pared, doctor?

Miré por la ventana abierta. La luna seguía brillando con fuerza sobre aquella esquina de la casa. Estábamos a más de sesenta pies del suelo, y por más que miré a un lado y otro no vi el menor apoyo, ni una simple rendija entre los ladrillos.

—Es absolutamente imposible —respondí.

—Lo es, sin ayuda. Pero imagínese usted que tiene un amigo que le descuelga desde aquí arriba esa buena soga recia que veo en el rincón, colgando un extremo de este gancho grande de la pared. Me parece que entonces, si fuera usted hombre ágil, podría subir, con su pata de palo y todo. Se marcharía del mismo modo, por supuesto, y su cómplice recogería la soga, la soltaría del gancho, cerraría la ventana, echaría el pestillo por dentro y saldría por donde había entrado en un principio. Podríamos observar, como detalle menor —prosiguió, palpando la soga—, que nuestro amigo de la pata de palo, aunque buen trepador, no era marinero profesional. No tenía callos en las manos, ni mucho menos. Veo con mi lupa más de una huella de sangre, sobre todo hacia el final de la soga, por lo que deduzco que se dejó deslizar con tanta velocidad que la soga le despellejó las manos.

—Todo esto está muy bien —repliqué—, pero el asunto parece ahora más incomprensible que nunca. ¿Qué hay de este cómplice misterioso? ¿Cómo entró en la habitación?

—¡Sí, el cómplice! —respondió Holmes, pensativo—. Este cómplice tiene rasgos de interés. Eleva el caso por encima de la vulgaridad. Me da la impresión de que este cómplice no tiene precedentes en los anales del crimen en este país, aunque se recuerdan casos semejantes en la India y, si no me falla la memoria, en Senegambia.

—¿Cómo entró aquí, entonces? —repetí—. La puerta está cerrada con llave. La ventana es inaccesible. ¿Fue por la chimenea?

—La reja es demasiado estrecha —respondió—. Ya me había planteado la posibilidad.

—¿Cómo, entonces? —insistí.

—Se resiste usted a aplicar mi principio —dijo, sacudiendo la cabeza—. ¿Cuántas veces le he dicho que, cuando se ha eliminado lo imposible, lo que queda, por improbable que parezca, debe ser la verdad? Sabemos que no entró por la puerta, ni por la ventana, ni por la chimenea. Sabemos también que no pudo estar escondido en la habitación, ya que no hay ningún escondrijo. ¿De dónde salió, pues?

—Entró por el agujero del techo —exclamé.

—Claro que sí. Así tuvo que ser. Si tiene usted la bondad de sostenerme la lámpara, ampliaremos ahora nuestras investigaciones a la cámara superior, la cámara secreta donde se encontró el tesoro.

Subió por la escalera de mano y, asiéndose de una viga con cada mano, se elevó a pulso hasta la buhardilla. Allí, tendido bocabajo, tomó la lámpara de mis manos y la sujetó mientras yo lo seguía.

La cámara en que nos encontrábamos medía unos diez pies por seis. El suelo estaba formado por las vigas, separadas por falsos techos de escayola, de modo que para moverse por allí había que pasar de viga en viga. El techo era apuntado, y saltaba a la vista que correspondía a la parte interior del tejado de la casa. No había muebles de ninguna clase, y el suelo estaba cubierto de una espesa capa de polvo acumulado a lo largo de los años.

—Aquí lo tiene, ¿ve usted? —indicó Sherlock Holmes, apoyando la mano en el techo inclinado—. Esto es una trampilla que da al tejado. Puedo levantarla empujándola, y aquí está el tejado propiamente dicho, de suave pendiente. Por tanto, el Número Uno entró por aquí. Veamos si encontramos algún otro rastro de su personalidad.

Acercó la lámpara al suelo, y al hacerlo vi en su rostro, por segunda vez aquella noche, un gesto de sorpresa y sobresalto. Por mi parte, cuando le seguí la mirada se me heló la piel. El suelo estaba cubierto de huellas

abundantes de un pie desnudo. Eran claras, bien definidas y perfectamente marcadas, pero de apenas la mitad del tamaño del pie de un hombre corriente.

—Holmes —susurré—, este acto atroz lo ha cometido un niño.

Recobró el dominio de sí mismo al cabo de un instante.

—Me había quedado atónito por un momento; pero la cosa es muy natural. Lo habría previsto de no haberme fallado la memoria. Aquí no hay nada más que descubrir. Bajemos.

—Entonces, ¿cuál es su teoría sobre estas huellas? —le pregunté con interés cuando bajamos de nuevo al piso inferior.

—Mi querido Watson, intente practicar un poco el análisis por sí mismo —replicó, con una pizca de impaciencia—. Ya conoce usted mis métodos. Aplíquelos. Será interesante comparar resultados.

—No se me ocurre nada que pueda explicar los hechos —respondí.

—Pronto le quedará claro —respondió con desenvoltura—. Aunque creo que aquí ya no queda nada de importancia, voy a echar una ojeada.

Sacó la lupa y una cinta métrica y recorrió la estancia aprisa de rodillas, midiendo, comparando y examinando, con la nariz larga y delgada a pocos centímetros del suelo de tarima, y los ojos vivos y relucientes, hundidos como los de un ave. Sus movimientos eran tan veloces, silenciosos y furtivos, tan semejantes a los de un sabueso que busca un rastro, que no pude por menos que pensar el criminal tan formidable que habría sido de haber aplicado su energía y sagacidad en contra de la ley en vez de dedicarlas a defenderla. No dejaba de murmurar para sí mientras buscaba, y soltó por fin una sonora exclamación triunfal.

—¡Hemos tenido verdadera suerte! A partir de ahora no encontraremos grandes dificultades. El Número Uno ha tenido la desventura de meter el pie en la creosota. En esta mancha de mal olor se aprecia el borde de su piececillo. La damajuana está agrietada, como ve usted, y se ha salido el contenido.

—¿Y todo eso qué implica?

—Vaya, pues que ya lo tenemos, ni más ni menos —respondió—. Conozco un perro capaz de seguir ese olor hasta el fin del mundo. Si una

jauría es realmente capaz de seguir a través de todo un condado el rastro de un arenque que se lleva arrastrado de un cordel, ¿hasta dónde seguirá un perro especializado un olor tan penetrante como éste? La respuesta nos dará el... Pero... ¡hola! Aquí llegan los representantes acreditados de la ley.

Se oían pisadas sonoras y ruido de voces fuertes en la planta baja, y la puerta principal se cerró de un sonoro portazo.

—Antes de que lleguen —dijo Holmes—, palpe usted a este desventurado aquí, en el brazo, y aquí, en la pierna. ¿Qué nota?

—Tiene los músculos duros como una tabla —respondí.

—En efecto. Se encuentran en un estado de contracción extrema que supera con mucho el *rigor mortis* habitual. ¿Qué le sugiere a usted este síntoma, sumado a la distorsión del rostro, a esta sonrisa hipocrática o *risus sardonicus*, como la llamaban los tratadistas antiguos?

—Una muerte causada por algún alcaloide vegetal poderoso —respondí—; por alguna sustancia semejante a la estricnina que produzca tetania.

—Eso fue lo que se me ocurrió en cuanto vi los músculos contraídos de la cara. Al entrar en la habitación, lo primero que busqué fue el medio por el que había entrado el veneno al cuerpo. Descubrí, como ha visto usted, una espina que había sido clavada con la mano o disparada con poca fuerza contra el cuero cabelludo. Observará usted que la parte herida es la que estaría dirigida hacia el agujero del techo si el hombre estuviera sentado en su sillón en una postura normal. Examine usted ahora la espina.

La tomé con precaución y la sujeté a la luz de la linterna. Era larga, aguda y negra, con aspecto brillante cerca de la punta, como si se le hubiera aplicado alguna sustancia viscosa que se hubiera secado allí. El lado no afilado había sido recortado y redondeado con un cuchillo.

—¿Es la espina de alguna planta inglesa? —preguntó él.

—No, desde luego que no.

—Usted debería ser capaz de extraer una conclusión oportuna a partir de todos estos datos. Pero aquí llegan los regulares; las fuerzas auxiliares pueden batirse en retirada.

Mientras decía esto, los pasos que se habían ido acercando resonaron con más fuerza en el pasillo e irrumpió pesadamente en la habitación un hombre muy grueso y fornido. Tenía la cara colorada, era recio y orondo, y sus ojillos relucientes atisbaban, penetrantes, entre los pliegues de carne gorda e hinchada. Le seguían los pasos un inspector de policía de uniforme y Thaddeus Sholto, que seguía temblando.

—¡Menudo asunto! —exclamó, con voz ronca y apagada—. ¡Bonito asunto! Pero ¿quién es toda esta gente? ¡Vaya, si parece que esta casa está más llena que una madriguera!

—Creo que se acordará usted de mí, señor Athelney Jones —dijo Holmes con voz tranquila.

—Vaya, ¡claro que sí! —respondió el otro, jadeante—. Si es el señor Sherlock Holmes, el teórico. ¿Que si me acuerdo de usted? No se me olvidará nunca la leccioncita que nos soltó sobre las causas y las deducciones y los efectos, cuando el caso de las joyas de Bishopsgate; pero tendrá que reconocer usted ahora que fue más cuestión de buena suerte que de llevar bien el caso.

—Fue un razonamiento muy sencillo.

—¡Ay, vamos, vamos! No se avergüence usted de reconocer la verdad. Pero ¿y esto? ¡Mal asunto! ¡Mal asunto! Aquí hay hechos tangibles... No hay lugar para las teorías. ¡Qué suerte que hubiera venido yo precisamente a Norwood por otro caso! Estaba en la comisaría cuando llegó el aviso. ¿De qué le parece a usted que murió el hombre?

—Ah, no es un caso en que haya lugar para mis teorías —respondió Holmes con sequedad.

—No, no. Pero tampoco podemos negar que usted da en el clavo a veces. ¡Caramba! La puerta estaba cerrada, según tengo entendido. Han desaparecido joyas por valor de medio millón de libras. ¿Cómo estaba la ventana?

—Cerrada con pestillo; pero hay huellas de pasos en el alféizar.

—Bueno, bueno. Si estaba cerrada con pestillo, las huellas no han podido tener nada que ver con el asunto. Es de sentido común. Puede que el hombre muriera de un ataque de apoplejía. Pero también es verdad que

faltan las joyas. ¡Ajá! Tengo una teoría. Son inspiraciones que me vienen a veces. Salga usted un momento, sargento, y usted también, señor Sholto. El amigo de usted se puede quedar... ¿Qué le parece a usted lo que voy a decir, Holmes? Sholto estuvo anoche con su hermano, según ha confesado él mismo. El hermano murió de un ataque de apoplejía, y Sholto se marchó con el tesoro. ¿Qué tal?

—Y, entonces, el muerto tuvo la gran consideración de levantarse y cerrar la puerta por dentro.

—¡Hum! Aquí falla algo. Apliquemos el sentido común a la cuestión. Este Thaddeus Sholto estuvo con su hermano, en efecto, y hubo una discusión, en efecto. Eso lo sabemos. El hermano ha muerto y las joyas han desaparecido. Eso también lo sabemos. Nadie vio al hermano desde que Thaddeus se despidió de él. Su cama no está deshecha. Thaddeus está alteradísimo, como salta a la vista. Tiene un aspecto... bueno, bien poco atractivo. Ya ven ustedes que estoy estrechando el cerco alrededor de Thaddeus. Empieza a cerrarse la red sobre él.

—Todavía no conoce usted todos los datos —repuso Holmes—. Esta astilla, que tengo poderosos motivos para creer que está envenenada, estaba clavada en el cuero cabelludo del hombre, donde todavía puede verse la señal. Este papel escrito que ve usted estaba en la mesa y, junto a él, este instrumento tan curioso con cabeza de piedra. ¿Cómo encaja todo ello en la teoría de usted?

—La confirma en todos los sentidos —respondió el gordo detective con voz pomposa—. La casa está llena de curiosidades hindúes. Ésta la subió Thaddeus y, si la astilla está envenenada, tanto Thaddeus como cualquier otro podrían haberla usado para cometer un asesinato. El papel no es más que una añagaza. Lo más probable es que lo dejase para despistar. La única duda estriba en saber cómo salió. Ah, claro: hay un agujero en el techo.

Con agilidad notable para su masa corporal, subió los escalones y entró penosamente por el agujero hasta pasar a la buhardilla. Al cabo de un momento, lo oímos proclamar con regocijo que había descubierto la trampilla.

—Es capaz de encontrar algunas cosas —observó Holmes, encogiéndose de hombros—. A veces tiene destellos de razón. *Il n'y a pas des sots si incommodes que ceux qui ont de l'esprit!*[6]

—¡Ya ven ustedes! —dijo Athelney Jones, volviendo a bajar los escalones—. Al fin y al cabo, los hechos valen más que las meras teorías. Mi opinión del caso queda confirmada. Hay una trampilla que da al tejado, y está entreabierta.

—La abrí yo.

—¡Ah, no me diga! ¿Ya la había visto usted, entonces? —respondió, un poco alicaído al parecer—. En todo caso, sea quien sea quien la haya visto, sirve para demostrar por dónde salió nuestro caballero. ¡Inspector!

—Sí, señor —respondió éste desde el pasillo.

—Haga pasar por aquí al señor Sholto... Señor Sholto, tengo el deber de informarle de que cualquier cosa que diga usted podrá usarse en su contra. Queda usted detenido en nombre de la reina, por estar implicado en la muerte de su hermano.

—¡Ya está! ¡Ya se lo había dicho! —exclamó el pobre hombrecillo, extendiendo las manos y mirándonos alternativamente a Holmes y a mí.

—No se preocupe usted, señor Sholto —lo calmó Holmes—. Creo que podré encargarme de que le levanten la acusación.

—¡No prometa usted demasiado, señor teórico, no prometa usted demasiado! —replicó el detective en tono mordaz—. Puede que le resulte más difícil de lo que se cree.

—No sólo haré que le levanten la acusación, señor Jones, sino que además le regalaré a usted, de balde, el nombre y la descripción de una de las dos personas que estuvieron anoche en esta habitación. Tengo poderosos motivos para creer que se llama Jonathan Small. Es hombre de poca cultura, pequeño y ágil; le falta la pierna derecha y lleva una pata de palo que tiene la punta desgastada por la parte interior. En el pie izquierdo lleva una bota basta, con suela de punta cuadrada y un refuerzo de hierro en el talón. Es hombre de mediana edad, muy curtido por el sol, y ha sido presidiario.

---

6   «No hay necios más molestos que los que tienen ingenio.» (N. del T.)

Estas pocas indicaciones podrán servirle a usted de algo, además del dato de que le falta bastante piel de la palma de la mano. El otro hombre...

—¡Ah! ¿El otro hombre...? —preguntó Athelney Jones en son de burla, aunque percibí claramente que la descripción precisa que había hecho Holmes lo había impresionado.

—Es una persona bastante curiosa —dijo Sherlock Holmes, dando media vuelta—. Espero poder presentárselos a los dos de aquí a poco tiempo. Unas palabras con usted, Watson.

Me acompañó hasta lo alto de la escalera.

—Este suceso inesperado nos ha hecho olvidar un poco el propósito con que emprendimos nuestro viaje.

—Eso mismo estaba pensando yo —respondí—. No está bien que la señorita Morstan permanezca en esta casa, donde se ha producido la tragedia.

—No. Deberá acompañarla usted a su casa. Vive con la señora de Cecil Forrester, en Lower Camberwell, así que no está demasiado lejos. Si vuelve usted después aquí en el coche, lo esperaré. ¿O está demasiado cansado?

—En absoluto. Creo que no encontraré descanso hasta que tenga más noticias de este asunto tan extravagante. Yo ya había visto algún que otro hecho violento, pero le doy mi palabra de que la rápida sucesión de sorpresas extrañas de esta noche me ha puesto los nervios completamente de punta. Sin embargo, ya que he llegado hasta aquí, quisiera acompañarlo hasta saber cómo acaba todo esto.

—Su presencia me será de gran ayuda —respondió—. Seguiremos el caso por nuestra cuenta, y dejaremos que este Jones se divierta construyendo castillos en el aire. Cuando haya dejado usted a la señorita Morstan en su casa, quiero que se dirija al número 3 de Pinchin Lane, en Lambeth, cerca de la orilla del río. La tercera casa de la derecha es la tienda de un taxidermista llamado Sherman. Verá en el escaparate una comadreja con un gazapo en la boca. Despierte al viejo Sherman, salúdelo de mi parte y dígale a continuación que necesito enseguida a Toby. Volverá usted aquí con Toby en el coche.

—Se trata de un perro, supongo.

—Sí: un chucho extraño sin raza, dotado de un olfato sorprendente. Prefiero la ayuda de Toby a la de todos los detectives oficiales de Londres.

—Lo traeré, entonces —respondí—. Es la una. Espero estar de vuelta antes de las tres, si encuentro un caballo de refresco.

—Y mientras tanto, veré qué puedo sacar en limpio de la señora Berstone y del criado hindú, que duerme en la buhardilla de al lado, según me ha dicho el señor Thaddeus —prosiguió Holmes—. Después, estudiaré los métodos del gran Jones y escucharé sus sarcasmos, que no pecan de delicados. *Wir sind gewohnt, dass die Menschen verhöhnen was sie nicht verstehen.*[7] Goethe siempre es enjundioso.

---

7 «Estamos acostumbrados a que los hombres se burlen de lo que no entienden.» (N. del T.)

VII

EL EPISODIO DEL BARRIL

Los policías habían llevado un coche de punto, del que me valí para acompañar a la señorita Morstan a su casa. Agraciada con el carácter angélico de las mujeres, había soportado las penalidades con gesto sereno mientras tenía a su lado a alguien más débil que ella a quien apoyar, y yo la había visto animada y tranquila junto a la asustada ama de llaves. Pero en el coche de punto se puso pálida, primero, y después sufrió un arrebato de llanto, consecuencia de la dura prueba que habían representado para ella las aventuras de aquella noche. Me ha dicho después que en ese viaje le parecí frío y distante. Mal podía adivinar la lucha que se libraba en mi pecho, ni los esfuerzos que tenía que hacer para dominarme. Quería acercarle mi comprensión y mi amor como le había tendido la mano en el jardín. Me daba la impresión de que no podría haber conocido su carácter dulce y valeroso en años enteros de trato convencional como lo había descubierto en aquel único día de experiencias extrañas. Pero había dos pensamientos que me cerraban los labios, y me impedían pronunciar palabras de afecto. Ella era débil y desvalida, tenía alterados el ánimo y la imaginación. Hablarle de amor en esos momentos sería aprovecharse de su situación. Y había algo que lo empeoraba todo: era rica. Si Holmes tenía éxito en sus investigaciones, sería millonaria. ¿Era justo, era digno, que un simple médico de baja en el servicio se aprovechara de ese modo de una intimidad que había sido fruto del azar? ¿No podría tomarme por un vulgar cazadotes? No podía arriesgarme a que le pasara por la cabeza tal idea. Aquel tesoro de Agra se interponía entre nosotros como un obstáculo insalvable.

Eran casi las dos de la madrugada cuando llegamos a casa de la señora de Cecil Forrester. Hacía unas horas que se había retirado la servidumbre, pero el mensaje extraño que había recibido la señorita Morstan había intrigado a la señora Forrester hasta el punto de quedarse en vela esperando su regreso. Nos abrió la puerta en persona. Era una señora de mediana edad, elegante, y me alegré al ver la ternura con que le pasó el brazo por la cintura a la señorita Morstan y la voz maternal con que la saludó. Saltaba a la vista que no la consideraba una mera asalariada, sino una amiga respetada. Me presenté, y la señora Forrester me suplicó con interés que entrara y le relatara nuestras aventuras. No obstante, le expliqué cuán relevante era el recado que tenía que hacer, y le prometí que regresaría para darles parte fielmente de todo avance que hiciéramos en el caso. Cuando me alejaba en el coche, eché una rápida mirada atrás, y me parece que todavía las estoy viendo en el umbral, las dos figuras gráciles, abrazadas, la puerta entreabierta, la luz del vestíbulo que se veía brillar a través de los vidrios coloreados, el barómetro y la barandilla reluciente de la escalera. Aquella imagen de un hogar inglés apacible, aunque sólo fuera un atisbo pasajero, era un remanso de tranquilidad entre los asuntos extraños y oscuros en los que habíamos estado sumidos.

Y cuanto más pensaba yo en lo sucedido, más extraño y oscuro me parecía. Mientras rodaba por las calles silenciosas, iluminadas por las farolas de gas, repasé mentalmente aquella extraordinaria serie de sucesos. Por lo menos, el problema original parecía ya bastante encauzado. La muerte del capitán Morstan, el envío de las perlas, el anuncio, la carta...

Todos esos hechos se habían aclarado ya. Sin embargo, nos habían conducido a su vez a un misterio más hondo y mucho más trágico. El tesoro hindú, el curioso plano que había aparecido entre el equipaje de Morstan, la extraña escena de la muerte del comandante Sholto, el redescubrimiento del tesoro, al que había seguido inmediatamente el asesinato de su descubridor, las circunstancias tan singulares que habían rodeado al crimen, las huellas, las armas raras, las palabras escritas en el papel que se correspondían con las que figuraban en el plano del capitán Morstan: se trataba de un verdadero laberinto cuya solución podría desesperar de encontrar cualquier hombre que no tuviera las dotes extraordinarias de mi compañero de apartamento.

Pinchin Lane era una hilera de casas mezquinas de ladrillo del barrio más bajo de Lambeth. Tuve que pasar algún rato llamando a la puerta del número 3 hasta que me hicieron caso. Por fin, se vio la luz de una vela tras la persiana y se asomó una cabeza por la ventana del piso superior.

—Fuera de aquí, vagabundo borracho —me increpó la cabeza—. Si sigues armando escándalo, abro las perreras y te suelto cuarenta y tres perros.

—He venido precisamente a que me suelte sólo uno —dije.

—¡Fuera! —chilló la voz—. Así me valga el cielo como que tengo una víbora en este saco, y te la soltaré en la cabeza si no te largas de aquí.

—Pero lo que quiero es un perro —grité.

—¡No me discutas! —gritó el señor Sherman—. Apártate, porque cuando diga tres, allá va la víbora.

—El señor Sherlock Holmes… —empecé a decir; pero mis palabras surtieron un efecto mágico, pues la ventana se cerró al instante y al cabo de un minuto la puerta ya estaba desatrancada y abierta. El señor Sherman era hombre alto y enjuto, de hombros hundidos, cuello largo y anteojos azules.

—Un amigo del señor Sherlock siempre es bienvenido —dijo—. Pase usted, señor. No se acerque al tejón, que muerde. Ah, malo, malo, ¿querías darle un bocado al caballero?

Le dijo esto último a un armiño que asomaba la cabeza maligna y los ojos rojos entre los barrotes de su jaula.

—No haga caso de eso, señor: no es más que un lución. No tiene dientes, y lo dejo suelto porque se come las cucarachas. Debe disculparme usted que le haya hablado con un poco de impaciencia al principio; pues los niños se burlan de mí, y muchos vienen a este callejón sólo para despertarme. ¿Qué quería el señor Sherlock Holmes, señor?

—Quería un perro de usted.

—¡Ah! Será Toby.

—Sí, Toby se llamaba.

—Toby vive ahí, en el número 7, a la izquierda.

Avanzó despacio con la vela en la mano entre la familia singular de animales que había reunido a su alrededor. A la luz débil y vacilante se veían ojos curiosos y brillantes, que se asomaban a mirarnos de todos los rincones. Hasta las vigas del techo estaban cubiertas de aves solemnes que dormían sobre una pata y cambiaban perezosamente a la otra cuando nuestras voces les interrumpían el reposo.

Toby resultó ser una criatura fea, de pelo largo y orejas desiguales, mitad spaniel y mitad lurcher, de color castaño y blanco y andar torpe y desgarbado. Después de algunos titubeos, aceptó un terrón de azúcar que me había entregado el viejo naturalista. Después de sellar así nuestra alianza, me siguió hasta el coche de punto y me acompañó sin inconveniente alguno. Acababan de dar las tres en el reloj del Palace cuando me encontré otra vez en Pondicherry Lodge. Descubrí que habían detenido al exboxeador McMurdo como cómplice, y que al señor Sholto y a él se los habían llevado a la comisaría. Había dos agentes custodiando el estrecho portón, pero me dejaron pasar con el perro cuando mencioné el nombre del detective.

Holmes estaba ante la puerta principal, fumándose una pipa con las manos en los bolsillos.

—¡Ah, lo ha traído! —exclamó—. ¡Buen perro! Athelney Jones acaba de marcharse. Hemos contemplado una inmensa exhibición de energía desde que salió usted. No sólo ha detenido al amigo Thaddeus, sino también al portero, al ama de llaves y al criado hindú. Nos hemos quedado solos usted y yo, y un sargento que está arriba. Deje aquí el perro y suba.

Dejamos a Toby atado a la mesa del vestíbulo y subimos una vez más las escaleras. El gabinete estaba tal como lo habíamos dejado, con la única diferencia de que se había tendido una sábana sobre la figura central. Un sargento de aspecto cansado estaba sentado en el rincón.

—Présteme su linterna, sargento —me rogó mi compañero—. Ahora, áteme esta tarjeta al cuello para que me quede colgada por delante. Gracias. Ahora debo quitarme los zapatos y los calcetines... Baje usted con ellos, Watson. Yo voy a escalar un poco. Y moje mi pañuelo en la creosota. Eso bastará. Ahora, suba usted un momento conmigo a la buhardilla.

Subimos por el agujero. Holmes iluminó con la linterna una vez más las huellas marcadas en el polvo.

—Quiero que se fije usted especialmente en estas huellas —me rogó—. ¿Observa en ellas algo digno de notar?

—Corresponden a un niño o a una mujer pequeña —respondí.

—Aparte de su tamaño, quiero decir. ¿No hay nada más?

—A mí me resultan muy parecidas a cualquier otra huella.

—En absoluto. ¡Mire esto! Es la huella de un pie derecho en el polvo. Ahora dejaré yo otra a su lado con mi propio pie. ¿Cuál es la diferencia principal?

—La de usted tiene todos los dedos apiñados. En la del otro pie, los dedos están claramente separados entre sí.

—En efecto. Ésa es la cuestión. Téngala en cuenta. Ahora, ¿tiene la bondad de acercarse a la trampilla y oler el borde del marco? Yo me quedo a este lado, pues sostengo este pañuelo en la mano.

Hice lo que me indicaba, y percibí al instante un olor fuerte a alquitrán.

—Ahí es donde puso el pie al salir. Si usted mismo es capaz de olerlo, me parece que a Toby no le costará ningún trabajo. Ahora, baje usted, suelte al perro y observe el espectáculo de Blondin.[8]

Cuando llegué al jardín, Sherlock Holmes ya había salido al tejado. Lo vi deslizarse muy despacio por el borde del tejado, como una enorme luciérnaga. Lo perdí de vista tras un grupo de chimeneas, pero volvió a aparecer, y desapareció de nuevo por el otro lado de la casa. Cuando llegué allí, me lo encontré sentado en un alero de la esquina.

—¿Es usted, Watson? —gritó.

—Sí.

—Por aquí fue. ¿Qué es eso negro de ahí abajo?

—Un barril de agua.

—¿Tiene tapa?

—Sí.

—¿No se ve una escalera de mano por ninguna parte?

—No.

—¡El condenado! Esto es como para partirse la cabeza. Si él pudo subir por aquí, yo tendré que ser capaz de bajar. El desagüe parece bastante sólido. Allá voy, en todo caso.

Se oyó un ruido de pies y la linterna empezó a bajar paulatinamente por la fachada. Después, Holmes saltó de un ágil brinco sobre el barril, y de éste al suelo.

—Ha sido fácil seguirlo —dijo mientras se ponía los calcetines y las botas—. Había tejas sueltas por todo el camino, y perdió esto con las prisas. Confirma mi diagnóstico, como dicen ustedes los médicos.

El objeto que me enseñaba era una bolsita o estuche hecho de hierbas de colores tejidas, adornado con algunas cuentas brillantes. Tenía la forma y el tamaño de una pitillera. Dentro había media docena de espinas de madera oscura, agudas por un extremo y redondeadas por el otro, iguales que la que había matado a Bartholomew Sholto.

—Son infernales —dijo—. Tenga mucho cuidado de no pincharse. Me alegro mucho de tenerlas, pues lo más probable es que no le queden más. Así no será tan fácil que ni a usted ni a mí se nos clave una en la piel de aquí a poco tiempo. Por lo que a mí respecta, preferiría recibir una bala de ametralladora Martini. ¿Se anima a dar un paseo de seis millas, Watson?

—Desde luego —respondí.

—¿Le aguantará la pierna?

—Sí.

—¡Toma, perrito! ¡Buen perro, Toby! ¡Huélelo, Toby, huélelo!

Puso el pañuelo bajo el hocico del perro, mientras éste se plantaba con las patas peludas separadas y la cabeza inclinada de un modo muy cómico, con el gesto del catador experto que huele el buqué de un vino de gran añada. Holmes tiró después el pañuelo a lo lejos, ató un cordel recio al collar del chucho y lo llevó hasta el pie del barril de agua. El animal soltó al instante una serie de ladridos agudos y trémulos, y empezó a seguir el rastro con el hocico pegado al suelo y la cola levantada en el aire, tirando del cordel y obligándonos a caminar a toda velocidad.

El cielo se había ido aclarando por el oriente y ya se veía hasta cierta distancia a la luz gris y fría. A nuestra espalda nos dominaba la casa cuadrada e inmensa, triste y melancólica, con sus ventanas negras y vacías y sus altas fachadas desnudas. Nuestro camino transcurría a través de los terrenos de la casa, sorteando los pozos y zanjas que los surcaban. Toda la finca, con sus montones de tierra dispersos y sus arbustos descuidados, tenía un aspecto de ruina y desolación que concordaba bien con la tragedia oscura que se cernía sobre el lugar.

Al llegar al muro que cercaba la finca, Toby lo siguió corriendo a su sombra, lloriqueando con impaciencia, hasta que se detuvo por fin en un rincón oculto por un haya joven. En la esquina de los dos muros se habían quitado varios ladrillos, y los huecos estaban desgastados y redondeados por la parte inferior como si hubieran servido de escalones con frecuencia. Holmes trepó por allí y, tras tomar el perro de mis manos, lo pasó al otro lado.

—Aquí hay una huella de la mano del patapalo —observó, cuando subí junto a él—. Vea usted la leve mancha de sangre en el yeso blanco. ¡Qué suerte que no haya llovido mucho desde ayer! El rastro seguirá en el camino, a pesar de que nos llevan veintiocho horas de ventaja.

Reconozco que tuve ciertas dudas al respecto cuando pensé en el tráfico abundante que había pasado desde entonces por la carretera de Londres. Pero no tardé en tranquilizarme al respecto. Toby no titubeaba ni se desviaba jamás, y seguía avanzando con su contoneo peculiar. Evidentemente, el olor penetrante de la creosota dominaba a todos los demás.

—No vaya a pensar usted que mi éxito se debe a la simple casualidad de que uno de esos sujetos haya pisado esa sustancia química —dijo Holmes—. Ya dispongo de datos suficientes para localizarlos de muchas maneras diferentes. Sin embargo, ésta es la más directa; y, en vista de que la fortuna nos la ha puesto a nuestro alcance, sería una negligencia por mi parte despreciarla. No obstante, ha impedido que el caso adquiera el carácter de bonito problema intelectual que prometía ser al principio. Su resolución podría haber tenido algún mérito de no haber existido esta pista tan palpable.

—Tiene mérito sobrado —repuse—. Le aseguro, Holmes, que los medios de que se ha servido usted para obtener resultados en este caso me maravillan todavía más que los que aplicó en el de los asesinatos de Jefferson Hope. Esto me parece más profundo e inexplicable todavía. ¿Cómo se las ha arreglado, por ejemplo, para describir con tanta seguridad al hombre de la pata de palo?

—¡Bah, muchacho! Eso ha sido el colmo de la sencillez. No quiero darme importancia. Todo está claro y a la vista. Dos oficiales al mando de la guardia de un presidio descubren un secreto importante sobre un tesoro enterrado. Un inglés llamado Jonathan Small les traza un mapa. Recordará que leímos ese nombre en el plano que se encontró entre las posesiones del capitán Morstan. Lo había firmado él en su nombre y en el de sus compañeros…, «el signo de los cuatro», como lo llamó él, con cierto dramatismo. Uno de los oficiales encuentra el tesoro con la ayuda de este plano y se lo trae a Inglaterra, supongamos que dejando sin cumplir alguna de las condiciones con que se le entregó el plano. Ahora bien, ¿por qué no recuperó el tesoro Jonathan Small en persona? La respuesta es evidente. El plano se trazó en una época en que Morstan tenía mucho trato con presidiarios. Si Jonathan Small no recuperó el tesoro fue porque sus compañeros y él eran presidiarios y no gozaban de libertad.

—Pero esto son simples especulaciones —aduje.

—Es algo más que eso. Es la única hipótesis que concuerda con los datos. Veamos cómo se ajusta a los hechos posteriores. El comandante Sholto vive algunos años en paz, gozando de la posesión de su tesoro. Después, recibe una carta de la India que le da un gran susto. ¿De qué se trata?

—La carta le diría que a los hombres a quienes había defraudado los habían puesto en libertad.

—O se habían fugado, lo que es mucho más probable, pues sabría cuándo terminaban sus condenas. No le habría pillado por sorpresa. ¿Qué hace entonces? Toma precauciones para protegerse de un hombre que tiene una pata de palo… Un hombre blanco, fíjese usted, pues confunde con él a un comerciante blanco, al que llega a disparar con una pistola. Pues bien, en ese plano sólo aparece el nombre de un hombre blanco. Los demás son hindúes o musulmanes. No hay ningún otro hombre blanco. Por tanto, podemos asegurar con confianza que el hombre de la pata de palo y Jonathan Small son una misma persona. ¿Le parece a usted un razonamiento viciado?

—No; es claro y conciso.

—Y bien, pongámonos en el lugar de Jonathan Small. Planteémonos las cosas desde su punto de vista. Vuelve a Inglaterra con la doble intención de recuperar lo que él consideraría suyo por derecho y de vengarse del hombre que lo había defraudado. Descubrió dónde vivía Sholto, y probablemente tenía contactos con alguien de la casa. Está el mayordomo, Lal Rao, a quien no hemos visto. La señora Bernstone tiene un pésimo concepto de él. Pero Small no pudo averiguar dónde se ocultaba el tesoro, porque tan sólo lo sabían el comandante y un fiel criado de éste que ya había muerto. De pronto, Small se entera de que el comandante está en su lecho de muerte. Frenético por el temor de que el secreto del tesoro muera con él, burla a los guardias, llega hasta la ventana del moribundo, y sólo la presencia de los dos hijos de éste le impide entrar. Pero loco de odio contra el difunto, irrumpe esa misma noche en la habitación, registra sus papeles privados con la esperanza de encontrar en ellos alguna anotación sobre el tesoro, y deja por fin como recuerdo de su visita aquellas palabras en un papel. Sin duda, tenía pensado de antemano dejar sobre el cadáver tal inscripción, en caso de matar él mismo al comandante, como señal de que no se trataba de un asesinato corriente sino de una especie de acto de justicia, desde el punto de vista de los cuatro compañeros. Estas ideas caprichosas y extrañas son bien corrientes en los anales del crimen y suelen brindar pruebas valiosas sobre el criminal. ¿Me sigue usted hasta aquí?

—Con mucha claridad.

—Y bien, ¿qué podía hacer Jonathan Small? Sólo podía seguir observando la búsqueda del tesoro. Es posible que se marchara de Inglaterra y sólo volviera a intervalos. Entonces se produce el descubrimiento de la buhardilla, que se le comunica al instante. Detectamos de nuevo la presencia de algún cómplice dentro de la casa. Jonathan, con su pata de palo, es absolutamente incapaz de llegar hasta el cuarto de Bartholomew Sholto, en el piso alto. Pero se lleva a un compañero bastante curioso que salva esta dificultad, aunque mete el pie desnudo en la creosota, y ahí entran en juego Toby y un paseo de seis millas cojeando para un oficial médico de baja con una lesión en el tendón de Aquiles.

—Pero el crimen no lo cometió Jonathan, sino su compañero.

—En efecto. Y le ocasionó un gran disgusto a Jonathan, a juzgar por los pisotones que dio éste cuando llegó a la habitación. No le guardaba ningún rencor a Bartholomew Sholto, y habría preferido limitarse a dejarlo atado y amordazado. No quería ganarse la horca. Pero la cosa ya no tenía remedio: a su compañero se le habían despertado los instintos salvajes y el veneno ya había surtido su efecto. Así pues, Jonathan Small dejó su recuerdo, bajó la caja del tesoro hasta el suelo con la soga y acto seguido bajó él mismo. Así serían los hechos, en la medida en que puedo interpretarlos. En cuanto a su aspecto personal, está claro que debe ser de mediana edad y debe estar curtido por el sol después de haber cumplido condena en un horno como el archipiélago de Andamán. Es fácil calcular su altura por la longitud de su zancada, y ya sabemos que tenía barba. Lo que más le llamó la atención de su aspecto a Thaddeus Sholto cuando lo vio en la ventana fue su cara vellosa. No sé si queda algo más.

—¿El compañero?

—Ah, bueno, no hay gran misterio en ello. Pero lo sabrá usted todo bien pronto. ¡Qué dulce es el aire de la mañana! Vea usted cómo flota esa única nubecilla, como una pluma rosada arrancada a un flamenco gigante. Ya asoma el borde rojo del sol sobre el humo de Londres. Ilumina a mucha gente, pero yo apostaría a que a ninguna que siga una misión tan extraña como la suya y la mía. ¡Qué pequeños nos sentimos con nuestras ambiciones y anhelos insignificantes, en presencia de las grandes fuerzas elementales de la naturaleza! ¿Conoce usted la obra de Jean Paul?[9]

—Bastante bien. Llegué a él a través de Carlyle.

—Eso fue como remontar el río hasta llegar al lago que lo alimenta. Tiene un comentario curioso pero profundo. Dice que la prueba principal de la verdadera grandeza del hombre es que es capaz de ver su propia pequeñez. Demuestra, ya ve usted, una capacidad de comparación y valoración

---

9 Se conoce con este nombre al novelista alemán Johann Paul Friedrich Richter (1763-1825). El ensayista inglés Carlyle fue su traductor al inglés. (N. del T.)

que es, en sí misma, un sello de nobleza. Richter da mucho que pensar. No lleva usted pistola, ¿verdad?

—Tengo mi bastón.

—Puede darse el caso de que necesitemos algo así en caso de alcanzar su guarida. Dejaré que usted se las vea con Jonathan, pero si el otro se pone revoltoso lo mataré de un tiro.

Dicho esto, sacó el revólver, lo cargó con dos balas y volvió a guardárselo en el bolsillo derecho de la chaqueta.

Habíamos seguido hasta entonces a Toby por las carreteras que conducen a la capital, con algunos hotelitos a uno y otro lado. Pero llegábamos a la zona de calles continuas, donde se veía ya a obreros y trabajadores del puerto en pie, y mujeres desaseadas que abrían las contraventanas y barrían las puertas de las casas. Las tabernas de las esquinas, con sus letreros cuadrados, acababan de abrir, y salían de ellas hombres de aspecto rudo que se secaban las barbas con las mangas después de tomar la copa de la mañana. Nos salían al encuentro perros extraños que nos miraban con curiosidad, pero nuestro incomparable Toby no miraba ni a izquierda ni a derecha, y seguía trotando con el hocico pegado al suelo y soltando algún quejido de impaciencia que indicaba que seguía el rastro de cerca.

Habíamos cruzado Streatham, Brixton y Camberwell, y nos encontrábamos en Kennington Lane, después de habernos desviado por las calles secundarias al este del Oval. Al parecer, los hombres a quienes perseguíamos habían seguido un curioso camino zigzagueante, seguramente para evitar que los observaran. No habían ido nunca por las arterias principales si podían seguir una calle secundaria paralela. Al principio de Kennington Lane se habían desviado a la izquierda por Bond Street y Miles Street. En el cruce de ésta con Knight's Place, Toby dejó de avanzar y empezó a correr adelante y atrás con una oreja en alto y la otra gacha, convertido en el vivo retrato de la indecisión canina. Después se puso a trazar círculos, levantando la vista hacia nosotros de cuando en cuando como para pedirnos apoyo en su perplejidad.

—¿Qué diantres le pasa al perro? —gruñó Holmes—. Seguro que no habrán tomado un coche de punto, ni se habrán ido volando en globo.

—Puede que se quedaran aquí parados un rato —propuse.

—¡Ah! Arreglado. Sigue adelante otra vez —dijo mi compañero con tono de alivio.

El perro seguía adelante, en efecto, pues después de olisquear en círculo, se decidió de pronto y arrancó con una energía y una decisión que no había demostrado hasta entonces. Parecía que el rastro estaba mucho más marcado que antes, pues ni siquiera tenía que acercar el hocico al suelo e iba tirando del cordel, intentando echar a correr. Vi en el brillo de los ojos de Holmes que éste suponía que nos acercábamos al fin de nuestro viaje.

Nuestro camino transcurrió entonces por Nine Elms hasta que llegamos al gran almacén de maderas de Broderick y Nelson, pasada la taberna del Águila Blanca. Allí, el perro, frenético de emoción, entró por la puerta lateral en el recinto del almacén, donde estaban trabajando ya los serradores. El perro siguió a la carrera entre serrín y virutas, pasó por un callejón, tomó por un pasadizo, entró entre dos montones de madera y por fin, soltando un ladrido triunfal, se subió de un salto a un barril grande que estaba montado todavía en la carretilla con que lo habían traído. Toby se quedó plantado sobre el barril con la lengua colgando y los ojos bizcos, mirándonos alternativamente a los dos en espera de alguna señal de felicitación por nuestra parte. Las duelas del barril y las ruedas de la carretilla estaban impregnadas de un líquido oscuro, y todo el ambiente estaba cargado de olor a creosota.

Sherlock Holmes y yo nos miramos el uno al otro con perplejidad, y después nos echamos a reír a carcajadas a la vez.

VIII

ℓos irregulares de Baker Street

—**Y** ahora, ¿qué? —pregunté—. Toby ha cometido el primer error de su carrera.

—Ha actuado según su criterio —repuso Holmes, mientras lo bajaba del barril y lo llevaba hacia la salida del almacén de maderas—. Si consideramos cuánta creosota se transporta en Londres cada día, no es de extrañar que el rastro que seguíamos se cruzara con otro. La creosota se utiliza mucho en esta época, sobre todo para tratar maderas. El pobre Toby no tiene la culpa.

—Supongo que debemos volver atrás y tomar el rastro bueno.

—Sí. Y no tendremos que ir muy lejos, por fortuna. Salta a la vista que si el perro se quedó confundido en la esquina de Knight's Place fue porque había dos rastros distintos que iban en sentidos opuestos. Hemos tomado el malo. Sólo tenemos que seguir el otro.

No nos supuso la menor dificultad. Cuando llevamos a Toby hasta el lugar donde había cometido su error, trazó un amplio círculo y arrancó por fin en una nueva dirección.

—Ahora debemos procurar que no nos lleve hasta el lugar de origen del barril de creosota —observé.

—Ya lo había pensado. Pero fíjese usted en que va por la acera, mientras que el barril viajó por la calzada. No: ahora seguimos el rastro bueno.

El rastro tendía a bajar hacia el río, siguiendo Belmont Place y Prince's Street. Al final de Broad Street transcurrió en línea recta hacia la orilla, donde había un pequeño embarcadero de madera. Toby nos llevó hasta el borde mismo del embarcadero y se quedó allí lloriqueando, mirando hacia la corriente oscura.

—Se nos acabó la suerte —se lamentó Holmes—. Han tomado aquí una embarcación.

Había varias barcas y botes de remos en el agua y subidos al borde del embarcadero. Llevamos a Toby a todos y cada uno de ellos; pero, aunque olisqueó con interés, no hizo ninguna señal de reconocer el rastro.

Cerca del rústico embarcadero había una casita de ladrillo con un letrero de madera en la ventana. En el letrero decía en letras grandes «Mordecai Smith», y debajo, «Se alquilan barcas por horas y por días». Había sobre la puerta un segundo letrero que informaba de que se disponía de una lancha de vapor, como acreditaba la presencia de un gran montón de carbón en el muelle. Sherlock Holmes miró a su alrededor con gesto desesperanzado.

—La cosa tiene mal cariz. Estos sujetos son más listos de lo que yo esperaba. Parece que tenían cubierta la retirada. Me temo que esto estaba organizado de antemano.

Se dirigía a la puerta de la casa, cuando ésta se abrió y salió corriendo un chiquillo de seis años, de pelo rizado. Lo seguía una mujer más bien gruesa y de cara colorada que llevaba una esponja grande en la mano.

—Ven aquí a que te lave, Jack —gritó la mujer—. Ven aquí, travieso; que habrá que oír a tu padre si vuelve a casa y te encuentra así.

—¡Qué niño más guapo! —acertó a decir Holmes para congraciarse con él—. ¡Qué color tan sano tiene el picarillo! Vamos a ver, Jack, ¿qué te gustaría que te diese?

—Quiero un chelín —dijo el pequeño, tras reflexionar un momento.

—¿No prefieres alguna otra cosa?

—Prefiero dos chelines —respondió el portento del chico, tras pensárselo un poco.

—¡Aquí los tienes, pues! ¡Agárralos! ¡Un niño muy hermoso, señora Smith!

—Sí que lo es, señor, alabado sea Dios, y bien revoltoso. Casi no soy capaz de meterlo en cintura, sobre todo ahora que mi marido falta de casa días enteros.

—¿No está, entonces? —preguntó Holmes con tono desilusionado—. Cuánto lo siento, pues quería hablar con el señor Smith.

—Salió ayer por la mañana, señor; y, a decir verdad, empiezo a estar preocupada por él. Pero si venía usted a alquilar un bote, quizá pueda servirle yo misma.

—Quería alquilarle la lancha de vapor.

—Vaya, señor, precisamente se marchó en la lancha de vapor. Eso es lo que me extraña, pues sé que no llevaba carbón más que para llegar hasta Woolwich y volver, o cosa así. No estaría preocupada si hubiera salido en la gabarra, ya que ha viajado en numerosas ocasiones hasta Gravesend, y si allí le salen más trabajos, se queda hasta el día siguiente. Pero ¿de qué sirve una lancha de vapor sin carbón?

—Puede que haya comprado algo de carbón en algún muelle río abajo.

—Puede ser, señor, pero no tiene esa costumbre. Lo he oído quejarse muchas veces de lo que cobran por unos cuantos sacos. Además, no me gusta ese hombre de la pata de palo, tan feo y con esa manera de hablar tan rara. ¿Por qué andaría siempre rondando por aquí?

—¿Un hombre con una pata de palo? —dijo Holmes, con tono de sorpresa amable.

—Sí, señor; un hombre moreno con cara de mono que ha venido a visitar a mi marido más de una vez. Fue él quien lo sacó de la cama anteanoche. Y le diré más: mi marido lo debía de estar esperando, pues tenía encendida la caldera de la lancha. Se lo digo a usted de verdad, señor: todo esto me tiene intranquila.

—Pero estimada señora Smith —dijo Holmes, encogiéndose de hombros—, se asusta usted sin motivo. ¿Cómo sabe usted que quien vino de noche fue el hombre de la pata de palo? No termino de entender cómo puede estar tan segura de ello.

—Por su voz, señor. Le reconocí la voz, que la tiene como gruesa y ronca. Dio unos golpecitos en la ventana… Serían las tres. «Abre el ojo, camarada, es hora de entrar de guardia», dijo. Mi marido despertó a Jim, que es mi hijo mayor, y se fueron sin decirme ni una palabra. Oí los golpes de la pata de palo en los adoquines.

—¿Y ese hombre de la pata de palo iba solo?

—No sabría decírselo, señor. Yo no oí a nadie más.

—Lo siento, señora Smith, pues quería alquilar una lancha de vapor y había oído hablar bien de la... veamos, ¿cómo se llamaba?

—La *Aurora*, señor.

—¡Ah, sí! ¿No es esa lancha vieja, pintada de verde con una línea amarilla, muy ancha de manga?

—No, señor, nada de eso. Es una lancha esbelta como la que más de todo el río. Está recién pintada, de negro con dos líneas rojas.

—Gracias. Espero que no tarde usted en tener noticias del señor Smith. Voy a ir río abajo y, si veo la *Aurora*, le haré saber que está usted intranquila. ¿Y dice usted que tiene la chimenea negra?

—No, señor, negra con una franja blanca.

—Ah, es verdad. Lo que tiene pintado de negro son las bandas. Buenos días, señora Smith... Ahí hay un barquero con su barca, Watson. Lo tomaremos para cruzar el río.

—Cuando se trata con gente de esa clase —dijo Holmes, una vez sentados en el banco de popa de la chalana—, lo más importante es que no se piensen que la información que pueden darnos nos importa en absoluto. En tal caso, se cierran al instante como ostras. Si se atiende a lo que dicen como haciendo un ejercicio de paciencia, por así decirlo, es muy probable que se entere uno de lo que quiere.

—Parece bastante claro lo que debemos hacer ahora —dije.

—¿Qué haría usted, entonces?

—Tomaría una lancha y saldría a buscar la *Aurora* río abajo.

—Sería realmente una tarea inabarcable. Puede haber atracado en cualquier muelle de las dos orillas, de aquí a Greenwich. Más abajo del puente hay un verdadero laberinto de embarcaderos a lo largo de varias millas. Tardaría usted días enteros en explorarlos todos, si quisiera hacerlo usted solo.

—Que lo haga la policía, entonces.

—No. Probablemente daré aviso a Athelney Jones en el último momento. No es mala persona, y no quisiera hacer nada que lo perjudicara en su

carrera profesional. Pero ya que hemos llegado hasta aquí, tengo el capricho de resolver esto yo solo.

—¿Podríamos poner anuncios, entonces, pidiendo información a los encargados de los muelles?

—¡Mucho peor! Nuestros hombres se enterarían de que les andamos pisando los talones, y huirían del país. Tal como están las cosas, es muy probable que se marchen, pero no tendrán prisa mientras se crean a salvo. El ímpetu de Jones nos favorecerá en este sentido, pues es seguro que su versión de los hechos aparezca en los periódicos, y los fugitivos creerán que todo el mundo sigue una pista falsa.

—¿Qué haremos, entonces? —pregunté mientras desembarcábamos cerca de la penitenciaría de Millbank.

—Tomar este coche de punto, volvernos a casa, desayunar algo y dormir una hora. Es muy probable que tengamos que salir esta noche otra vez. ¡Pare en una oficina de telégrafos, cochero! Nos quedaremos con Toby, puesto que aún puede servirnos.

Hicimos una parada en la oficina de correos de Great Peter Street, y Holmes puso su telegrama.

—¿Para quién cree usted que es el telegrama? —me preguntó cuando nos pusimos en camino de nuevo.

—No tengo ni la menor idea.

—¿Se acuerda usted de la división de Baker Street de la fuerza policial detectivesca, que puse a trabajar en el caso de Jefferson Hope?

—¡La recuerdo a la perfección! —dije, riéndome.

—He aquí un caso en que sus servicios pueden resultar preciosos. Si fracasan, dispongo de otros recursos; pero probaré primero con ellos. Ese telegrama iba dirigido a Wiggins, mi pequeño primer oficial desharrapado, y espero que su pandilla y él estén con nosotros antes de que hayamos terminado de desayunar.

Pasaban ya las ocho de la mañana, y mi organismo estaba reaccionando tras las emociones sucesivas de aquella noche. Estaba débil y cansado, con la mente nublada y el cuerpo fatigado. No tenía el entusiasmo profesional que impulsaba a mi compañero, ni era capaz de concebir la cuestión

como un mero problema intelectual. En lo que se refería a la muerte de Bartholomew Sholto, no había oído hablar bien de aquel hombre y no podía sentir gran antipatía hacia sus asesinos. Lo del tesoro, no obstante, era otra cuestión. Pertenecía por derecho, al menos en parte, a la señorita Morstan. Yo estaba dispuesto a dedicar mi vida a la misión de recuperarlo, mientras fuera posible. Era cierto que, si lo encontraba, eso seguramente la dejaría fuera de mi alcance para siempre. Sin embargo, sólo un amor mezquino y egoísta se dejaría influir por tal idea. Si Holmes podía trabajar para encontrar a los criminales, yo tenía un motivo diez veces más poderoso para encontrar el tesoro.

En Baker Street me quedé muy relajado tras darme un baño y mudarme de ropa por completo. Cuando bajé a nuestro cuarto de estar, me encontré el desayuno en la mesa y a Holmes sirviendo el café.

—Aquí está —dijo, riéndose y señalándome un periódico desplegado—. El impetuoso Jones y el reportero omnipresente lo han pergeñado entre los dos. Pero usted ya estará harto del caso. Será mejor que se tome primero sus huevos con jamón.

Tomé el periódico y leí la breve noticia, que llevaba el titular de *Asunto misterioso en Upper Norwood*.

Hacia las doce de la noche pasada —decía el *Standard*— se encontró muerto en su cuarto al señor Bartholomew Sholto, residente en la casa Pondicherry Lodge, en Upper Norwood, en circunstancias que apuntan a un crimen. Según nuestras informaciones, no se encontraron huellas de violencia en el cuerpo del señor Sholto, pero ha desaparecido una colección valiosa de joyas hindúes que el caballero fallecido había heredado de su padre. Descubrieron el cadáver el señor Sherlock Holmes y el doctor Watson, quienes habían llegado de visita a la casa con el señor Thaddeus Sholto, hermano del fallecido. Se dio la afortunada circunstancia de que el señor Athelney Jones, detective bien conocido del cuerpo de policía, se encontraba entonces en la comisaría de policía de Norwood y llegó al lugar de los hechos apenas transcurrida media hora desde la primera alarma. Éste aplicó al instante al descubrimiento de los criminales sus dotes y su experiencia contrastada, con el grato resultado de la detención del hermano, Thaddeus Sholto, además del ama de llaves, la señora Bernstone, un mayordomo hindú llamado Lal Rao y un guardia o portero llamado McMurdo. Es seguro que el ladrón o ladrones estaban familiarizados con el interior de la casa, pues los conocimientos técnicos por los que es célebre el señor Jones y sus dotes de observación le han permitido demostrar de manera fehaciente que los malhechores no pudieron entrar por la puerta ni por la ventana, sino que debieron de acceder al tejado del edificio, y de allí entraron por una trampilla a una habitación que se comunicaba con aquélla en la que se encontró el cadáver. Este hecho, que se ha demostrado de manera irrebatible, demuestra que no se trataba de un robo improvisado. La rapidez y presteza con que han actuado los agentes de la ley ponen de manifiesto la gran ventaja que representa en tales ocasiones la presencia de una mente vigorosa y maestra. Ciertamente, se trata de una prueba más a favor de los que opinan que nuestros detectives deberían estar más descentralizados, para estar en contacto más estrecho y directo con los casos que deben investigar.

—¡Qué primor! —dijo Holmes, sonriendo, con la taza de café ante los labios—. ¿Qué le parece?

—Creo que nos libramos por poco de que nos detuvieran por el crimen.

—Eso creo yo. No respondería de nuestra seguridad ahora mismo, si resulta que a Jones le da otro ataque impetuoso de los suyos.

En ese momento sonó un fuerte campanillazo y oí los sonoros gemidos de protesta y consternación de la señora Hudson, nuestra patrona.

—Cielos, Holmes —dije, empezando a levantarme de la silla—. Creo que vienen a por nosotros, después de todo.

—No, no es tan grave. Se trata del cuerpo extraoficial... Los irregulares de Baker Street.

Mientras decía esto, se oyeron en las escaleras rápidas pisadas de pies descalzos, una barahúnda de voces agudas, y entraron en tropel una docena de pilluelos sucios y andrajosos. A pesar de su entrada tumultuosa,

dieron algunas muestras de disciplina, pues formaron en fila de inmediato y se quedaron firmes ante nosotros con cara de expectación. Uno de ellos, más alto y de más edad que el resto, se adelantó con un aire de autoridad confiada que resultaba graciosísimo en aquel pequeño espantapájaros desaliñado.

—Recibí su mensaje, señor, y los he traído al vuelo —dijo—. Los billetes han costado tres chelines y seis peniques.

—Aquí tienes —respondió Holmes, sacando unas monedas—. De aquí en adelante, Wiggins, que ellos te informen a ti, y tú a mí. No se puede consentir esta manera de invadir la casa. No obstante, no está de más que todos escuchéis las instrucciones. Quiero encontrar el paradero de una lancha de vapor llamada *Aurora*, propiedad de Mordecai Smith, negra con dos líneas rojas, chimenea negra con franja blanca. Está río abajo, en alguna parte. Quiero que un chico se quede siempre de guardia junto al embarcadero de Mordecai Smith, frente a Millbank, para dar aviso si vuelve el barco. Debéis repartiros las zonas e inspeccionar a fondo las dos orillas. Avisadme en cuanto tengáis noticias. ¿Está todo claro?

—Sí, jefe —respondió Wiggins.

—El sueldo habitual, más una guinea al chico que encuentre la lancha. Aquí tenéis el sueldo de un día por adelantado. ¡Ya os podéis marchar!

Le dio un chelín a cada uno, y se largaron ruidosamente escaleras abajo. Los vi correr calle abajo a los pocos momentos.

—Si la lancha está a flote, la encontrarán —aseguró Holmes, mientras se levantaba de la mesa y encendía la pipa—. Pueden meterse en todas partes, verlo todo, oír todas las conversaciones. Espero recibir la noticia de que la han localizado antes de esta noche. Mientras tanto, tenemos que contentarnos con esperar resultados. No podemos volver a encontrar la pista hasta que encontremos a la *Aurora* o al señor Mordecai Smith.

—Creo que a Toby no le sentarán mal estas sobras. ¿Se va a acostar, Holmes?

—No. No estoy cansado. Mi constitución es curiosa. No recuerdo haberme cansado jamás con el trabajo, aunque la falta de actividad me agota por completo. Voy a fumar mientras le doy vueltas a este asunto raro que nos ha presentado mi bella cliente. Esta tarea nuestra debería de ser la más fácil que ha tenido nadie jamás entre manos. Los hombres con una pata de palo no son tan corrientes; pero el otro hombre, según me parece a mí, debe de ser absolutamente único.

—¡Ese otro hombre otra vez!

—No pretendo convertirlo en ningún misterio...; al menos, ante usted. Pero usted ya se habrá formado una opinión. Piense en los datos. Huellas de pies diminutos con dedos que no han sido constreñidos nunca por zapatos; descalzo, maza de madera con cabeza de piedra, gran agilidad, dardos pequeños y envenenados. ¿Qué le dice a usted todo esto?

—¡Un salvaje! —exclamé—. Puede que sea uno de esos hindúes compañeros de Jonathan Small.

—Eso no puede ser —objetó—. Tendí a creerlo así en un principio, cuando vi aquellos indicios de armas extrañas; pero las características extraordinarias de las huellas me hicieron cambiar de opinión. Algunos habitantes del subcontinente indio son pequeños, pero no hay ninguno que haya podido dejar huellas como aquéllas. Los hindúes propiamente dichos tienen los pies largos y estrechos. Los musulmanes, que llevan sandalias, tienen el dedo gordo separado de los demás, porque la correa de la sandalia les suele pasar por allí. Por otra parte, estos dardos pequeños sólo han podido dispararse de una manera. Han salido de una cerbatana. Y bien, ¿de dónde habrá salido nuestro salvaje?

—De América del Sur —aventuré.

Holmes extendió el brazo y tomó del estante un grueso volumen.

—Éste es el primer tomo de una enciclopedia geográfica que se está publicando ahora. Podemos considerar que contiene la información más actual. ¿Qué nos dice? «Archipiélago de Andamán, en el golfo de Bengala, a 340 millas al norte de Sumatra.» Tal... tal... ¿Qué más? Clima húmedo... arrecifes de coral... tiburones... Port Blair... penal... isla Rutland... maderas finas... Ah, aquí está: «Los aborígenes del archipiélago de Andamán pueden aspirar quizá al título de ser la raza de menor estatura del mundo, aunque algunos antropólogos se lo atribuyen a los bosquimanos de África, a los indios digger de América o a los fueguinos. Su estatura media no supera el metro y veinte centímetros, aunque se encuentran entre ellos muchos adultos de talla muy inferior. Son gentes feroces, hoscas e intratables, aunque capaces de establecer vínculos muy estrechos de amistad cuando se ha ganado su confianza». Fíjese en esto, Watson. Y escuche lo siguiente: «Tienen un aspecto repelente, de cabeza grande y deforme, ojos pequeños y fieros y rasgos contrahechos. No obstante, tienen los pies y las manos notablemente pequeños. Son tan intratables y fieros que los funcionarios británicos han fracasado en todos sus esfuerzos por apaciguarlos. Han sido siempre el terror de las tripulaciones de los barcos naufragados, a cuyos supervivientes exterminan hundiéndoles el cráneo con sus mazas con cabeza de piedra o disparándoles flechas envenenadas. Estas matanzas terminan siempre con un banquete caníbal». ¡Qué gente tan agradable y simpática, Watson! Si a ese sujeto lo hubieran dejado a sus anchas, el asunto podría haber terminado de manera más horrible todavía. Me da la impresión de que, aun tal como están las cosas, Jonathan Small daría mucho por no haber recurrido a su ayuda.

—Pero ¿cómo llegó a tener un compañero tan singular?

—Ah, eso no puedo saberlo. Sin embargo, como ya hemos dejado claro que Small ha venido de Andamán, no es tan extraordinario que lo acompañe ese nativo de las islas. No cabe duda de que acabaremos por enterarnos de todo a su debido tiempo. Escuche, Watson: parece usted francamente agotado. Acuéstese en el sofá, e intentaré dormirlo.

Tomó su violín del rincón y, mientras yo me tendía, se puso a tocar una melodía suave, soñadora y melodiosa; compuesta por él, sin duda, pues tenía dotes notables para la improvisación. Recuerdo vagamente sus brazos delgados, su cara atenta y el movimiento alternativo del arco del violín. Me pareció después que iba flotando por un suave mar de sonidos, hasta que me encontré en el país de los sueños, donde me miraba la dulce cara de Mary Morstan.

IX

SE ROMPE LA CADENA

Me desperté cuando estaba bien entrada la tarde, descansado y restablecido. Sherlock Holmes seguía en el mismo sitio, aunque había dejado el violín y estaba absorto en la lectura de un libro. Cuando me moví, miró hacia mí, y observé que tenía la cara seria y de preocupación.

—Ha dormido usted bien —dijo—. Temí despertarlo con nuestra conversación.

—No he oído nada —respondí—. ¿Ha recibido noticias, entonces?

—No, por desgracia. Confieso que me siento sorprendido y desilusionado. Esperaba saber algo concreto a estas horas. Acaba de venir Wiggins a informar. Dice que no se encuentra rastro de la lancha. Es un tropiezo irritante, pues cada hora cuenta.

—¿Puedo hacer algo? Estoy descansado y listo para otra salida nocturna.

—No. No podemos hacer nada. Sólo cabe esperar. Si vamos nosotros mismos, puede llegar el recado en nuestra ausencia y producirse así un retraso. Usted puede hacer lo que quiera, pero yo debo quedarme de guardia.

—Entonces, me pasaré por Camberwell a visitar a la señora de Cecil Forrester. Me lo pidió ayer.

—¿A la señora de Cecil Forrester? —preguntó Holmes, con un brillo humorístico en los ojos.

—Bueno, y a la señorita Morstan también, por supuesto. Estaban deseosas de enterarse de lo sucedido.

—Yo en su lugar no les contaría demasiado —me previno Holmes—. Las mujeres nunca son del todo de fiar, ni siquiera las mejores.

No me detuve a discutir esta afirmación tan atroz.

—Volveré dentro de un par de horas —observé.

—¡Está bien! ¡Buena suerte! Pero oiga, ya que va usted al otro lado del río, podría devolver a Toby, pues ya no creo que lo necesitemos para nada.

Me llevé al perro, por tanto, y se lo entregué, con una moneda de media libra, al viejo naturalista, en su casa de Pinchin Lane. En Camberwell me encontré a la señorita Morstan un poco cansada después de sus aventuras de la noche, pero muy interesada por enterarse de las noticias. También la señora Forrester estaba llena de curiosidad. Les conté todo lo que habíamos hecho, aunque omitiendo los aspectos más espantosos de la tragedia. Así pues, aunque les referí la muerte del señor Sholto, no dije nada del modo concreto en que se había producido ésta. A pesar de mis omisiones, no obstante, hubo materia suficiente para sorprenderlas y maravillarlas.

—¡Es una novela! —exclamó la señora Forrester—. Una dama agraviada, un tesoro de medio millón, un caníbal negro y un rufián con una pata de palo. Hacen el papel del dragón o del conde malvado de las leyendas.

—Y dos caballeros andantes que acuden al rescate —añadió la señorita Morstan, dirigiéndome una mirada luminosa.

—Vaya, Mary, tu fortuna depende del resultado de esta búsqueda. Me parece que no estás todo lo ilusionada que debieras. ¡Figúrate lo que sería ser tan rica y tener el mundo a tus pies!

Sentí un leve estremecimiento de alegría al observar que aquella perspectiva no le suscitaba ninguna muestra de regocijo. Antes bien, sacudió la cabeza con altivez, como si aquella cuestión la interesara bien poco.

—Si me preocupo, es por el señor Thaddeus Sholto —dijo—. Todo lo demás carece de importancia; pero creo que se ha portado con gran bondad y honradez de principio a fin. Tenemos el deber de demostrar su inocencia ante esa acusación tan terrible e infundada.

Marché de Camberwell al atardecer, y cuando llegué a casa era ya de noche. La pipa y el libro de mi compañero estaban junto a su sillón, pero él había desaparecido. Busqué alguna nota suya, pero no había ninguna.

—Supongo que el señor Sherlock Holmes ha salido —le dije a la señora Hudson cuando ésta subió a bajar las persianas.

—No, señor. Se ha retirado a su habitación, señor. Sabe usted, señor —añadió, bajando la voz hasta un susurro medroso—, temo por su salud.

—¿Por qué, señora Hudson?

—Bueno, es que está muy raro, señor. Después de marcharse usted se puso a andar y a andar, arriba y abajo, hasta que el ruido de sus pasos me levantó dolor de cabeza. Después oí que hablaba solo y murmuraba, y cada vez que sonaba la campanilla salía al rellano de la escalera y preguntaba: «¿Quién es, señora Hudson?». Y ahora se ha encerrado en su cuarto dando un portazo, pero lo oigo andar igual que antes. Ojalá no se ponga enfermo, señor. Me atreví a decirle que se tomara algo para los nervios, pero me echó tal mirada, señor, que no sé cómo atiné a salir del cuarto.

—No creo que haya motivos para preocuparse, señora Hudson —respondí—. Ya lo he visto así antes. Tiene algún asunto en la cabeza que le inquieta.

Procuré hablar en tono despreocupado con nuestra patrona, pero hasta yo sufrí cuando oí, por la noche, el ruido sordo de sus pasos, y comprendí cómo su espíritu vivo se rebelaba contra aquella inactividad involuntaria.

A la hora del desayuno parecía fatigado y ojeroso, con algo de color febril en las mejillas.

—Se está usted devanando los sesos, hombre —comenté—. Lo oí pasearse de noche.

—No. No podía dormir —respondió—. Este problema de los demonios me está consumiendo. Es lamentable que lo detenga a uno un obstáculo tan insignificante después de haber resuelto todo lo demás. He identificado a los hombres, la lancha..., todo; pero no recibo noticias. He movilizado a otros agentes y he puesto en juego todos los medios que tengo a mi disposición. Se han registrado las dos orillas del río, pero no hay noticias, ni la señora Smith ha sabido nada de su marido. No tardaré en llegar a la conclusión de que han hundido el barco. Pero hay razones para no creerlo.

—O que la señora Smith nos ha proporcionado una pista falsa.

—No, creo que se puede rechazar esa suposición. He mandado hacer averiguaciones, y sí que existe una lancha de esas características.

—¿Podría haber remontado el río?

—También he considerado esa posibilidad, y hay un grupo de investigadores que subirán hasta Richmond. Si no recibo noticias hoy, saldré yo mismo mañana a buscar a los hombres, más que al barco. Pero seguro, seguro, que hoy sabremos algo.

Pero no la tuvimos. No oímos una sola palabra ni de Wiggins ni de los demás agentes. Casi todos los periódicos publicaban artículos sobre la tragedia de Norwood. Todos parecían bastante predispuestos contra el desventurado Thaddeus Sholto. Pero ninguno aportaba ningún detalle nuevo, aparte de que el día siguiente se celebraría la vista. Aquella tarde me fui a Camberwell dando un paseo para informar a las señoras de nuestra falta de éxito, y a la vuelta me encontré a Holmes decaído y algo hosco. Apenas respondió a mis preguntas, y se pasó toda la velada entretenido en un abstruso análisis químico a base de calentar retortas y destilar vapores, y que acabó produciendo tal olor que me obligó a salir de la sala. Seguí oyendo hasta altas horas de la madrugada el tintineo de sus tubos de ensayo, que me daba a entender que seguía ocupado en su fétido experimento.

Me desperté de madrugada sobresaltado y me llevé una sorpresa al verlo de pie junto a mi cama, con ropa tosca de marinero, chaquetón y una bufanda roja y áspera al cuello.

—Me voy río abajo, Watson —me informó—. He estado dándole vueltas al asunto y sólo se me ocurre una solución. Al menos, vale la pena intentarla.

—¿Puedo acompañarlo, entonces? —dije.

—No. Me resultará mucho más útil quedándose aquí como mi representante. No me gusta nada tener que marcharme, pues es muy fácil que llegue algún recado a lo largo del día, aunque Wiggins estaba desanimado al respecto anoche. Quiero que lea todos los mensajes y telegramas que se reciban y que actúe según su propio criterio. ¿Puedo confiar en usted?

—Con toda seguridad.

—Me temo que no podrá enviarme ningún telegrama, pues todavía no sé dónde estaré. Sin embargo, con suerte, puede que no tarde mucho. No volveré hasta saber algo, en cualquier sentido.

A la hora del desayuno no había tenido noticias suyas. Pero cuando abrí el *Standard* descubrí una nueva información sobre el caso.

En lo que se refiere a la tragedia de Upper Norwood, tenemos motivos para creer que el asunto promete ser más complejo y misterioso de lo que se suponía al principio. Han aparecido nuevos indicios que demuestran la imposibilidad de que el señor Thaddeus Sholto estuviera implicado en modo alguno. Su ama de llaves, la señora Bernstone, y él fueron puestos en libertad anoche. Se cree, no obstante, que la policía dispone de una pista acerca de los verdaderos culpables, que está siendo investigada por el señor Athelney Jones, de Scotland Yard, con su energía y sagacidad bien conocidas. Se esperan nuevas detenciones de un momento a otro.

«Esto es satisfactorio, dentro de lo que cabe —pensé—. El amigo Sholto está a salvo, al menos. Me pregunto cuáles serán los nuevos indicios, aunque me da la impresión de que se trata de una fórmula que se aplica siempre que la policía ha cometido un error.»

Tiré el periódico sobre la mesa, pero en ese momento me llamó la atención un anuncio de la sección de mensajes personales. Decía así.

Perdido. Mordecai Smith, gabarrero, y su hijo Jim, que zarparon del muelle de Smith hacia las tres de la madrugada del martes pasado en la lancha de vapor *Aurora*, negra con dos líneas rojas, chimenea negra con franja blanca. Se pagará una recompensa de cinco libras a quien pueda dar información del paradero del citado Mordecai Smith y de la lancha *Aurora*, a la señora Smith, en el muelle de Smith, o en el 221B de Baker Street.

Aquello era obra de Holmes, evidentemente. La dirección de Baker Street lo demostraba de sobra. Me pareció bastante ingenioso, pues los fugitivos podían leerlo sin sospechar que se debiera a otra cosa más que a la angustia natural de una esposa por su marido desaparecido.

El día se me hizo muy largo. Cada vez que llamaban a la puerta o que oía un paso vivo por la calle me figuraba que se trataba de Holmes o de alguien que venía a responder a su anuncio. Intenté leer un libro, pero me distraía pensando en nuestra búsqueda extraña y en la pareja heterogénea y vil a la que perseguíamos. Me preguntaba si el razonamiento de mi compañero podía adolecer de algún error radical. ¿No habría caído en un gran engaño? ¿No sería posible que su ágil mente hubiera levantado aquella teoría fantástica sobre premisas defectuosas? Yo no lo había visto errar nunca; sin embargo, hasta el pensador más agudo puede llegar a engañarse alguna vez. Pensé que podía caer en el error por el mismo refinamiento excesivo de su lógica, por su tendencia a preferir las explicaciones más sutiles y extraordinarias, teniendo a mano otras más comunes y corrientes. Pero, por otra parte, yo mismo había visto las pruebas y había oído las razones en que se basaban sus deducciones. Cuando recordaba la larga cadena de circunstancias curiosas, triviales en sí mismas muchas de ellas, pero que apuntaban todas en un mismo sentido, no podía ocultarme a mí mismo que, aun suponiendo que la explicación de Holmes fuera incorrecta, la teoría verdadera debía ser igualmente estrambótica y sorprendente.

A las tres de la tarde se oyó un fuerte campanillazo, una voz sonora en el vestíbulo, y, para mi sorpresa, se presentó en nuestro cuarto nada menos que el señor Athelney Jones. Sin embargo, ya no era el catedrático de sentido común, cortante y autoritario, que se había hecho cargo del caso con tanta confianza en Upper Norwood. Venía alicaído y manso, casi humilde incluso.

—Buenos días, señor, buenos días —dijo—. El señor Sherlock Holmes ha salido, según creo.

—Sí, y no sé con seguridad cuándo volverá. Pero espérelo usted aquí si lo desea. Tome asiento en ese sillón y pruebe uno de estos puros.

—Gracias, no me sentará mal —dijo, secándose la cara con un pañuelo de hierbas rojo.

—¿Y un whisky con soda?

—Bueno; dos dedos. Hace mucho calor para la época del año, y he pasado bastantes trabajos y penalidades. ¿Conoce usted mi teoría sobre este caso de Norwood?

—Recuerdo que expuso usted una teoría.

—Pues bien, me he visto obligado a replanteármela. Tenía bien atrapado en mis redes al señor Sholto, señor mío, cuando, zas, se me escapó por un agujero en el centro mismo de la red. Pudo presentar una coartada inamovible. Desde el momento en que salió de la habitación de su hermano estuvo siempre a la vista de alguien. Así que no pudo ser él el que se dedicó a escalar tejados y a pasar por trampillas. Es un caso muy oscuro, y me estoy jugando mi buen nombre profesional. Agradecería mucho un poco de ayuda.

—Todos necesitamos ayuda algunas veces —observé.

—Su amigo el señor Sherlock Holmes es un hombre extraordinario, señor mío —dijo él en voz baja y tono confidencial—. Es insuperable. He visto intervenir a ese joven en bastantes casos, y todavía no he conocido ninguno sobre el que no haya podido arrojar algo de luz. Aplica métodos irregulares y tal vez traza teorías un poco precipitadas, pero creo que, en conjunto, podría haber sido un oficial muy prometedor, y esto lo digo delante de quien haga falta. He recibido esta mañana un cable suyo que me da a entender que tiene alguna pista sobre este asunto de los Sholto. El mensaje es éste.

Se sacó el telegrama del bolsillo y me lo entregó. Estaba puesto en Poplar a las doce. «Vaya a Baker Street inmediatamente —decía—. Si no he regresado, espéreme. Sigo de cerca a la banda del caso Sholto. Puede acompañarnos esta noche si quiere asistir a la conclusión.»

—Tiene buen aspecto. Está claro que ha encontrado el rastro de nuevo —comenté.

—Ah, eso quiere decir que lo había perdido él también —exclamó Jones con satisfacción evidente—. Hasta los mejores nos despistamos a veces. Quizá se trate de una falsa alarma, claro está; pero como agente de la ley tengo el deber de no dejar perder ninguna ocasión. Pero llama alguien a la puerta. Puede que sea él.

Se oyeron subir por las escaleras unos pasos pesados, con muchos jadeos y toses como de hombre muy falto de aliento. Se detuvo una o dos veces como si la ascensión fuera excesiva para él, pero llegó por fin a nuestra puerta y entró. Su aspecto se correspondía con lo que habíamos oído. Era un hombre de edad avanzada, vestido de marinero, con un chaquetón viejo abrochado hasta el cuello. Era cargado de hombros, le temblaban las rodillas y respiraba con dificultad de asmático. Apoyado en un grueso garrote de roble, sacudía los hombros en su intento de llenarse de aire los pulmones. Llevaba una bufanda de color tapándole la barbilla y pude ver poco de su cara, aparte de un par de ojos oscuros y penetrantes, cubiertos de espesas cejas, y unas patillas largas y grises. Me producía, en conjunto, la impresión de haber sido un marino respetable, abrumado ahora por los años y la pobreza.

—¿De qué se trata, buen hombre? —le pregunté. Miró a su alrededor con la lentitud metódica de la vejez.

—¿Está aquí el señor Sherlock Holmes? —indagó.

—No; pero yo lo represento. Puede darme a mí cualquier recado que tenga usted para él.

—Tenía que decírselo a él —dijo.

—Pero le digo a usted que yo lo represento. ¿Se trata del barco de Mordecai Smith?

—Sí. Sé muy bien dónde está. Y sé dónde están los hombres que persigue. Y sé dónde está el tesoro. Lo sé todo.

—Entonces, dígamelo usted y yo se lo haré saber.

—Tenía que decírselo a él en persona —repitió, con terquedad propia de anciano.

—Pues bien, tendrá que esperarlo usted aquí.

—No, no; no estoy dispuesto a perder un día entero para darle gusto a nadie. Si el señor Holmes no está aquí, entonces que el señor Holmes se entere de todo por su cuenta. No me gusta el aspecto de ninguno de ustedes dos, y no voy a soltar prenda.

Se dirigió a la puerta arrastrando los pies, pero Athelney Jones se le adelantó.

—Espere un poco, amigo. Tiene usted información importante, y no debe marcharse. Lo retendremos, de grado o a la fuerza, hasta que regrese nuestro amigo.

El viejo echó una carrerita hacia la puerta; pero cuando Athelney Jones la cubrió con sus anchas espaldas, comprendió que la resistencia era inútil.

—¡Bonita manera de tratarlo a uno! —exclamó, dando golpes en el suelo con su garrote—. ¡Vengo aquí a ver a un caballero, y ustedes dos, a los que no conozco de nada, se apoderan de mí y me tratan de esta manera!

—No saldrá mal parado —le respondí—. Le daremos una remuneración por el tiempo que le hagamos perder. Siéntese usted allí, en el sofá, y no tendrá que esperar mucho.

Se dirigió al sofá, bastante malhumorado, y se sentó con la cara apoyada en las manos. Jones y yo seguimos fumándonos nuestros puros y conversando. Pero, de pronto, sonó entre nosotros la voz de Holmes.

—Me parece que podrían ofrecerme un puro a mí también —dijo.

Los dos dimos un respingo en nuestros asientos. Teníamos sentado a nuestro lado a Holmes, con cara de suave regocijo.

—¡Holmes! —exclamé—. ¡Usted, aquí! Pero ¿dónde está el viejo?

—Aquí está el viejo —respondió, enseñando un puñado de pelo blanco—. Aquí está: su peluca, sus patillas, sus cejas y todo lo demás. Creía que mi disfraz era bastante bueno, pero no suponía que pasara la prueba.

—¡Ah, canalla! —exclamó Jones, encantado—. Habría podido ser usted un actor extraordinario. Tenía una tos perfecta de asilo de ancianos, y esas piernas débiles le podían valer diez libras por semana en cualquier teatro. Aunque me había parecido reconocer el brillo de sus ojos. Habrá visto que no lo dejamos escapar así como así.

—Llevo trabajando todo el día con este aspecto —dijo Holmes, encendiendo su puro—. Muchos de las clases criminales empiezan a conocerme, ¿sabe usted?, sobre todo desde que a nuestro amigo aquí presente le dio por publicar algunos de mis casos; de modo que sólo puedo salir en campaña con un disfraz sencillo como éste. ¿Recibió usted mi telegrama?

—Sí; por eso he venido.

—¿Cómo le ha ido en su investigación?

—Todo ha quedado en nada. He tenido que soltar a dos de mis detenidos, y no hay pruebas contra los otros dos.

—No se preocupe. Le daremos otros dos a cambio. Pero debe ponerse usted a mis órdenes. Podrá atribuirse usted todo el mérito oficial, pero deberá actuar siguiendo las líneas que le indicaré yo. ¿Queda acordado?

—Absolutamente, con tal de que me ayude usted a capturar a los culpables.

—Muy bien. Entonces, en primer lugar, necesitaré que un barco rápido de la policía, una lancha de vapor, esté esperando en el embarcadero de las escaleras de Westminster a las siete.

—Eso es fácil de arreglar. Siempre hay alguna por allí; pero puedo asegurarme de ello llamando por teléfono desde aquí enfrente.

—También necesitaré dos hombres fuertes, por si ofrecen resistencia.

—Habrá dos o tres en la lancha. ¿Algo más?

—Cuando capturemos a los hombres, tendremos el tesoro. Creo que a mi amigo aquí presente le agradará llevarse el cofre para enseñárselo a la señorita a la que pertenece en justicia la mitad. Que lo abra ella misma... ¿eh, Watson?

—Me agradaría muchísimo.

—Es una medida bastante irregular —dijo Jones, sacudiendo la cabeza—. Sin embargo, todo esto es irregular, y supongo que deberemos hacer la vista gorda. El tesoro deberá depositarse después en poder de las autoridades hasta que se haya realizado la investigación oficial.

—Ciertamente. Será fácil de organizar. Una cosa más. Me gustaría mucho conocer algunos detalles del caso de boca del propio Jonathan Small. Ya sabe usted que me gusta resolver los casos hasta el final. ¿No habrá ningún inconveniente en que yo mantenga una entrevista extraoficial con él, ya sea aquí, en mi apartamento, o en otra parte, con tal de que esté bien custodiado?

—Y bien, usted tiene la situación en sus manos. Todavía no tengo pruebas de la existencia de ese tal Jonathan Small. Sin embargo, si lo atrapa usted, mal puedo impedirle que mantenga una entrevista con él.

—¿Queda entendido, entonces?

—Perfectamente. ¿Algo más?

—Sólo que me empeño en que se quede usted a comer con nosotros. Servirán la comida de aquí a media hora. Tengo ostras y un par de faisanes, y un vino blanco bastante especial... Watson, no conoce usted todavía mis dotes de administrador doméstico.

X

EL FIN DEL ISLEÑO

Hicimos una comida alegre. Holmes era gran conversador cuando le apetecía, y aquella tarde le apeteció. Parecía en un estado de exaltación nerviosa. No lo había visto jamás tan brillante. Habló sucesivamente de varios temas: el teatro religioso antiguo, la cerámica medieval, los violines de Stradivarius, el budismo de Ceilán y los barcos de guerra del futuro, disertando sobre cada uno de ellos como si hubiera realizado estudios especializados sobre la materia. Su humor chispeante indicaba su reacción ante la depresión oscura de los días anteriores. Athelney Jones dio muestras de ser hombre de trato agradable en sus horas de descanso, y atacó su cena con aire de buen sibarita. A mí, por mi parte, me alegraba saber que nos acercábamos al fin de nuestra misión, y el optimismo de Holmes se me contagió en parte. Ninguno hicimos alusión alguna durante la comida a la causa que nos había reunido.

Cuando se levantaron los manteles, Holmes miró su reloj y sirvió tres copas de oporto.

—Brindo por el éxito de nuestra pequeña expedición... y ahora, ya va siendo hora de que nos pongamos en camino. ¿Tiene usted pistola, Watson?

—Tengo en mi escritorio mi viejo revólver del ejército.

—Más vale que lo lleve, entonces. Conviene ir preparados. Veo que el coche está en la puerta. Lo encargué para las seis y media.

Pasaba un poco de las siete cuando llegamos al embarcadero de Westminster, donde encontramos nuestra lancha, que nos estaba esperando. Holmes la revisó con ojo crítico.

—¿Tiene alguna señal que indique que es una embarcación de la policía?

—Sí: ese farol verde de la banda.

—Retírenlo, entonces.

Se hizo el pequeño cambio, subimos a bordo y largaron amarras. Jones, Holmes y yo nos sentamos a popa. Había un hombre al timón, otro que se ocupaba de la máquina, y dos robustos inspectores de policía a proa.

—¿Adónde vamos? —preguntó Jones.

—A la Torre. Dígales que se detengan ante los astilleros de Jacobson.

Saltaba a la vista que nuestra embarcación era muy veloz. Adelantábamos a las largas hileras de gabarras cargadas como si estuvieran inmóviles. Holmes sonrió realmente satisfecho cuando alcanzamos y rebasamos a un vapor fluvial.

—Debemos de ser capaces de alcanzar a cualquier cosa que se mueva por el río.

—Bueno, no tanto. Pero no hay muchas lanchas capaces de dejarnos atrás.

—Tendremos que alcanzar a la *Aurora*, que tiene fama de veloz. Le explicaré a usted cómo están las cosas, Watson. ¿Recuerda lo molesto que estaba por haberme quedado estancado ante un obstáculo tan insignificante?

—Sí.

—Pues bien, di un buen descanso a mi mente sumiéndome en un análisis químico. Uno de nuestros más grandes hombres de Estado ha dicho que el mejor descanso es cambiar de trabajo. Y es verdad. Cuando hube conseguido disolver el hidrocarburo que estudiaba, volví con nuestro problema de los Sholto y repasé de nuevo todo el asunto desde el principio. Mis muchachos habían recorrido todo el río sin resultados. La lancha no estaba en ningún muelle ni embarcadero, ni había regresado. Pero era muy difícil que la hubieran hundido para ocultar su rastro; aunque siempre quedaba esa hipótesis si fallaba todo lo demás. Yo sabía que ese tal Small estaba dotado de cierto grado de astucia vulgar, aunque no lo consideraba capaz de hacer razonamientos sutiles y delicados. En general, esto sólo está al alcance de las personas más cultas. Reflexioné entonces que, dado que llevaba sin duda algún tiempo en Londres (pues teníamos pruebas de que había estado vigilando continuamente la casa de Pondicherry Lodge), no podría marcharse inmediatamente, sino que le haría falta algún tiempo, aunque sólo fuera un día, para dejar sus asuntos en orden. Al menos, las posibilidades apuntaban en ese sentido.

—Me parece un argumento algo flojo —dije—. Es más probable que hubiera arreglado sus asuntos antes de emprender su expedición.

—No, no lo creo. Su guarida sería un refugio demasiado valioso para él como para abandonarla mientras no estuviera seguro de que no tendría que necesitarla más. Pero se me ocurrió una segunda consideración. A Jonathan Small debía de parecerle que el aspecto peculiar de su compañero, por mucho que lo ocultara con un abrigo, debía suscitar comentarios, y que podrían relacionarlo con la tragedia de Norwood. Tenía la agudeza suficiente para comprenderlo. Habían salido de su cuartel general ocultos por la oscuridad, y querría volver antes de que fuera de día. Y bien, cuando se embarcaron pasaban de las tres de la madrugada, según la señora Smith. Al cabo de una hora ya habría luz y gente. Supuse, por tanto, que no habrían ido muy lejos. Pagaron bien a Smith para que tuviera la boca cerrada, se reservaron su lancha para la fuga final, y volvieron deprisa a su alojamiento con el cofre del tesoro. Un par de noches más tarde, cuando hubieran tenido tiempo de leer la versión del caso que daban los periódicos y de enterarse de si se sospechaba de ellos, se retirarían, protegidos por la oscuridad, a algún barco anclado en Gravesend o en los Downs, en que sin duda ya habrían tomado pasajes para América o las colonias.

—Pero ¿y la lancha? No se la habrían podido llevar también a su alojamiento.

—En efecto. Supuse que la lancha no debía de estar muy lejos, a pesar de su invisibilidad. Entonces me puse en el lugar de Small y me planteé la cuestión como lo haría un hombre de sus luces. Caería en la cuenta, probablemente, de que si hacía volver la lancha a su lugar de origen o la tenía en

otro muelle, sería fácil que la policía diera con ella si es que le seguían la pista. ¿Cómo podría ocultar la lancha pero teniéndola a su disposición cuando le hiciera falta? Pensé qué habría hecho yo mismo si hubiera estado en su pellejo. Sólo se me ocurrió un medio de conseguirlo. Podía dejar la lancha en algún astillero o taller de carpintería de ribera, encargando que se le hiciera alguna reparación sin importancia. Entonces meterían la lancha en el taller o en el dique seco, donde quedaría oculta, aunque yo podría disponer de ella dando aviso con pocas horas de adelanto.

—Parece bastante sencillo.

—Son precisamente estas cosas sencillas las que se pueden pasar por alto con gran facilidad. Sin embargo, me decidí a actuar sobre la base de esta idea. Me puse en camino enseguida, con ese disfraz de marinero inofensivo, y pregunté en todos los astilleros del río. Visité quince sin descubrir nada; pero en el decimosexto (el de Jacobson) me enteré de que hacía dos días les había dejado allí la *Aurora* un hombre con una pierna de palo, encargándoles una reparación trivial en el timón. «A ese timón no le pasa nada —dijo el capataz—. Ésa es, la de las rayas rojas.» Y ¿sabe usted quién acertó a presentarse en ese momento? El mismísimo Mordecai Smith, el propietario desaparecido. Estaba bastante bebido. Yo no lo conocía de vista, claro está, pero dijo a voces su nombre y el nombre de su lancha. «La quiero preparada para esta noche a las ocho —dijo—; a las ocho en punto, ojo: tengo dos caballeros que no admiten retrasos.» Saltaba a la vista que le habían pagado bien, pues estaba espléndido y repartió chelines de propina entre los trabajadores. Lo seguí un trecho, pero se retiró a una taberna; de modo que volví al astillero y, habiéndome encontrado por casualidad con uno de mis muchachos por el camino, lo dejé apostado para que vigilara la lancha. Cuando zarpen, hará señas con el pañuelo desde la orilla. Nosotros estaremos esperando en el río, y será raro que no capturemos a los hombres, con tesoro y todo.

—Lo ha organizado usted muy bien, sean o no los verdaderos culpables —dijo Jones—; pero si la cosa dependiera de mí, habría dejado en los astilleros de Jacobson un retén de policía para que los detuvieran cuando llegaran.

—Y no habrían llegado nunca. Small es muy astuto. Enviaría por delante a alguien, y si veía algo sospechoso, se quedaría escondido otra semana.

—Pero podría haber seguido usted a Mordecai Smith, para dar con su escondrijo —dije yo.

—Entonces, habría perdido el tiempo. Creo que hay una baja probabilidad de que Smith sepa dónde se alojan. ¿Por qué va a preguntar nada, mientras tenga de beber y le paguen bien? Le envían recados con sus instrucciones. No: sopesé todas las medidas posibles, y ésta es la mejor.

Mientras manteníamos esta conversación, habíamos ido pasando velozmente bajo la larga serie de puentes que salvan el Támesis. Cuando íbamos a la altura de la City, los últimos rayos de sol se reflejaban en la cruz que remata la cúpula de San Pablo. Oscurecía cuando llegábamos a la Torre.

—Ése es el astillero de Jacobson —me indicó Holmes, mientras señalaba un bosque de mástiles y jarcias en la orilla sur del río—. Surcaremos el agua despacio, subiendo y bajando por aquí, ocultos tras esta fila de barcazas.

Se sacó del bolsillo unos anteojos y oteó la orilla durante un rato.

—Veo a mi centinela en su puesto —comentó—; pero ni rastro del pañuelo.

—¿Y si nos apostamos a esperarlos río abajo? —dijo Jones con impaciencia. Ya estábamos todos impacientes, hasta los policías y fogoneros, que tenían una idea muy confusa de lo que iba a pasar.

—No tenemos derecho a dar nada por supuesto —respondió Holmes—. Hay diez probabilidades contra una de que salgan río abajo, ciertamente, pero no podemos estar seguros de ello. Desde este punto vemos la entrada del astillero, y ellos no nos pueden ver a nosotros. Hará una noche despejada con bastante luz. Debemos quedarnos donde estamos. Mire cómo pulula esa gente de ahí, a la luz del gas.

—Salen del trabajo en el astillero.

—Unos bribones de aspecto sucio, aunque supongo que en cada uno de ellos se encierra una pequeña chispa inmortal. Nadie lo diría al verlos. No se puede saber *a priori*. ¡Qué enigma tan extraño es el hombre!

—Alguien ha dicho que es un alma oculta en un animal —apunté.

—Winwood Reade trata bien el tema —dijo Holmes—. Observa que, si bien el hombre individual es un acertijo irresoluble, el conjunto de los hombres se convierte en una certeza matemática. Por ejemplo, nunca se puede predecir lo que hará un hombre determinado, pero sí se puede afirmar con precisión lo que hará la media. Los individuos varían, pero los porcentajes se mantienen constantes. Eso dice el estadístico. Pero ¿no es un pañuelo eso que veo? Allí se ve agitarse algo blanco, sin duda.

—Sí, es su muchacho —afirmé—. Lo veo claramente.

—¡Y allí está la *Aurora*! —exclamó Holmes—. ¡Y a una marcha endemoniada! Avante toda, maquinista. Persiga a esa lancha de la luz amarilla. ¡Cielos, si nos da esquinazo no me lo perdonaré nunca!

Había salido de la entrada del astillero sin ser vista, pasando tras dos o tres embarcaciones menores, de modo que cuando la vimos ya había cobrado velocidad. Volaba ya río abajo, a una marcha tremenda. Jones la miró con seriedad y sacudió la cabeza.

—Es muy veloz —observó—. Dudo que la alcancemos.

—¡Tenemos que alcanzarla! —exclamó Holmes, apretando los dientes—. ¡Más carbón, fogoneros! ¡Que dé de sí todo lo que pueda! ¡Hay que alcanzarlos, aunque reviente la caldera!

Ya la perseguíamos a buena marcha. La caldera rugía, y el potente motor zumbaba y palpitaba como un enorme corazón metálico. La proa, alta y aguda, hendía el agua del río y levantaba una ola alta a cada lado. Vibrábamos y temblábamos como un ser vivo a cada rotación del motor. La gran linterna amarilla de nuestra proa arrojaba ante nosotros un largo cono de luz parpadeante. Por delante, un borrón oscuro sobre el agua indicaba la posición de la *Aurora*, y la estela de espuma blanca que dejaba atrás daba a entender la marcha que llevaba. Dejábamos atrás velozmente a las gabarras, los vapores, los navíos mercantes que subían y bajaban por el río, evitándolos y sorteándolos. Oíamos voces que nos gritaban desde la oscuridad, pero la *Aurora* seguía avanzando poderosamente, y nosotros la perseguíamos de cerca.

—¡Más carbón, hombres, más carbón! —gritaba Holmes, asomándose al cuarto de máquinas; el resplandor ardiente de la caldera le iluminaba la cara impaciente, de rasgos aguileños—. ¡Que dé hasta la última libra de presión!

—Creo que ganamos un poco de terreno —dijo Jones, con los ojos clavados en la *Aurora*.

—Estoy seguro de ello —tercié—. La habremos alcanzado en pocos minutos.

Pero en ese momento quiso nuestra mala suerte que se interpusiera ante nosotros torpemente un remolcador que arrastraba tres barcazas. Sólo pudimos evitar una colisión metiendo toda la caña al timón, y cuando hubimos rodeado el obstáculo y recuperado el rumbo, la *Aurora* había cobrado doscientas yardas de ventaja. Seguía bien a la vista, no obstante, y la penumbra incierta dejaba paso a una noche clara e iluminada por las estrellas. Nuestras calderas iban a la máxima presión, y la energía violenta que nos impulsaba hacía vibrar y crujir el frágil casco. Habíamos dejado atrás a toda velocidad el Pool, los muelles de West India y el largo tramo de Deptford, y volvíamos a ascender después de rodear la isla de los Perros. El borrón confuso que teníamos delante adquiría las formas nítidas de la elegante lancha *Aurora*. Jones los iluminó con nuestro foco, de modo que pudimos ver con claridad las figuras que estaban en su cubierta. Había un hombre sentado a popa, inclinado sobre un objeto negro que tenía en las rodillas. A su lado había una masa negra que parecía un perro de Terranova. El chico llevaba el timón, y vi al resplandor rojo de la caldera al viejo Smith, desnudo de cintura para arriba y echando paletadas de carbón como si le fuera la vida en ello. Puede que al principio hubieran dudado de si los perseguíamos, pero ahora que seguíamos todos sus movimientos ya no podía quedarles duda alguna al respecto. A la altura de Greenwich estábamos a cosa de trescientos pasos de ellos. En Blackwall no debíamos de estar a más de doscientos cincuenta. A lo largo de mi agitada vida he perseguido a muchas criaturas en muchos países, pero jamás he vivido una cacería que me emocionara tanto como aquella caza del hombre desenfrenada y frenética por el Támesis. Les íbamos ganando terreno paulatinamente, yarda a yarda. Oíamos en el silencio de la noche el traqueteo y el jadear de su máquina. El hombre de popa seguía en cuclillas sobre la cubierta y movía los brazos como afanándose en algo, y levantaba la cabeza de cuando en cuando para medir de una ojeada la distancia que nos separaba. Estábamos cada vez más cerca. Jones les ordenó a gritos que se detuvieran. Estábamos a no más de cuatro largos de ellos, y las dos embarcaciones volaban a una marcha tremenda. Habíamos llegado a un tramo despejado del río, con el llano de Barking a un lado y las tristes marismas de Plumstead al otro. Al oír la orden, el hombre que iba a popa saltó de cubierta y nos amenazó levantando los dos puños cerrados, mientras profería maldiciones con voz aguda y quebrada. Era un hombre de buena talla, fuerte, y cuando se puso de pie con las piernas abiertas para mantener el equilibrio advertí que en la derecha no tenía más que una pata de palo desde el muslo. El bulto que iba acurrucado en la cubierta se movió al oír sus gritos airados y estridentes. Se incorporó, y resultó ser un hombrecito negro, el hombre más pequeño que he visto en mi vida, de cabeza grande y deforme y largas greñas revueltas. Holmes empuñaba ya su revólver, y yo saqué el mío enseguida al ver a aquel ser salvaje y contrahecho. Iba envuelto en una especie de capa o manta oscura que sólo le dejaba al descubierto la cara; pero aquella cara bastaba para quitarle el sueño a quien la viera. No he visto jamás unos rasgos con tales trazos de crueldad y barbarie. Los ojillos le brillaban y le ardían con una luz sombría, y tenía contraídos los gruesos labios, de manera que enseñaba los dientes, que hacía entrechocar con una furia semianimal.

—Dispare si levanta la mano —me susurró Holmes. Estábamos ya a un largo de ellos, y casi teníamos a nuestra presa al alcance de la mano. Me parece que los estoy viendo ahora mismo, al hombre blanco con las piernas abiertas, chillando maldiciones, y al enano impío con su cara repugnante y sus dientes fuertes y amarillos que nos tiraban dentelladas a la luz de nuestra linterna.

Fue toda una suerte que lo viésemos con tanta claridad. Mientras lo estábamos mirando, sacó de debajo de su abrigo un trozo de madera corto, redondo, como una regla de escolar, y se lo llevó a los labios. Las dos pistolas sonaron juntas. Se volvió, alzó los brazos, y cayó de costado al agua, profiriendo una especie de tos ahogada. Llegué a atisbar sus ojos venenosos, amenazadores, entre la espuma blanca de las aguas. En el mismo momento, el hombre de la pata de palo se arrojó sobre el timón y le metió toda la caña, dirigiendo su embarcación hacia la orilla sur, mientras nosotros la dejábamos atrás pasando veloces a pocos palmos de su proa. Viramos tras ellos al instante, pero ya estaban casi en la orilla. Era un lugar desolado e inhóspito, donde la luna rielaba sobre una ancha extensión de marismas, con charcas de agua estancada y cúmulos de vegetación marchita. La lancha chocó con la orilla con un golpe sordo y quedó con la proa al aire y la popa al borde del agua. El fugitivo desembarcó de un salto, pero la pata de palo se le hundió por completo al instante en el terreno empapado de agua. Se retorció y se debatió en vano: no podía avanzar ni retroceder un solo paso. Chillaba lleno de furia impotente y pisaba frenético el barro con el otro pie, pero lo único que conseguía con sus forcejeos era hundir todavía más la pata de palo en la orilla cenagosa. Cuando llegamos a su altura con nuestra lancha, estaba tan incrustado que sólo pudimos sacarlo izándolo, como a un pez maligno, con una soga que le pasamos bajo los brazos. Los dos Smith, padre e hijo, se habían quedado sentados en su lancha, taciturnos, pero subieron a bordo de la nuestra sin resistirse cuando se les ordenó. Desencallamos la *Aurora* y la pusimos a remolque a nuestra popa. Había en su cubierta un sólido cofre de hierro de artesanía hindú. No cabía duda de que era el mismo que había contenido el tesoro funesto de los Sholto. No tenía llave, pero su peso era considerable, de modo que lo trasladamos con precaución a la pequeña cabina de nuestra embarcación. Mientras volvíamos a remontar despacio el río, dirigimos el foco en todas direcciones, pero no vimos ningún rastro del isleño. Los huesos de aquel extraño visitante de nuestra isla yacen en algún lugar del fango oscuro del fondo del Támesis.

—Mire usted eso —me indicó Holmes, señalando la escotilla de madera—. No disparamos a tiempo.

Allí, en efecto, justo detrás de donde estábamos, estaba clavado uno de esos dardos asesinos que conocíamos tan bien. Debió de pasar zumbando entre nosotros en el momento mismo en que disparamos. Holmes sonrió y se encogió de hombros con su desenfado habitual, pero reconozco que yo me mareé al pensar en lo cerca que nos había pasado aquella noche una muerte tan terrible.

XI

EL GRAN TESORO DE AGRA

Nuestro prisionero estaba sentado en la cabina, frente al cofre del tesoro por el que tanto se había esforzado y esperado. Era un sujeto tostado por el sol, de ojos indómitos, con la piel de caoba surcada de líneas y arrugas que hacían pensar que había tenido una vida dura y a la intemperie. Tenía bajo la barba una barbilla prominente de hombre que no se desvía fácilmente de su propósito. Debía de rondar los cincuenta años, pues su pelo negro y rizado estaba entremezclado de muchas canas. Su cara no era desagradable en estado de reposo, aunque las cejas espesas y la barbilla agresiva le producían una expresión terrible cuando tenía un arrebato de ira, como había visto yo recientemente. Estaba sentado con las manos esposadas sobre el regazo y la cabeza hundida sobre el pecho, mientras miraba con sus ojos agudos y centelleantes el cofre que había sido la causa de sus fechorías. Me parecía que en su semblante rígido y contenido había más pesar que ira. En un momento dado levantó la cabeza para mirarme, y tenía en los ojos un destello de algo semejante al humor.

—Y bien, Jonathan Small —dijo Holmes, encendiendo un puro—, lamento que las cosas hayan acabado así.

—Y yo también, señor —respondió él con franqueza—. No creo que me vayan a ahorcar por esto. Le doy mi palabra sobre la Biblia que jamás alcé la mano contra el señor Sholto. Fue ese perrillo infernal de Tonga el que le disparó uno de sus dardos condenados. No tuve ninguna parte en ello, señor.

Lo sentí como si el difunto hubiera sido pariente mío. Castigué al diablillo azotándolo con la punta de la soga, pero el mal ya estaba hecho y yo no tenía manera de arreglarlo.

—Fúmese un puro —dijo Holmes—, y más vale que se tome un trago de mi petaca, pues está muy mojado. ¿Cómo esperaba usted que un hombre tan pequeño y débil como ese sujeto negro dominara al señor Sholto y lo retuviera mientras subía usted por la cuerda?

—Parece que lo sabe usted tan bien como si hubiera estado delante, señor. La verdad es que esperaba encontrarme vacía la habitación. Conocía bastante bien las costumbres de la casa, y ésa era la hora a la que el señor Sholto solía bajar a cenar. No tengo nada que ocultarle. Mi mejor defensa es contar la pura verdad. Ahora bien, si se hubiera tratado del viejo comandante, habría ido a la horca muy contento por matarlo. Le habría clavado una puñalada con la misma tranquilidad con que me estoy fumando este puro. Pero es una maldita desgracia que me condenen por ese Sholto hijo, a quien yo no tenía ninguna enemistad.

—Está usted bajo la custodia del señor Athelney Jones, de Scotland Yard. Lo llevará a mi casa, y allí le pediré que me haga una relación fiel del asunto. Deberá ser sincero, pues en tal caso confío en poder ayudarlo. Creo que podré demostrar que el veneno es de efecto tan rápido que el hombre estaba muerto antes de que usted llegara siquiera a la habitación.

—Sí que lo estaba, señor. Me llevé el mayor susto de mi vida cuando entré por la ventana y me lo encontré sonriéndome con la cabeza apoyada en el hombro. Me quedé de una pieza, señor. Le habría dado a Tonga una paliza de muerte si no se me hubiera escapado. Por eso se dejó la maza y algunos dardos, según me dijo, y yo diría que eso fue lo que le ha servido a usted para encontrarme el rastro, aunque no tengo idea de cómo ha podido seguirlo después. No le guardo ningún rencor por ello. Pero sí que parece raro —añadió con una sonrisa amarga— que yo, que tengo justo derecho a casi medio millón, me haya pasado la primera mitad de mi vida construyendo un rompeolas en las Andamán, y es fácil que me vaya a pasar la otra mitad cavando zanjas en el penal de Dartmoor. En mala hora le puse la vista encima al mercader Ahmed y tuve algo que ver con el tesoro de Agra, que no le ha traído más que la maldición a su propietario. A él le acarreó la muerte violenta; al comandante Sholto, temor y remordimientos, y a mí me ha llevado a la cárcel para toda la vida.

En aquel momento, Athelney Jones asomó la cara ancha y los hombros pesados al interior de la cabina.

—Bonita reunión familiar —comentó—. Creo que tomaré un trago de esa petaca, Holmes. Bueno, creo que podemos felicitarnos mutuamente. Lástima que no hayamos atrapado vivo al otro; pero no quedó elección. Oiga, Holmes, me reconocerá usted que apuró bastante las cosas. Los alcanzamos por los pelos.

—Bien está lo que bien acaba —dijo Holmes—. Pero es verdad que no sabía que la *Aurora* fuera tan veloz.

—Smith dice que es una de las lanchas más rápidas del río, y que no los habríamos alcanzado nunca si hubiera tenido a otro hombre que lo ayudara con las máquinas. Jura que no sabía nada de este asunto de Norwood.

—Y no lo sabía —exclamó nuestro prisionero—: ni una palabra. Elegí su lancha porque había oído decir que volaba. No le dijimos nada, pero le pagamos bien, y se iba a llevar una buena gratificación si llegábamos a nuestro barco, el *Esmeralda*, que está anclado en Gravesend y zarpa para Brasil.

—Bueno, si no ha hecho nada malo, nos ocuparemos de que no le pase nada malo. Aunque nos damos mucha prisa en detener a lo que perseguimos, no nos precipitamos a la hora de condenarlos.

Tenía gracia el modo en que el fatuo de Jones empezaba ya a darse importancia por la detención. La leve sonrisa que se asomó al rostro de Sherlock Holmes me dio a entender que su discursito no le había pasado desapercibido.

—Vamos a llegar ya al puente de Vauxhall —dijo Jones—, y allí lo desembarcaremos a usted, doctor Watson, con el cofre del tesoro. No es preciso que le diga que estoy asumiendo una grave responsabilidad al hacer esto. Es muy irregular; pero, por supuesto, un trato es un trato. Sin embargo, y en vista de la carga tan valiosa que lleva usted, el deber me obliga a asignarle a un inspector que lo acompañará. ¿Irá usted en coche, sin duda?

—Sí, iré en coche.

—Lástima que no haya llave, para que hagamos primero un inventario. Tendrá usted que forzar la cerradura. Dígame usted, ¿dónde está la llave?

—En el fondo del río —respondió Small, lacónico.

—¡Hum! No hacía falta que nos produjera esta molestia innecesaria. Ya nos había dado bastante trabajo. Pero doctor, no es preciso que le ruegue que tenga cuidado. Llévese el cofre al apartamento de Baker Street. Lo esperaremos allí, antes de ir a la comisaría.

Me desembarcaron en Vauxhall con mi pesado cofre de hierro y con un inspector campechano y simpático como compañero. Un coche de punto nos llevó en un cuarto de hora a casa de la señora de Cecil Forrester. A la criada pareció sorprenderle que llegara una visita tan tarde. Explicó que la señora de Cecil Forrester había salido aquella noche y seguramente volvería muy tarde. Pero la señorita Morstan estaba en el salón. Así pues, pasé al salón con el cofre en las manos, dejando en el coche de punto al amable inspector.

Estaba sentada junto a la ventana abierta, con un vestido de tela blanca diáfana y leves detalles rojos en el cuello y la cintura. Estaba recostada en la butaca de mimbre y caía sobre ella la luz suave de una lámpara con pantalla, que resaltaba las formas de su cara dulce y seria y teñía de un brillo metálico mate los ricos bucles de su cabello exuberante. Le colgaban el brazo y la blanca mano a un lado de la butaca, y toda su figura y su actitud expresaban la melancolía que la tenía absorta. Pero al oír el ruido de mis pasos se levantó de un salto, y las mejillas pálidas se le colorearon de un vivo rubor de sorpresa y placer.

—Oí llegar un coche —dijo—. Pensé que la señora Forrester volvía a casa muy temprano, pero no soñé ni por un momento que fuera usted. ¿Qué noticias me trae?

—Le traigo algo mejor que noticias —respondí, y deposité el cofre en la mesa. Le hablé con voz jovial y alborozada, a pesar del peso que llevaba en el corazón—. Le traigo algo que vale más que todas las noticias del mundo. Le traigo una fortuna.

Le echó una mirada al cofre de hierro.

—¿Es ése el tesoro, entonces? —preguntó con bastante frialdad.

—Sí: éste es el gran tesoro de Agra. La mitad es de usted, y la otra mitad, de Thaddeus Sholto. Se llevarán un par de cientos de miles cada uno. ¡Figúrese! Una renta de diez mil libras al año. Habrá pocas jóvenes más ricas que usted en toda Inglaterra. ¿Verdad que es maravilloso?

Me parece que exageré un poco mi agrado y que ella debió de detectar un cierto timbre falso en mis felicitaciones, pues vi que levantaba un poco las cejas y me miraba de un modo curioso.

—Si lo tengo, es gracias a usted —dijo.

—No, no —respondí—. Gracias a mí, no; sino a mi amigo Sherlock Holmes. Ni con toda la buena voluntad del mundo podría haber seguido yo unas pistas que han puesto a prueba hasta a su genio analítico. De hecho, estuvimos a punto de perderlos en el último momento.

—Le ruego que tome asiento y me lo cuente todo, doctor Watson.

Le relaté de manera sucinta todo lo sucedido desde la última vez que nos habíamos visto: el nuevo método que había aplicado Holmes en su búsqueda, el hallazgo de la *Aurora*, la llegada de Athelney Jones, nuestra expedición a la caída de la tarde y la persecución desenfrenada por las aguas del Támesis. Escuchó con los labios entreabiertos y los ojos relucientes mi relación de nuestras aventuras. Cuando le hablé del dardo que nos había pasado tan cerca, se puso tan pálida que temí que estuviera a punto de desmayarse.

—No es nada —dijo, mientras yo me apresuraba a servirle un vaso de agua—. Ya estoy bien. Me impresionó oír el peligro tan horrible que han pasado mis amigos por mi culpa.

—Ya pasó —respondí—. No fue nada. Ya no le contaré a usted más detalles tristes. Vamos a atender a algo más alegre. Ahí está el tesoro. ¿Puede haber algo más alegre que eso? Pedí permiso para traérselo, pensando que le interesaría a usted ser la primera en verlo.

—Me interesaría enormemente —dijo. Pero en su voz no había ilusión. Sin duda lo decía pensando que podía parecer un desprecio por su parte aparentar indiferencia ante aquello que tanto nos había costado conseguir. Se inclinó sobre él—. ¡Qué cofre tan lindo! Supongo que es de artesanía hindú, ¿verdad?

—Sí; es de forja de Benarés.

—¡Y cuánto pesa! —exclamó, intentando levantarlo—. El cofre mismo ya debe de tener algún valor. ¿Dónde está la llave?

—Small la arrojó al Támesis —respondí—. Tendré que tomar prestado el atizador de la señora Forrester.

El cofre tenía por delante un pestillo grueso y ancho de hierro forjado, en forma de Buda sentado. Metí por debajo la punta del atizador y lo hice girar hacia fuera a modo de palanca. El pestillo saltó con un fuerte chasquido. Levanté la tapa con dedos temblorosos. Los dos nos quedamos mirando atónitos. ¡El cofre estaba vacío!

No era de extrañar que pesara tanto. Las paredes de hierro tenían dos tercios de pulgada de grosor por todas partes. Era macizo, bien hecho y sólido, un cofre construido para llevar objetos de gran valor, pero sin el menor vestigio ni fragmento de metal ni de joyas en su interior. Estaba total y absolutamente vacío.

—El tesoro se ha perdido —dijo la señorita Morstan con calma.

Cuando oí estas palabras y comprendí lo que significaban, me pareció que se me despejaba del alma una sombra oscura. No me hice cargo del peso que había supuesto para mí ese tesoro de Agra hasta que me lo hube quitado de encima por fin. Sin duda era un acto de egoísmo, de deslealtad, y estaba mal por mi parte, pero lo único que pensaba yo era que se había retirado el muro de oro que se interponía entre los dos.

—¡Gracias a Dios! —exclamé de todo corazón. Me miró con una sonrisa viva e interrogadora.

—¿Por qué dice usted eso? —preguntó.

—Porque vuelve a estar usted a mi alcance —respondí, tomándole la mano. No la retiró—. Porque te quiero, Mary, tanto como haya querido jamás un hombre a una mujer. Porque este tesoro, estas riquezas, me cerraban los labios. Ahora que ya no están, puedo decirte cuánto te quiero. Por eso he dicho «gracias a Dios».

—Entonces, yo también digo «gracias a Dios» —susurró, mientras la abrazaba. Aunque alguien hubiera perdido un tesoro, esa noche supe que yo había encontrado otro.

XII

LA EXTRAÑA HISTORIA DE JONATHAN SMALL

El inspector que esperaba en el coche era hombre de mucha paciencia, pues tardé un buen rato en regresar con él. Se le ensombreció el gesto cuando le enseñé el cofre vacío.

—¡A la porra la recompensa! —exclamó con tristeza—. Si no hay dinero, no hay paga. El trabajo de esta noche nos podía haber valido un billete de diez libras a Sam Brown y otro a mí si hubiera aparecido el tesoro.

—El señor Thaddeus Sholto es hombre rico —lo consolé—. Él se encargará de que reciban ustedes una gratificación, con tesoro o sin él.

Pero el inspector sacudió la cabeza con aire pesimista.

—Mal asunto —repitió—, y eso mismo pensará el señor Athelney Jones.

Su pronóstico resultó acertado, pues el detective oficial puso cara de consternación cuando llegué a Baker Street y le enseñé el cofre vacío. Holmes, el prisionero y él acababan de llegar, pues habían cambiado de planes y se habían presentado en una comisaría por el camino. Mi compañero estaba arrellanado en su sillón con su habitual expresión apática, y Small estaba sentado frente a él, impasible, con la pata de palo cruzada sobre la sana. Cuando mostré el cofre vacío, se echó hacia atrás en su silla y soltó una carcajada.

—Esto es obra suya, Small —le reprochó Athelney Jones con enfado.

—Sí: lo he dejado donde no podrán ponerle nunca la mano encima —exclamó con júbilo—. El tesoro es mío. Y si no puedo quedarme yo con el botín,

me cuidaré mucho de que nadie más le ponga las manos encima. Les digo a ustedes que ningún hombre vivo tiene derecho alguno sobre él, aparte de tres hombres que están en el penal de las Andamán y de mí mismo. Ahora sé que no podré disfrutarlo, ni ellos tampoco. He hecho todo esto por ellos tanto como por mí mismo. Siempre hemos sido fieles al signo de los cuatro. Sé bien que ellos habrían querido que hiciera ni más ni menos que lo que he hecho, que tirara el tesoro al Támesis antes de que fuera a parar a amigos o parientes de Sholto o de Morstan. Si acabamos con Ahmed, no fue para enriquecerlos. Encontrarán ustedes el tesoro en el mismo sitio donde está la llave, y donde está el pequeño Tonga. Cuando vi que su lancha nos iba a alcanzar, dejé el botín en lugar seguro. De este viaje no sacarán ustedes ni una rupia.

—Nos engaña usted, Small —se le encaró Athelney Jones con tono severo—. Si hubiera querido arrojar el tesoro al Támesis, le habría sido más fácil tirarlo con cofre y todo.

—A mí me habría sido más fácil tirarlo, y a ustedes más fácil recuperarlo —respondió, echando una mirada astuta de soslayo—. El hombre que ha sido lo bastante listo para cazarme, también lo será para sacar un cofre de hierro del fondo de un río. Ahora que están dispersos a lo largo de cinco millas o cosa así, puede ser más difícil. Aunque se me partía el corazón al hacerlo. Cuando nos alcanzaron, estaba medio enloquecido. Pero de nada sirve lamentarse. En mi vida he tenido buenos momentos y malos, pero he aprendido a no quejarme de lo que no tiene remedio.

—Esto es muy grave, Small —dijo el detective—. Si hubiera colaborado usted con la justicia, en vez de obstaculizarla, podría haber corrido mejor suerte en el juicio.

—¡Justicia! —profirió con desdén el expresidiario—. ¡Bonita justicia! ¿De quién es este botín, si no es nuestro? ¿Qué justicia dice que tengo que entregárselo a los que no se lo han ganado? ¡Miren cómo me lo he ganado yo! Veinte largos años en esa ciénaga llena de fiebres, trabajando todo el día en los manglares, encadenado toda la noche en las míseras chozas de los penados, picado por los mosquitos, destrozado por la malaria, acosado por todos los malditos policías morenos a quienes les encantaba atormentar a un hombre blanco. Así me gané el tesoro de Agra. ¡Y usted me habla de justicia porque no soporto la idea de haber pagado este precio para que lo disfrute otro! Prefiero que me ahorquen veinte veces, o que se me clave en el pellejo uno de los dardos de Tonga, a vivir en la celda de un preso sabiendo que otro vive a sus anchas en un palacio con el dinero que debía ser mío.

Small se había quitado la máscara del estoicismo, y profirió todo esto en un torbellino de palabras, mientras le ardían los ojos y las esposas le tintineaban con los movimientos apasionados de sus manos. Al ver la furia y la rabia del hombre, comprendí que el terror que había dominado al comandante Sholto al enterarse de que el presidiario defraudado le seguía los pasos no había sido infundado ni gratuito.

—Olvida usted que no sabemos nada de todo esto —dijo Holmes con voz tranquila—. No hemos oído su historia, y no podemos determinar hasta qué punto tuvo usted en un principio la justicia de su parte.

—Bueno, señor, me ha hablado usted con mucho respeto, aunque soy consciente de que si llevo estos grillos en las muñecas es gracias a usted. Con todo, no le guardo rencor. Es justo y no hay engaños. Si quiere usted oír mi historia, yo no tengo por qué guardármela. Lo que le voy a contar es la pura verdad de Dios, hasta la última palabra. Gracias; puede dejar el vaso aquí, a mi lado, y le acercaré los labios cuando esté seco.

»Soy natural del condado de Worcestershire. Nací cerca de Pershore. Supongo que encontrarían allí a bastante gente con el apellido de Small si tienen la curiosidad de buscarlos. He pensado muchas veces darme una vuelta por allí, pero la verdad es que nunca fui el orgullo de la familia, y dudo que se alegraran mucho de verme. Eran todos gentes honradas y devotas, pequeños granjeros, conocidos y respetados en toda la comarca, mientras que yo siempre fui algo aventurero. Por fin, cuando tenía unos dieciocho años, dejé de causarles problemas, pues me encontré en una situación apurada con una muchacha y sólo pude librarme tomando el chelín de la reina y senté plaza en el tercer regimiento de Buffs, que iba a partir para la India.

»Pero no estaba destinado a servir durante mucho tiempo como soldado. Apenas había aprendido a hacer el paso de la oca y a manejar mi mosquete cuando cometí la tontería de meterme a nadar en el Ganges. Por ventura para mí, un sargento de mi compañía, John Holder, estaba también en el agua y era uno de los mejores nadadores del ejército. Cuando iba por la mitad del río me atrapó un cocodrilo y me llevó la pierna derecha de un bocado, tan limpiamente como podría haberlo hecho un cirujano, justo por encima de la rodilla. Me desmayé con la impresión y la pérdida de sangre, y me habría ahogado si Holder no me hubiera sujetado y llevado a la orilla. Pasé cinco meses en el hospital, y cuando pude salir cojeando con esta pata de palo atada al muñón, me licenciaron en el ejército por inválido y me encontré inútil para cualquier oficio en el que hubiera que moverse.

»Como se figurarán ustedes, estaba por entonces muy de capa caída, pues era un cojo inútil sin haber cumplido todavía los veinte años. Pero mi desventura no tardó en resultar una bendición a su manera. Un hombre llamado Abelwhite, que había ido allá para poner una plantación de añil, estaba buscando un capataz que vigilara a sus culis[10] y se encargara de que hicieran su trabajo. Resultó que era amigo de nuestro coronel, que se había interesado por mí desde el accidente. Abreviando, el coronel me recomendó vivamente para el puesto, y lo de mi pierna no era un obstáculo grave, pues casi todo el trabajo lo haría a caballo y me quedaba bastante muslo para sujetarme bien a la silla. Mi trabajo consistía en recorrer la plantación a caballo, vigilar a los hombres mientras trabajaban y dar parte de los perezosos. El sueldo era justo, tenía una vivienda cómoda y, considerado todo en conjunto, me avine a pasar el resto de mis días en una plantación de añil. El señor Abelwhite era hombre amable y solía pasarse por mi cabaña a fumarse una pipa conmigo, pues por allí los hombres blancos se tratan con una familiaridad que no se da nunca aquí, en Inglaterra.

»Y bien, la suerte nunca me duró mucho. De pronto, sin previo aviso, estalló el Gran Motín.[11] La India parecía en todos los sentidos tan tranquila y en paz como los condados de Surrey o Kent, y al mes siguiente andaban sueltos doscientos mil demonios negros y el país era un infierno. Ustedes,

---

10 Trabajadores nativos. (N. del T.)
11 El Gran Motín de los cipayos (soldados hindúes del Reino Unido) tuvo lugar en 1857. (N. del T.)

caballeros, sabrán todo esto, claro está, y lo más probable es que bastante mejor que yo, pues no soy muy dado a la lectura. Sólo sé lo que vi con mis propios ojos. Nuestra plantación estaba en un lugar llamado Muttra, cerca de la frontera de las provincias del Noroeste. El cielo se iluminaba cada noche con el resplandor de los bungalós incendiados, y pasaban cada día por nuestra finca pequeños grupos de europeos con sus esposas e hijos, camino de Agra, donde estaban las tropas más próximas. El señor Abelwhite era hombre testarudo. Se le había metido en la cabeza que se estaba sacando de quicio el asunto y que todo se resolvería con tanta rapidez como había surgido. Se sentaba en su terraza a beber vasos de whisky y a fumar puros mientras todo el país ardía a su alrededor. Dawson y yo nos quedamos con él, claro está. Dawson, que estaba con su esposa, era el administrador y contable. Y bien, un buen día llegó el golpe. Yo había ido a visitar una plantación lejana y volvía a casa a caballo, despacio, al caer la tarde, cuando vi un bulto al pie de un *nullah*[12] empinado. Me acerqué con mi caballo a ver de qué se trataba, y se me heló al corazón al descubrir que era la mujer de Dawson, hecha trizas y medio devorada por los chacales y los perros nativos. Poco trecho más adelante, en el mismo camino, yacía Dawson boca abajo, muerto, con un revólver vacío en la mano y cuatro cipayos tendidos ante él en un montón. Tiré a mi caballo de las riendas sin saber hacia dónde dirigirme, pero en ese momento vi que del bungaló de Abelwhite subía una nube espesa de humo y que las llamas empezaban a asomar por el tejado. Comprendí entonces que no podía hacer nada por mi patrón, y que si intervenía en el asunto no haría más que perder la vida. Vi desde donde estaba a centenares de demonios negros que, todavía con las casacas rojas puestas, bailaban y aullaban alrededor de la casa incendiada. Algunos me señalaron, y me pasaron silbando un par de balas cerca de la cabeza; de modo que tiré por los arrozales y aquella noche me encontré a salvo tras las murallas de Agra.

»Pero resultó que allí tampoco había mucha seguridad. Todo el país estaba revuelto como un enjambre. Donde se habían podido reunir pequeños

---

12   En hindi, barranco o torrente seco. (N. del T.)

grupos de ingleses, no dominaban más terreno que el que podían cubrir con sus fusiles. Todos los demás eran unos fugitivos desvalidos. Era una guerra de millones contra centenares. Lo más doloroso de todo era que esos hombres contra los que luchábamos, de infantería, caballería y artillería, eran nuestras propias tropas escogidas, a las que habíamos formado y adiestrado nosotros mismos, que manejaban nuestras propias armas y se transmitían sus órdenes con los toques de corneta de nuestro propio ejército. En Agra estaban el tercero de Fusileros de Bengala, algunos sijs, dos tropas de caballería y una batería de artillería. Se había formado un cuerpo de voluntarios con empleados y comerciantes, y yo ingresé en él, con mi pata de palo y todo. Salimos al encuentro de los rebeldes en Shahgunge a primeros de julio y los contuvimos durante algún tiempo, pero se nos acabó la pólvora y tuvimos que replegarnos a la ciudad. Sólo recibíamos malas noticias por todas partes, lo que no es de extrañar, pues si miran el mapa verán que estábamos en el centro mismo de todo. Lucknow está a algo más de cien millas al este, y Cawnpore hacia la misma distancia al sur. Por todos los puntos cardinales no había más que tormentos, asesinatos y tropelías.

»La ciudad de Agra es una población grande, abarrotada de fanáticos y de toda clase de feroces adoradores del demonio. Nuestro puñado de hombres se perdía en aquellas callejas tortuosas. Por ello, nuestro jefe nos hizo trasladarnos al otro lado del río y tomamos posiciones en el antiguo fuerte de Agra. No sé si alguno de ustedes, caballeros, ha leído u oído hablar de ese fuerte antiguo. Es un lugar muy extraño, el más extraño en que he estado en mi vida, y eso que he estado en sitios bien raros. Para empezar, es enorme. Creo que el recinto debe de tener muchas hectáreas de extensión. Hay una parte moderna donde se alojó toda nuestra guarnición, con mujeres, niños, provisiones y todo lo demás, y aún sobró mucho sitio. Pero la parte moderna no es nada comparada con el tamaño de la zona antigua, donde no entra nadie y se deja a los alacranes y los ciempiés. Está llena de grandes salones vacíos, pasadizos tortuosos y pasillos largos que dan vueltas y revueltas, de manera que es bastante fácil perderse por allí. Por eso, nadie solía adentrarse en esa parte, aunque a veces se aventuraba a explorar algún grupo con antorchas.

»El río transcurre por el frente del antiguo fuerte y lo protege, pero en los costados y por detrás hay muchas puertas. Por supuesto, había que custodiar las de la parte antigua y las de la zona que ocupaban nuestras tropas. Estábamos escasos de hombres, apenas los suficientes para vigilar las esquinas del edificio y para atender a los cañones. Por ello nos resultaba imposible poner buenas guardias en cada una de las innumerables puertas. Lo que hicimos fue organizar un cuerpo de guardia central en el centro del fuerte y dejar cada puerta a cargo de un hombre blanco con dos o tres nativos. A mí me encargaron que custodiara durante determinadas horas de la noche cierta puerta pequeña y aislada en la fachada sudoeste del edificio. Pusieron a mis órdenes a dos soldados de caballería sijs, y me dieron la consigna de que disparara mi mosquete si algo marchaba mal, para que acudieran enseguida en mi auxilio los del cuerpo de guardia central. Pero el cuerpo de guardia estaba a sus buenos doscientos pasos de distancia, con un laberinto de pasadizos y pasillos de por medio, y yo dudaba mucho de que pudieran llegar a tiempo de servir para nada si se producía un asalto.

»Pues bien, yo estaba bastante orgulloso de que me hubieran encomendado este mando, teniendo en cuenta que no era más que un recluta, y cojo, además. Pasé dos noches montando guardia con mis punjabíes. Eran unos sujetos altos de aspecto fiero, llamados Muhammad Singh y Abdalá Khan, ambos soldados veteranos que habían luchado contra nosotros en Chilian-wallah. Hablaban inglés bastante bien, pero yo no les sacaba gran cosa. Preferían pasarse juntos toda la noche parloteando en su extraña lengua sij. Yo solía quedarme ante la puerta, contemplando el río ancho y serpenteante y el parpadeo de las luces de la gran ciudad. El redoble de los tambores, el ruido de los tantanes y los chillidos y aullidos de los rebeldes, borrachos de opio y *bhang*, nos bastaban para hacernos recordar durante toda la noche a los vecinos tan peligrosos que teníamos al otro lado del río. El oficial de noche solía recorrer todos los puestos cada dos horas para comprobar que todo iba bien.

»Mi tercera noche de guardia fue oscura y desapacible, con una lluvia fina y penetrante. Era muy aburrido estar de plantón en la puerta hora tras hora con aquel tiempo que hacía. Intenté una y otra vez entablar conversación con mis sijs, pero sin gran éxito. A las dos de la madrugada pasó la ronda, interrumpiendo por un momento la monotonía de la noche. En vista de que mis compañeros no tenían ganas de hablar, saqué mi pipa y dejé el mosquete para encender la cerilla. Los dos sijs cayeron sobre mí al instante. Uno me arrebató el arma y me apuntó con ella a la cabeza mientras el otro me ponía en el cuello un cuchillo grande y me juraba entre dientes que me lo clavaría si daba un paso.

»Lo primero que pensé fue que aquellos tipos estaban complicados con los rebeldes y que se trataba del comienzo de un ataque. Si nuestra puerta caía en manos de los cipayos, el fuerte caería sin falta, y tratarían a las mujeres y los niños como los habían tratado en Cawnpore. Puede que ustedes, caballeros, crean que lo que pretendo es disculparme, pero les doy mi palabra de que cuando pensé en eso, aun sintiendo la punta del cuchillo en la garganta, abrí la boca con intención de soltar un grito para avisar a la guardia central, aunque fuera el último que diera en la vida. Pareció que el hombre que me sujetaba me leyó los pensamientos, pues cuando ya me disponía a hacerlo, susurró: "No hagas ruido. El fuerte está a salvo. No hay perros rebeldes a este lado del río". Lo dijo de tal modo que sonaba a cierto, y yo sabía que si levantaba la voz era hombre muerto. Lo leí en los ojos castaños de aquel hombre. Por tanto, esperé en silencio, para enterarme de qué querían de mí.

»—Escucha, *sahib* —dijo el más alto y fiero de los dos, el que se llamaba Abdalá Khan—. Tienes que ponerte de nuestra parte ahora mismo o de lo contrario te haremos callar para siempre. Es cosa demasiado importante para que dudemos. O estás con nosotros con todo corazón y con toda el alma, jurando por la cruz de los cristianos, o tu cuerpo caerá esta noche a la zanja y nosotros nos pasaremos a nuestros hermanos del ejército rebelde. No hay término medio. ¿Qué prefieres, vivir o morir? Sólo podemos darte tres minutos para que lo decidas, pues corre el tiempo y debe hacerse todo antes de que vuelva a pasar la ronda.

»—¿Cómo voy a decidirme? —repuse—. No me habéis dicho qué queréis de mí. Pero os digo desde luego que, si se trata de algo que vaya contra la seguridad del fuerte, no tendré nada que ver con ello, así que puedes clavarme el cuchillo en buena hora.

»—No se trata de nada que vaya contra el fuerte —contestó—. Lo único que te pedimos es que hagas lo que venís a hacer en esta tierra los de tu país. Te pedimos que te hagas rico. Si eres uno de los nuestros esta noche, te juraremos sobre la hoja del cuchillo y por el juramento triple que no ha quebrantado jamás ningún sij que tendrás tu parte del botín. Una cuarta parte del tesoro será tuya. No podemos ofrecerte trato más justo.

»—Pero ¿qué es ese tesoro, entonces? —pregunté —. Estoy tan dispuesto a hacerme rico como podéis estarlo vosotros, si me decís lo que hay que hacer.

»—¿Juras entonces —dijo—, por los huesos de tu padre, por la honra de tu madre, por la cruz de tu fe, que no levantarás mano ni dirás palabra contra nosotros, ni ahora ni después?

»—Lo juro —respondí —, con tal de que no corra peligro el fuerte.

»—Entonces, mi camarada y yo juramos que recibirás la cuarta parte del tesoro, que se repartirá por igual entre los cuatro.

»—Sólo somos tres —observé.

»—No. Dost Akbar tiene que recibir su parte. Podremos contarte la historia mientras los esperamos. Quédate tú en la puerta, Muhammad Singh, para avisar de su llegada. Las cosas son de esta manera, *sahib*, y te las cuento porque sé que los *feringhee*[13] respetan los juramentos y que podemos confiar en ti. Si hubieras sido un hinduista mentiroso, tu sangre habría manchado el cuchillo y tu cuerpo el agua aunque hubieras jurado por todos los dioses de sus falsos templos. Pero el sij conoce al inglés, y el inglés conoce al sij. Escucha, pues, lo que tengo que decirte.

»"Hay en las provincias del norte un rajá que tiene muchas riquezas, aunque sus tierras son pequeñas. Heredó mucho de su padre y ha juntado mucho más él mismo, pues es de carácter ruin y prefiere amasar su oro a hacerlo rodar. Cuando estallaron los disturbios, quiso ser amigo del león y del tigre, de los cipayos y del dominio de la Compañía. Pero al poco tiempo le pareció que había terminado el régimen del hombre blanco, pues no oía hablar por todo el país más que de su muerte y derrocamiento. Pero como

---

13   Occidentales, hombres blancos. (N. del T.)

era hombre cuidadoso, preparó sus planes de tal modo que, pasara lo que pasara, le quedaría al menos la mitad de su tesoro. Lo que estaba en oro y plata se lo quedó en las cámaras del tesoro de su palacio, pero las piedras preciosas y las perlas más finas las hizo meter en un cofre de hierro y se las confió a un fiel criado para que, disfrazado de mercader, las llevara al fuerte de Agra, y se quedara allí refugiado hasta que reinara la paz en el país. Así, si vencían los rebeldes, tendría su dinero, pero si se imponía la Compañía, habría conservado sus joyas. Después de dividir así su tesoro, se sumó a la causa de los cipayos, ya que estaban fuertes cerca de sus fronteras. Observa, *sahib*, que, al hacer esto, sus bienes pasan a ser de los que han sido fieles a sus jefes.

»"Este falso mercader, que viaja bajo el nombre de Ahmed, está ahora en la ciudad de Agra y quiere acceder al fuerte. Lleva como compañero de viaje a mi hermano adoptivo Dost Akbar, quien conoce su secreto. Dost Akbar le ha prometido guiarlo esta noche hasta una poterna secundaria del fuerte, y ésta ha sido elegida para su propósito. Llegará dentro de poco, y aquí nos encontrará esperándolo a Muhammad Singh y a mí. Es un lugar solitario y nadie verá su llegada. El mundo no volverá a saber nada del mercader Ahmed, pero el gran tesoro del rajá se repartirá entre nosotros. ¿Qué dices, *sahib*?

»En Worcestershire, la vida de un hombre parece algo grande y sagrado, pero la cosa es muy distinta cuando uno está rodeado de sangre y fuego por todas partes y está acostumbrado a ver la muerte en cada esquina. Para mí, la vida o la muerte del mercader Ahmed eran tan insustanciales como el aire, pero cuando me hablaron del tesoro, me llegó al corazón, y pensé lo que podría hacer con él en mi tierra, y cómo me mirarían los míos cuando vieran volver al inútil de la familia con los bolsillos llenos de onzas de oro. Ya me había decidido, por tanto, aunque Abdalá Khan insistió, creyendo que titubeaba.

»—Piensa, *sahib* —me dijo—, que si el comandante apresa a este hombre, lo ahorcarán o lo fusilarán, y el gobierno se hará cargo de sus joyas, de modo que nadie ganará una rupia. Ahora bien, ya que seremos nosotros quienes lo apresemos, ¿por qué no hacer otro tanto por nuestra cuenta? Las joyas estarán tan bien en nuestro poder como en los cofres de la

Compañía. Habrá suficiente para que todos seamos hombres ricos y grandes jefes. Nadie puede enterarse de nada, pues aquí estamos apartados de todos los hombres. ¿Qué situación podría ser mejor para este propósito? Repite, entonces, *sahib*, que estás con nosotros, o tendremos que tomarte por enemigo.

»—Estoy con vosotros con toda el alma y de todo corazón —dije.

»—Está bien —replicó, y me devolvió el mosquete—. Ves que confiamos en ti, pues, como nosotros, no eres hombre que falte a tu palabra. Ahora, sólo nos queda esperar a mi hermano y al mercader.

»—¿Sabe tu hermano lo que haréis, entonces? —le pregunté.

»—El plan es suyo. Lo ha trazado él. Vayamos a la puerta y montaremos guardia con Muhammad Singh.

»Seguía lloviendo con regularidad, pues acababa de empezar la estación de las lluvias. Nubes pardas y pesadas cruzaban el cielo, y era difícil ver más allá de un tiro de piedra. Había ante nuestra puerta un foso profundo, pero el agua estaba casi seca en algunas partes y resultaba fácil cruzarlo. A mí se me hacía extraño esperar allí con aquellos dos punjabíes violentos al hombre que venía a la muerte.

»De pronto, percibí la luz de una linterna sorda al otro lado del foso. Desapareció entre los montones de tierra y volvió a aparecer acercándose despacio hacia nosotros.

»—¡Aquí llegan! —exclamé.

»—Dale el alto de la manera habitual, *sahib* —susurró Abdalá—. Que no tenga motivo de sospecha. Hazlo pasar con nosotros, y nos ocuparemos del resto mientras tú te quedas aquí de guardia. Disponte a abrir la pantalla de la linterna para asegurarnos de que, en efecto, se trata del hombre.

»La luz se iba acercando hacia nosotros, ora deteniéndose, ora avanzando, hasta que vi dos figuras oscuras al otro lado del foso. Esperé a que bajaran el terraplén, cruzaran chapoteando el barro del fondo y subieran la mitad de la cuesta hacia la puerta, y entonces les di el alto.

»—¿Quién vive? —dije en voz baja.

»—Amigos —respondieron. Abrí la pantalla de mi linterna y les arrojé encima un haz de luz. El primero era un sij enorme, de barba negra que le llegaba casi hasta la faja. Yo no he visto un hombre tan alto más que en una feria. El otro era un sujeto pequeño, gordo y orondo, de gran turbante amarillo y que llevaba en la mano un bulto envuelto en un chal. Parecía estremecerse de miedo, pues le temblaban las manos como si tuviera tercianas y no hacía más que volver la cabeza a izquierda y derecha con dos ojillos relucientes, como un ratón cuando se aventura a salir de su agujero. Me dio un escalofrío cuando pensé en matarlo, pero me acordé del tesoro y el corazón se me volvió duro como el pedernal. Cuando vio mi cara blanca soltó un gritito de alegría y corrió hacia mí.

»—Protéjame, *sahib* —jadeó—, proteja al desventurado mercader Ahmed. He recorrido toda la Rajputana para refugiarme en el fuerte de Agra. Me han robado, pegado e insultado por haber sido amigo de la Compañía. Bendita sea esta noche en que vuelvo a estar a salvo con mi pobreza.

»—¿Qué llevas en ese bulto? —le pregunté.

»—Una caja de hierro —respondió—, con uno o dos recuerdos de familia que no valen nada para nadie pero que yo no querría perder. Pero tampoco soy un mendigo, joven *sahib*, y te recompensaré, y a tu gobernador también, si me da el refugio que pido.

»No me atreví a seguir hablando con aquel hombre. Cuanto más le miraba la cara gorda y asustada, más duro se me hacía que lo matásemos a sangre fría. Era mejor acabar de una vez.

»—Lleváoslo al cuerpo de guardia —dije. Los dos sijs se pusieron a izquierda y derecha de él, mientras el gigante iba detrás, cuando entraron por la puerta oscura. Jamás anduvo un hombre tan rodeado de la muerte. Yo me quedé en la puerta con la linterna.

»Oí sus pasos regulares que resonaban por los pasillos solitarios. Cesaron de pronto, y oí voces, y una pelea, y ruido de golpes. Un momento más tarde oí con horror unos pasos que corrían hacia mí, con la respiración fuerte del hombre que corría. Iluminé con mi linterna el pasadizo largo y recto, y llegaba por allí el hombre gordo, corriendo como el viento, con una mancha de sangre en la cara, y el gran sij que le venía pisando los talones, saltando como un tigre, con el brillo de un cuchillo en la mano. No he visto nunca correr a un hombre como corría aquel pequeño mercader. Cobraba ventaja al sij, y comprendí que si me dejaba atrás y salía al aire libre todavía podía salvarse. Tuve lástima de él, pero la idea del tesoro volvió a endurecerme y a tornarme despiadado. Cuando pasó a mi lado, le metí el mosquete entre las piernas, y dio dos volteretas como un conejo alcanzado por un tiro. El sij cayó sobre él antes de que hubiera tenido tiempo de ponerse de pie y le clavó dos veces el cuchillo en el costado. El hombre no soltó un gemido ni movió un músculo, y se quedó donde había caído. Creo que se partió el cuello con la caída. Ya ven ustedes, caballeros, que soy fiel a mi promesa. Les cuento hasta la última palabra del asunto tal y como pasó, aunque no me deje en buen lugar.

Calló, y adelantó las manos esposadas para tomar el whisky con agua que le había preparado Holmes. Reconozco que yo, personalmente, había llegado a sentir un horror intenso hacia aquel hombre, no sólo por el asesinato a sangre fría en que había intervenido, sino, más aún, por la ligereza y despreocupación con que lo contaba. Fuera cual fuese el castigo que le esperara, me pareció que no sentiría lástima de él. Sherlock Holmes y Jones, sentados con las manos en las rodillas, escuchaban la historia con gran atención, pero con la misma repugnancia escrita en las caras. Puede que el hombre lo advirtiera, pues siguió hablando con una pizca de desafío en la voz y en su actitud.

—Estuvo muy mal, no cabe duda —dijo—. Me gustaría saber cuántos hombres habrían rechazado una parte de ese botín de haber estado en mi pellejo, sabiendo que en caso contrario les cortarían el cuello. Además, una vez que estaba en el fuerte, era su vida o la mía. Si se hubiera escapado, habría salido a relucir todo el asunto, y a mí me habrían formado consejo de guerra y seguramente me habrían fusilado, pues en aquellos momentos no se andaban con chiquitas.

—Siga con su relato —ordenó Holmes en tono cortante.

—Y bien, lo metimos entre los tres, Abdalá, Akbar y yo. Y sí que pesaba el hombre, a pesar de lo bajito que era. Muhammad Singh se quedó a guardar la puerta. Lo llevamos a un lugar que ya tenían preparado los sijs. Estaba a cierta distancia, donde hay un pasadizo tortuoso que conduce hasta un gran salón, cuyas paredes de ladrillo se estaban cayendo a pedazos. El suelo de tierra se había hundido en un punto, formando una fosa natural donde enterramos al mercader Ahmed, después de cubrirlo con ladrillos sueltos. Hecho aquello, volvimos todos a ver el tesoro.

»Estaba donde lo había dejado caer cuando lo atacaron por primera vez. El cofre era ese mismo que está abierto ahora sobre su mesa. Había una llave colgada con un cordel de seda de esa asa tallada de la parte superior. La abrimos, y la luz de la linterna hizo relucir una colección de piedras preciosas como las que había leído y soñado cuando era un chiquillo, en Pershore. Deslumbraban al verlas. Cuando hubimos dado gusto a la vista, las sacamos todas y preparamos una lista. Había ciento cuarenta y tres diamantes de primera calidad, entre ellos uno que se llamaba, según creo, el Gran Mogol, del que se dice que era el segundo más grande del mundo. Había también noventa y siete esmeraldas muy finas, y ciento setenta rubíes, algunos de los cuales eran pequeños, no obstante. Había cuarenta carbúnculos, doscientos diez zafiros, sesenta y una ágatas y una gran cantidad de berilos, ónices, ojos de gato, turquesas y otras piedras cuyos nombres mismos no conocía yo por entonces, aunque me familiaricé algo más con ellos después. Había, además, trescientas perlas muy finas, doce de las cuales estaban montadas en una tiara de oro. Por cierto, éstas se habían retirado del cofre y no estaban cuando lo recuperé.

»Cuando hubimos contado nuestro tesoro, volvimos a guardarlo en el cofre y lo llevamos a la puerta para enseñárselo a Muhammad Singh. A continuación, renovamos solemnemente nuestro juramento de fidelidad mutua entre nosotros y con nuestro secreto. Acordamos que esconderíamos el botín en un lugar seguro hasta que volviera a reinar la paz en el país, y después volveríamos y lo repartiríamos entre los cuatro por igual. De nada servía repartirlo entonces, pues si nos encontraban encima gemas de tanto valor, se despertarían sospechas, y en el fuerte no había intimidad ni manera de ocultarlas. Llevamos, pues, el cofre al mismo salón donde habíamos enterrado el cuerpo, y allí hicimos un hueco, bajo ciertos ladrillos de la pared en mejor estado de conservación, y guardamos nuestro tesoro. Tomamos nota del lugar cuidadosamente, y al día siguiente dibujé cuatro planos, uno para cada uno de nosotros, y tracé debajo el signo de los cuatro, pues habíamos jurado que actuaríamos siempre juntos de modo que ninguno se aprovechara de los demás. Es un juramento que puedo decir, con la mano en el corazón, que no he quebrantado jamás.

»Pues bien, caballeros, no es preciso que les cuente a ustedes cómo acabó el motín de la India. Cuando Wilson tomó Delhi y *sir* Colin socorrió Lucknow, la cosa se vino abajo. Llegaban nuevas fuerzas, y Nana Sahib escurrió el bulto pasando la frontera. Llegó a Agra una columna volante al mando del coronel Greathead, que echó de allí a los *pandies*. Parecía que volvía a reinar la paz en el país, y los cuatro empezábamos a confiar en que se acercaba el momento en que podríamos marcharnos a salvo, cada uno con nuestra parte del botín. Pero todas nuestras esperanzas se vinieron abajo en un instante cuando nos detuvieron como asesinos de Ahmed.

»La cosa fue así. Cuando el rajá dejó sus joyas en manos de Ahmed fue porque sabía que éste era hombre de confianza. Pero los orientales son desconfiados, y el rajá le encargó a un criado suyo de más confianza todavía que vigilara al primero. Mandó a este segundo hombre que no perdiera nunca de vista a Ahmed, y lo siguió como si fuera su sombra. Aquella noche iba tras él y lo vio entrar por la puerta. Creyó, claro está, que se había refugiado en el fuerte, y él mismo se presentó allí al día siguiente a pedir refugio; pero no encontró rastro de Ahmed. Aquello le pareció tan extraño que le habló del asunto a un sargento de guías, quien lo llevó a oídos del comandante. Se organizó enseguida un registro, y se descubrió el cadáver. Así pues, en el mismo momento en que habíamos creído estar a salvo, nos detuvieron a los cuatro y nos llevaron a juicio acusados de asesinato; a tres, porque habíamos estado de guardia en la puerta aquella noche, y al otro, porque se sabía que había sido acompañante del hombre asesinado. En el juicio no salió a relucir ni una palabra sobre las joyas, pues el rajá había sido depuesto y expulsado de la India, de modo que a nadie le interesaban en especial. Sin embargo, el asesinato salió a la luz con claridad, y se demostró que los cuatro debimos participar en él. A los tres sijs los condenaron a trabajos forzados a perpetuidad, y a mí, a muerte, aunque más tarde me conmutaron la pena por la misma que los otros.

»Nos encontramos entonces en una situación bastante rara. Los cuatro estábamos atados de pies y manos, con muy pocas posibilidades de volver a ser libres, a pesar de que teníamos un secreto que nos habría puesto a cada uno en un palacio con sólo que hubiésemos podido aprovecharlo. Era como para arrancarse el corazón, tener que aguantar los golpes y empellones de todos los funcionarios de tres al cuarto, tener que comer arroz y beber agua, mientras aquella fortuna espléndida nos aguardaba tan cerca, esperando a que la recogiésemos. Aquello podría haberme vuelto loco; pero siempre he sido bastante terco, de modo que aguanté y esperé el momento.

»Me pareció por fin que éste había llegado. Me trasladaron de Agra a Madrás, y de allí a la isla Blair, en el archipiélago de Andamán. En aquel penal había muy pocos presos blancos, y como yo me había portado bien desde el principio, no tardé en ser una especie de persona privilegiada. Me concedieron una choza en Hope Town, que es un pueblecito en las laderas del monte Harriet, y me dejaron casi a mis anchas. Es un lugar triste, atacado por las fiebres, y más allá de nuestros claros estaba todo infestado de nativos caníbales salvajes, dispuestos a arrojarnos con la cerbatana algún dardo envenenado en cuanto veían la oportunidad. Había que cavar y abrir zanjas y plantar ñames y una docena de cosas más, de modo que pasábamos todo el día muy ocupados, aunque al caer la tarde teníamos un poco de tiempo libre. Aprendí, entre otras cosas, a ayudar al médico administrando medicamentos, y algunos rudimentos de su ciencia. Yo no dejaba de buscar ocasiones de fugarme, pero esa isla está a centenares de millas de la tierra más cercana, y en aquellos mares apenas hay viento, de modo que era dificilísimo salir de allí.

»El médico, el doctor Somerton, era hombre joven, inquieto y jugador, y los demás oficiales jóvenes se reunían con él en sus habitaciones por las noches a jugar a los naipes. La consulta, donde yo preparaba los medicamentos, estaba junto a su cuarto de estar, con un ventanuco entre las dos piezas. Muchas veces, cuando me sentía solo, apagaba la lámpara de la consulta y, de pie ante el ventanuco, los oía hablar y los veía jugar. A mí también me gusta echar mi partidita de cartas, y ver jugar a los otros era casi como jugar yo. Solían estar el comandante Sholto, el capitán Morstan y el teniente Bromley

Brown, que mandaban a las tropas nativas, además del médico mismo y de dos o tres oficiales de prisiones, veteranos astutos que jugaban con cuidado y picardía. Me parecía que formaban un grupito muy bien avenido.

»Y bien, pronto me llamó la atención una cosa: que parecía que siempre perdían los militares y ganaban los civiles. No digo que hubiera trampas, ojo, pero la cosa era así. Esos funcionarios de prisiones no habían hecho casi nada más que jugar a las cartas desde que habían llegado a las Andamán, y conocían a la perfección la manera de jugar de sus compañeros, mientras que los demás jugaban por pasatiempo y echaban las cartas de cualquier manera. Los soldados se levantaban de la mesa más pobres cada noche, y cuanto más pobres estaban, más ganas tenían de jugar. El comandante Sholto era el más afectado. Al principio pagaba con billetes y monedas de oro, pero pronto se llegó a los pagarés, y por sumas importantes. A veces ganaba unas cuantas manos, que sólo le servían para picarse, y después la suerte le daba la espalda como no lo había hecho nunca. Pasaba todo el día rondando con la cara más oscura que un trueno, y le dio por beber mucho más de lo que le convenía.

»Una noche perdió todavía más de lo habitual. Yo estaba sentado en mi choza cuando pasaron el capitán Morstan y él camino de su residencia. Aquellos dos eran grandes amigos y solían andar juntos. El comandante se quejaba como loco de sus pérdidas.

»—Se acabó, Morstan —decía, cuando pasaban a la altura de mi choza—. Tendré que pedir la baja. Estoy arruinado.

»—¡Tonterías, viejo! —dijo el otro, dándole una palmadita en el hombro—. Yo mismo me las veo negras, pero...

»No oí más, pero aquello bastó para darme que pensar.

»Un par de días más tarde, el comandante Sholto se paseaba por la playa y aproveché para hablar con él.

»—Quisiera pedirle un consejo, mi comandante —le dije.

»—Y bien, Small, ¿de qué se trata? —me contestó, quitándose el puro de los labios.

»—Quería saber a quién se debe entregar un tesoro oculto. Sé dónde está medio millón de libras, y como yo mismo no lo puedo aprovechar, creo que

lo mejor será que se lo entregue a las autoridades, y tal vez entonces me puedan acortar la condena.

»—¿Medio millón, Small? —exclamó, asombrado, y me escrutó con atención para ver si hablaba en serio.

»—Sí que lo vale, señor..., en piedras preciosas y perlas. Está allí, al alcance de cualquiera. Y lo más curioso es que el legítimo propietario está proscrito por la justicia y no se le permite poseer bienes, de modo que el tesoro es del primero que le ponga la mano encima.

»—Es del Gobierno, Small —balbució—, del Gobierno. —Pero lo dijo con tanta indecisión que supe para mí que ya lo tenía convencido.

»—¿Cree usted entonces, señor, que debería proporcionarle esta información al general gobernador? —le pregunté tranquilamente.

»—Bueno, bueno, no se precipite, pues podría arrepentirse más tarde. Cuéntemelo todo, Small. Expóngame los hechos.

»Le conté toda la historia, cambiando algunos detalles para que no pudiera identificar los lugares. Cuando hube terminado, se quedó quieto como un poste y muy pensativo. Vi en el modo en que le temblaban los labios que se libraba una lucha en su interior.

»—Se trata de un asunto muy importante, Small —dijo por fin—. No debe decir usted una palabra a nadie. Volveré a hablar con usted dentro de poco.

»Dos noches más tarde, su amigo el capitán Morstan y él acudieron a mi choza en plena noche con una linterna.

»—Sólo quería que el capitán Morstan oyera la historia de sus propios labios, Small —dijo.

»Se la repetí tal como la había contado la primera vez.

»—Parece verdad, ¿eh? —dijo—. ¿Es lo bastante bueno como para hacer algo?

»El capitán Morstan asintió.

»—Escuche, Small —me interpeló el comandante—. Mi amigo aquí presente y yo hemos estado hablando del asunto y hemos llegado a la conclusión de que este secreto suyo no tiene nada que ver con el Gobierno, después de todo, sino que es un asunto privado de usted, del que puede disponer

como le parezca bien, por supuesto. La cuestión es: ¿qué precio pediría usted? Podríamos estar interesados, o al menos estudiarlo, si llegásemos a un acuerdo en cuanto a las condiciones. —Intentaba hablar con tranquilidad y como sin darle importancia, pero los ojos le brillaban de emoción y avaricia.

»—Bueno, caballeros, en lo que a eso respecta —respondí, intentando también aparentar tranquilidad, pero tan emocionado como él en realidad—, un hombre en mi situación sólo puede aceptar unas condiciones. Les pediría que me ayudaran a recobrar la libertad, a mí y a mis tres compañeros. Después, los recibiremos en la sociedad y les daremos una quinta parte para que se la repartan entre los dos.

»—¡Hum! —exclamó—. ¡Una quinta parte! No es muy tentador.

»—Saldrían ustedes a cincuenta mil por barba —aclaré.

»—Pero ¿cómo podríamos conseguir su libertad? Sabe muy bien que está pidiendo una cosa imposible.

»—Nada de eso —respondí—. Lo tengo todo bien pensado, hasta el último detalle. Lo único que nos impide la fuga es que no podemos conseguir un barco adecuado para la travesía, ni provisiones para un viaje tan largo. En Calcuta o en Madrás hay bastantes yates pequeños y yolas que nos servirían bien. Tráiganse uno aquí. Nos las arreglaremos para subir a bordo una noche, y si nos deja en algún lugar de la costa india, habrán cumplido con su parte del trato.

»—Si fuera usted solo... —aventuró.

»—O todos, o ninguno —respondí—. Lo hemos jurado. Los cuatro debemos obrar siempre juntos.

»—Ya ve usted, Morstan —dijo—. Small es hombre de palabra. No deja plantados a sus amigos. Creo que podemos confiar plenamente en él.

»—Es un negocio sucio —respondió el otro—. Pero, como ha dicho usted, el dinero nos vendría muy bien para salvar nuestras carreras.

»—Y bien, Small —zanjó el comandante—, supongo que debemos aceptar sus condiciones. Antes tendremos que poner a prueba la veracidad de su historia, claro está. Dígame dónde está escondido el cofre, y yo pediré excedencia y me volveré a la India en el barco correo del mes que viene para hacer averiguaciones sobre el asunto.

»—No tan deprisa —lo corté, enfriándome a la misma velocidad que él se acaloraba—. Debo tener que contar con el consentimiento de mis tres camaradas. Ya les he dicho que somos o los cuatro o ninguno.

»—¡Tonterías! —repuso—. ¿Qué tienen que ver esos negros con nuestro acuerdo?

»—Serán negros o azules —repliqué—, pero están conmigo y vamos todos juntos.

»Y bien, la cosa acabó en una segunda reunión en la que estuvieron presentes Muhammad Singh, Abdalá Khan y Dost Akbar. Volvimos a discutir la cuestión, y llegamos a un acuerdo por fin. Les daríamos a los dos oficiales los planos de aquella parte del fuerte de Agra, indicando el punto de la pared donde estaba oculto el tesoro. El comandante Sholto iría a la India a comprobar nuestra historia. Si encontraba el cofre, lo dejaría allí, enviaría un yate pequeño con provisiones para una travesía, que quedaría anclado en aguas de la isla de Ruthland, y al que llegaríamos nosotros, y regresaría por fin a su puesto. El capitán Morstan pediría después una excedencia, se reuniría con nosotros en Agra, y allí se realizaría un último reparto del tesoro, en el que él se haría cargo de la parte del comandante además de la suya propia. Sellamos todo aquello con los juramentos más solemnes que puede discurrir la imaginación o pronunciar los labios. Me pasé toda la noche ocupado con papel y tinta y, a la mañana siguiente, ya tenía preparados los dos planos, firmados con el signo de los cuatro; es decir, de Abdalá, Akbar, Muhammad y yo.

»En fin, caballeros, los estoy cansando con mi largo cuento, y sé que mi amigo el señor Jones está impaciente por meterme a buen recaudo en el calabozo. Abreviaré todo lo que pueda. El villano de Sholto se fue a la India pero no regresó jamás. El capitán Morstan me enseñó su nombre en una lista de pasajeros de un barco correo que partió para Inglaterra poco después. Su tío había muerto dejándole una fortuna y él había pedido que lo licenciaran en el ejército, pero era capaz de rebajarse a tratar a cinco hombres como nos había tratado a nosotros. Morstan fue a Agra poco después y descubrió, como esperábamos, que el tesoro había desaparecido. El canalla se había apoderado de todo sin cumplir ninguna de las condiciones bajo las que le habíamos vendido el secreto. A partir de aquel día sólo viví para la venganza. Pensaba en ella de día, y acariciaba la idea de noche. Se convirtió en una pasión que me dominaba y me absorbía. No me importaban nada ni la ley ni la horca. Fugarme, encontrar a Sholto y ponerle la mano en la garganta: ésos eran mis únicos pensamientos. Hasta el propio tesoro de Agra se había convertido en algo secundario para mí, comparado con la idea de matar a Sholto.

»Y bien, en esta vida me he propuesto muchas cosas y no ha habido ninguna que no haya llevado a cabo. Pero pasaron largos años difíciles hasta que me llegó el momento. Ya les he dicho que había aprendido algo de medicina. Una vez que el doctor Somerton estaba malo con unas fiebres, un grupo de presos recogió a un isleño de las Andamán en la selva. Estaba enfermo de muerte y se había retirado a morir a solas. Me ocupé de él, aunque era más malo que una serpiente venenosa, y al cabo de un par de meses lo dejé curado y capaz de andar. Entonces me cobró cierto cariño y no quería volverse a su selva, sino que andaba siempre rondando por mi choza. Aprendí de él algo de su lengua, y con eso me tomó más aprecio todavía.

»Tonga, que así se llamaba, era buen navegante y tenía una canoa propia, grande y espaciosa. Cuando advertí que me era fiel y que haría cualquier cosa por mí, comprendí que ésa era mi oportunidad de huir. Lo hablé con él. Le dije que acudiera con su canoa una noche determinada a un muelle antiguo que no tenía nunca vigilancia, donde me recogería. Le encargué que se trajera varias calabazas de agua y muchos ñames, cocos y batatas.

»El pequeño Tonga era fiel y leal. Ningún hombre ha tenido jamás un amigo tan constante. Llegó con su barca al muelle la noche acordada. Pero resultó que estaba allí uno de los guardias del penal, un pakistaní vil que no había perdido ninguna ocasión de insultarme y hacerme daño. Siempre me había prometido a mí mismo vengarme de él, y encontré entonces la oportunidad. Era como si el destino me lo hubiera puesto delante para saldar mi deuda antes de marcharme de la isla. Estaba en la orilla de espaldas a mí, con la carabina al hombro. Busqué con la vista una piedra para abrirle la cabeza, pero no vi ninguna. Entonces se me ocurrió una idea rara y caí en la cuenta de dónde podía sacar un arma. Me senté en la oscuridad y me desaté la pata de palo. Caí sobre él de tres saltos a la pata coja. Se llevó la carabina al hombro, pero le di de pleno y le hundí toda la frente. Todavía pueden ver ustedes la muesca que quedó en la madera del golpe. Los dos caímos, pues yo no pude guardar el equilibrio, pero cuando me levanté lo dejé tendido e inmóvil. Me dirigí a la barca, y al cabo de una hora ya estábamos en alta mar. Tonga se había llevado todas sus posesiones terrenales, sus armas y sus dioses. Tenía, entre otras cosas, una lanza larga de bambú y unas esteras de coco típicas de las Andamán, y preparé con ellas una especie de vela. Navegamos diez días sin rumbo, confiando en la suerte, y el día undécimo nos recogió un mercante que iba de Singapur a Yeddah con peregrinos malayos. Eran una multitud abigarrada, y Tonga y yo conseguimos no hacernos notar entre ellos. Tenían una gran virtud: lo dejaban a uno en paz y no preguntaban nada.

»Y bien, si tuviera que contarles todas las aventuras que pasamos mi pequeño compañero y yo, no me lo agradecerían, pues se nos haría de día aquí. Dimos vueltas por el mundo de acá para allá, y siempre surgía algo que nos impedía llegar a Londres. Sin embargo, yo no perdía de vista mi propósito. Soñaba con Sholto por las noches. Lo he matado en sueños un centenar de veces. Pero llegamos a Inglaterra por fin hace tres o cuatro años. No me costó mucho trabajo enterarme de dónde vivía Sholto, y me puse a investigar si había vendido el tesoro o si lo conservaba. Me hice amigo de alguien que podía ayudarme (no diré nombres, pues no quiero meter en líos a nadie), y pronto me enteré de que aún conservaba las joyas. Entonces intenté llegar hasta él de muchos modos; pero era bastante astuto y siempre tenía dos boxeadores de guardia, además de sus hijos y a su *khitmutgar*.

»Pero un día me enteré de que se estaba muriendo. Corrí al jardín, enloquecido de rabia porque se escapara de ese modo de mis garras, y, al asomarme por la ventana, lo vi tendido en su cama y rodeado por sus hijos. Estaba dispuesto a entrar y correr el riesgo de enfrentarme a los tres, pero mientras lo miraba se le abrió la boca y comprendí que había muerto. Esa misma noche me colé en su cuarto y registré sus papeles para comprobar si había alguna nota de dónde había escondido nuestras joyas. Pero no había ni una línea, de modo que me marché, tan amargado y furioso como puede estar un hombre. Antes de marcharme, se me ocurrió que, si volvía a ver a mis amigos sijs, les satisfaría saber que había dejado alguna señal de nuestro odio; de modo que escribí el signo de los cuatro, tal como había estado en el plano, y se lo clavé en el pecho. Habría sido demasiado que se lo llevaran a la tumba sin ninguna señal de los hombres a quienes había robado y engañado.

»Por entonces nos ganábamos la vida exhibiendo al pobre Tonga en las ferias y en otros sitios así con el sobrenombre de Caníbal Negro. Comía carne cruda y bailaba su danza guerrera, de modo que siempre acabábamos con la gorra llena de peniques tras un día de trabajo. Yo seguía recibiendo noticias de todo lo que pasaba en la casa de Pondicherry Lodge, y pasaron años sin que hubiera más novedad que la de que seguían buscando el tesoro. Pero llegó por fin lo que tanto habíamos esperado. Había aparecido el tesoro. Estaba en lo alto de la casa, en el laboratorio de química del señor Bartholomew Sholto. Me pasé por allí enseguida y eché una ojeada, pero no vi el modo de subir hasta allí con mi pata de palo. Entonces me enteré de que había una trampilla en el tejado, y supe también la hora a la que bajaba a cenar el señor Sholto. Me pareció que podría arreglarlo todo bastante bien con Tonga. Me lo llevé conmigo, con una soga larga atada a la cintura. Sabía trepar como un gato y no tardó en llegar al tejado; pero por desgracia Bartholomew Sholto seguía en la habitación, para desgracia suya. Tonga creyó que había estado muy listo al matarlo, pues cuando subí por la soga me lo encontré pavoneándose. Se llevó una sorpresa muy grande cuando lo azoté con la soga y lo llamé diablillo sediento de sangre. Agarré el cofre del tesoro y bajé con él, después de dejar el signo de los cuatro en la mesa para indicar que las joyas habían vuelto por fin a quienes tenían derecho a ellas. Tonga recogió después la soga, cerró la ventana y se marchó por donde había llegado.

»Me parece que ya no tengo nada más que contarles. Le había oído hablar a un gabarrero acerca de la velocidad de la *Aurora*, la lancha de Smith, por lo que me pareció que sería una embarcación conveniente para nuestra fuga. Cerré el trato con el viejo Smith, a quien le daría una fuerte suma si nos dejaba a salvo en nuestro barco. Debía de saber, sin duda, que allí había algo turbio, pero no conocía nuestros secretos. Todo esto es la verdad, y si se lo cuento, caballeros, no es para entretenerlos (pues no me han hecho ningún favor), sino porque creo que mi mejor defensa es no callarme nada y que el mundo sepa lo mal que me ha tratado el comandante Sholto y lo inocente que soy de la muerte de su hijo.

—Una relación muy notable —admitió Sherlock Holmes—. Buen broche para un caso extremadamente interesante. La última parte de su narración no me ha dicho nada nuevo, salvo que se llevó usted su propia cuerda. Eso no lo sabía. Por cierto, confiaba en que Tonga hubiera perdido todos sus dardos, pero consiguió dispararnos uno en la lancha.

—Los perdió todos, señor, salvo el que tenía montado en la cerbatana.

—Ah, claro —cayó Holmes—. No había pensado en ello.

—¿Desea usted que le aclare algún otro punto? —preguntó el presidiario con amabilidad.

—Creo que no, gracias —respondió mi compañero.

—Bueno, Holmes —dijo Athelney Jones—, hay que seguirle la corriente a usted, y todos sabemos su afición por el estudio del crimen; pero el deber manda, y ya he llegado muy lejos para darles gusto a su amigo y a usted en lo que me pidieron. Me quedaré más tranquilo cuando tenga bajo llave a nuestro cuentista. El coche sigue esperando, y hay dos inspectores abajo. Les agradezco mucho a los dos su colaboración. Tendrán que comparecer en el juicio, claro está. Muy buenas noches.

—Buenas noches, caballeros —dijo Jonathan Small.

—Pase usted primero, Small —observó Jones, prudente, cuando salían de la habitación—. Me guardaré mucho de que me pegue un garrotazo con su pata de palo, como hizo con aquel caballero de las islas Andamán.

—Y bien, así termina nuestro pequeño drama —comenté, después de habernos pasado un rato fumando en silencio—. Me temo que será la última investigación en la que tendré ocasión de estudiar sus métodos. La señorita Morstan me ha hecho el honor de aceptarme como futuro esposo.

Holmes soltó un gruñido lúgubre.

—Me lo estaba temiendo —dijo—. La verdad es que no puedo felicitarlo.

Me quedé un poco dolido.

—¿Tiene usted algún motivo para considerar que he hecho mala elección? —le pregunté.

—En absoluto. Creo que es una de las jóvenes más encantadoras que he visto en mi vida, y podría haber resultado muy útil en nuestro trabajo. Tiene verdadero genio en este sentido: fíjese en cómo conservó el plano de Agra, entre todos los papeles de su padre. Pero el amor es un acto emocional, y lo emocional se opone a la verdadera razón fría que yo pongo por encima de todas las cosas. Yo no me casaré jamás, para no echar a perder mi buen juicio.

—¡Confío en que mi juicio salga bien parado de la prueba! —dije, riéndome—. Pero parece usted cansado.

—Sí; es la reacción. Me pasaré una semana como un trapo.

—Es curioso cómo alterna en usted lo que yo llamaría pereza en otro hombre, con sus arrebatos de energía y vigor desbordantes.

—Sí —respondió—; tengo madera de gran perezoso y de sujeto bastante activo. Suelo recordar esas palabras del viejo Goethe:

»Schade, dass die Natur nur einen Mensch aus dir schuf, Den zum würdigen Mann war und zum Schelmen der Stoff.[14]

»Por cierto, a propósito de este asunto de Norwood, verá usted que, tal como suponía, había un cómplice dentro de la casa, y no podía ser otro que Lal Rao, el mayordomo. Así pues, Jones se puede jactar de haber capturado un pez en sus redes.

—El reparto parece bastante injusto —observé—. Usted ha hecho todo el trabajo en este asunto. Yo saco una esposa, Jones se lleva el mérito... ¿Qué le queda a usted?

—A mí me queda aún el frasco de cocaína —respondió Sherlock Holmes, tendiendo la mano larga y blanca hacia él.

---

14 «Lástima que la naturaleza no haya hecho de ti más que un solo hombre, tú que tenías madera de santo y de bandido.» (N. del T.)

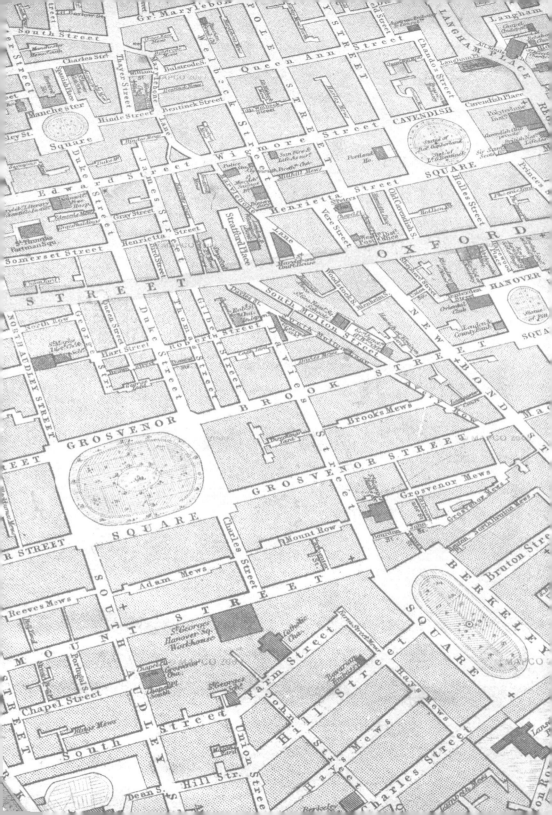